니체와 함께하는 철학 산책

어느 날 니체가 내 삶을 흔들었다

니체와 함께하는 철학 산책

어느 날 니체가 내 삶을 흔들었다

장석주 지음

춤추는 별이 되기 위해서는 그대의 내면에 혼돈을
가지고 있어야 한다.

니체, 『차라투스트라는 이렇게 말했다』

〈차례〉

등 푸른 고등어 같던 스무 살 때

나는 가난한 집 5남매 중에서 장남으로 태어났다. 그런 주제에 낙후된 가정 경제를 일으키는 대의에는 무관심한 채 쓸데없는 시에 빠져 빈둥거리니, 주변 사람들이 다들 뜨악했다. 풍차를 향해 창 들고 돌진하는 라만차의 기사 돈키호테와 같은 동류 취급을 받지는 않았지만 이웃들은 꿈도 대의명분도 없이 빈둥거리는 나를 손가락질하며 비웃었다. 식구들과 불화는 아니지만, 얼굴 마주치면 불편해서 외면했다. 그럼에도 나는 뻔뻔하게 청계천 헌책방을 순례하며 사들인 책을 밤새워 읽고, 세상을 깜짝 놀라게 만들 시를 쓰고 싶다는 백일몽에 빠져있었다. 물론 그런 일은 일어날 수도 없고 일어나지도 않았다. 돌이켜보니, 내 스무 살 푸른 영혼은 바닷속을 달리는 등 푸른 고등어 떼처럼 싱그러웠다. 나는 "젊은이는 용인되지 않은 것에 반항하고, 불가능을 감행한다."(크리스티안 생제르)는 말 따위는 믿지 않았다. 내 스무 살은 비루하고, 비루하고, 또 비루했다.

　그해 가을, 음악 감상실 '르네상스'에서 대학을 휴학한 채 방황하는 한 청년을 만났다. 늘 베토벤의 「전원 교향곡」의 낡은 악보를 들고 흐린 조명 아래서 지휘를 하던 청년이다. "꿈이 뭐야?" 그에게 물었다. 청년이 대답했다. "난 꿈이 없어. 네 꿈은 뭐야?" 청년이 내게 물었다. 한 점 부끄러움도 없이 나는 대답했다. "타자기 한 대를 사서 소설을 쓰는 것, 그리고 프랑스어를 배워 프랑수아즈 사강의 소설을 원서로 읽는 거야." 타자기 한 대를 갖는 것, 사강의 소설을 원서로 읽는 것, 스스로 만족할 만한 문장 몇 줄 쓰는 것. 그게 내 꿈의 전부였다. 19세 때 첫 소설 『슬픔이여 안녕』으로 프랑스를 발칵 뒤집어 놓은 프랑수아즈 사강. 188쪽짜리 첫 소설로 사강은 큰 주목을 받았다. (사강 소설이 한국에 처음 소개된 뒤 제 소설을 출간한 천재 소녀들이 신문에 소개되곤 했다. 1957년 무렵 부산여중 학생이던 양인자가 내놓은 『돌아온 미소』라는 장편소설이 화제를 모으기도 했다. 양인자는 서라벌예대 문창과를 나와 소설과 라디오와 TV 드라마를 여러 편 썼지만, 작가보다는 조용필 노래의 작사가로 더 유명하다.) 하룻밤을 새면 기진맥진하던 약골 청년은 김승옥의 화사한 문장에 질투심을 품고, 19세에 첫 소설을 출간한 사강을 동경했다.

　직장을 가져 본 적 없이 동복 하나로 1년을 버티며 음악 감상실 등지를 떠돌았다. 그 시절 한심한 영혼을 사로잡은 것은 알뛰르 랭보 시집, 프리드리히 니체의 초인과 영원 회귀 철학, 다자이 오사무의 소설, 신구문화사판 『전후 세계문제작품선집』(신구문화사는 당시 우리나라에서 첫손으로 꼽을 만한 문학출판사였다. 시인 신동문이 편집 주간이고, 김수영이 번역 원고를 넘기곤 했다. 1968년 6월 16일에도 김수영은 신구문화사에 들러 번역 고료를 받고 신동문 일행과 어울려 종로에서 맥주를 마시고 밤 10시경 귀가하다 마포 서강 부근에서 버스에 치여 절명했다. 그날 술자리에는 신예 작가 이병주도 있었다. 기사가 있는 폭스바겐을 타고 온 이병주는 술이 취한 김수영을 자기 차로 집까지 데려다주겠다고 제안했으나 시인은 평소 이병주를 '딜레당트'쯤으로 여기던 터라 무시하고 술집을 나갔다.), 이제하의 『초식(草食)』, 프랑스어 기초 교재, 프랑스 문화원의 영화들, 동복 한 벌, 니콜로 파가니니의 「바이올린 협주곡 제1번」, 막스 브루흐의 콜 니드라이, 음악 감상실 '르네상스', 종로 2가의 종로서적, K대학교 정문 앞 한 빵집, 신춘문예, 화가 고갱, 〈태양은 가득히〉의 알랭 드롱, 사간동 2층 양옥의 소녀, 정독 도서관의 참고 열람실 창가 자리, 실존주의… 등이다. 이룬 게 없고 하는 일마다 실패나 하던 스무 살 청년은 오직 만용에 더 가까운 자유를 만끽했다. 연애는 물론이거니와 키스 한 번 해 본 적 없는 숫된 청춘이던 그 시절 내 유일한 재능은 무능이고, 내가 누린 자유는 형벌 그 자체였다.

식구들이 다 빠져나간 늦은 아침에 혼자 밥 한 술을 뜨고 집 바깥으로 나왔다. 아무 갈 데도 없고, 호주머니엔 차비 한 푼도 없었다. 명륜동에서 종로의 음악 감상실까지 걸었는데, 운 좋은 날엔 안면을 튼 이들에게서 커피와 점심으로 김치찌개를 얻어먹을 수 있었다. 구두 수선공이 되거나 건축 공사장에 나가거나, 하다못해 밀항할 수도 있었지만 나는 무위도식하며 세월이나 축냈다. 고아를 자처하고, 술을 입에 댄 적도 없는데 주량이 소주 두 병이라고 뻥을 쳤다. 작은 거짓말이 점점 커졌다. 가끔은 철학과를 중퇴했다고 사칭을 하고, 감옥에서 출소한 지 얼마 되지 않았다고 거짓말을 늘어놓았는데, 그 위악과 가장행렬(假裝行列) 같은 나날에 구역질을 느꼈다.

내 인생의 가장 아름다운 시절이건만 정작 그때엔 몰랐다. 어느 날, '르네상스' 입구에 걸린 메모판에 '나는 다시 여기에 나타나지 않는다. 나는 더 빛나고 싶다.' 운운하는 유치한 결심을 적은 쪽지를 붙여 두고, 문턱이 닳도록 드나들던 음악 감상실을 딱 끊었다. 나는 그 대신 어깨 너머로 들어온 햇빛이 환한 시립 도서관 참고 열람실 창가 자리에 앉아 무언가를 쓰기 시작했다. 한 월간지에서 공모하는 중편소설을 끼적이었는데, 그건 상금 때문이었다. 소설은 완성될 기미가 안 보였다. 내 재능이 모자란다는 자각과 절망이 밀려왔다. 어찌어찌 중편소설을 다 써서 응모했지만 물론 낙방했다. 소설가 박태순 선생은 심사평에서 내 소설을 피카레스크 소설이라고 평했다. 그때 '피카레스크 소설'이란 용어를 처음 들었다. 세 해 뒤, 시립 도서관에서 쓴 시와 문학 평론이 일간지 두 군데 신춘문예에 당선하는 행운으로 터널 같은 무명 시절을 벗어났다. 그해 1월 초, 신문에 내 당선작이 실리고, 한 출판사에서 연락이 왔다. 출판사 편집부에서 일하지 않겠느냐는 제안을 받았다. 내 백수 시절이 끝난다는 단비 같은 소식이었다. 1979년 1월, 동대문 시장에서 싸구려 양복 한 벌을 사 입고, 출판사에 출근을 시작했다.

스무 살 무렵, 피의 본성인 듯 시와 철학에 이끌렸다. 무지몽매와 혼돈 속에서 허우적대던 나! 나는 철학에서 필요한 것을, 무엇보다도 젊음의 약동하는 피를 수혈받을 수 있다고 생각했던 게 분명하다. 그랬으니 헌책방을 순례하며 시집과 철학책을 구해다 읽고, 시립 도서관에 처박혀 늘 먼 곳을 동경하며 하염없이 책 읽기에 빠져들었을 것이다. 철학을 향한 열정과 대책 없는 남독이 내게 영향을 끼쳤고, 삶의 어떤 부분을 긍정적으로 바꿨다고 생각한다.

시와 철학은 한 뿌리에서 나온 두 가지다. 가장 좋은 시인은 가장 훌륭한 철학자이고, 가장 좋은 철학자는 가장 훌륭한 시인이다. 둘은 오성(悟性)을 향하는 길에서 방법론적 차이를 가질 뿐 한 혈통이다. 시는 '상상력'을, 철학은 '사유'를 방법론적 매개로 삼는다. 철학은 자명함을 배제함으로써 자명함에 닿고, 시는 의미를 배제함으로써 의미에 닿는다. 시인은 생각이라는 섬광에 기대어 세계와 존재를 직관한다. 철학자는 머리를 짜내서 '정리(定理)'를 세우고, '명제'를 제시하고, '정리'와 '명제'를 통해 대상을 이해하려고 시도하는 것이다. 철학은 서로 마주칠 수 없는 것들을 접목하고, 그 내부로 삼투하며, 상호적으로 융합하는 사유의 방식! 철학은 대상을 향해 열려 있어야 하고, 철학자는 사건과 현상의 발견자가 되어야 한다. 철학은 사유의 내용이 아니라 사유 그 자체에서 바글거리며 발현되는 것이다. 철학이 자명한 것, 즉 상식, 대화, 지혜 너머로 나아가려는 사유의 도약 속에서 뜨겁게 달아올라 빛을 내는 행위라면, 그 본질에서 논쟁술이 아니라 사유의 약동이자, 도약이다. 이때 사유의 내용이 무엇인가는 중요하지 않다. 사유의 내용이란 늘 사유의 형식 자체에 의해 규정되는 것이기 때문이다. 철학은 오로지 생각함에서 치르는 사유의 유격전이고 야전술 교본이어야 한다.

내 인생의 철학책으로 꼽을 수 있는 건 프리드리히 니체의 『차라투스트라는 이렇게 말했다』이다. 삶이라는 야전(野戰)에서 유격전을 벌이는 병사이자, 적진을 정찰하고 탐색하는 척후병이었던 니체는 철학과 전쟁을 동일시했다. 그는 전쟁을 '거룩한 과업'이라고 말하는데, 그 전쟁이란 어떤 것일까? 망치를 들고 우상을 깨는 철학자였던 그가 치른 전쟁은 사유의 전쟁,

도처에 숨은 적들과의 전쟁, 거짓이나 우상과의 전쟁이다. '전쟁을 일으키는 생'을 사랑하는 철학자는 무엇이라고 말하는가? "내가 너희들에게 권하는 것은 노동이 아니라 전투다. 내가 너희들에게 권하는 것은 평화가 아니라 승리다. 너희들이 하는 노동이 전투가 되고 너희들이 누리는 평화가 승리가 되기를 바란다."(『차라투스트라는 이렇게 말했다』) 니체는 훌륭한 명분이 전쟁을 신성하게 만드는 것이 아니라 훌륭한 전쟁이 모든 명분을 신성하게 만들 것이라고, 더 나아가 자기 생을 진정으로 사랑하는 자는 기꺼이 전사의 삶을 추구해야 한다고 말한다.

니체의 철학이 벼락처럼 스무 살의 말랑말랑한 내 뇌에 꽂혔다. 나는 얼마나 나태하게 살아왔는가! 나는 내 앞에 펼쳐진 전쟁을 회피하느라 바빴다. 내가 원하는 것은 전쟁이 아니라 평화라고 말하면서 전쟁을 피해 도망을 다녔다. 하지만 그것은 나르시시즘에 빠져 사는 자의 비겁한 변명에 지나지 않았다. "평화가 아니라 승리를 갈망하라."고 말하는 『차라투스트라는 이렇게 말했다』를 읽으며 나는 탄식을 했다. 니체의 책들이 굶주린 짐승처럼 그르렁거리는 인식 욕구를 채워 주는 한편 내 절박한 내적 필요에 응답했다는 사실을 부정할 수가 없다. 그런 면에서 니체와의 만남은 운명이된 사건이기도 할 것이다.

거듭 말하지만, 환자이자 의사이고, 유럽의 붓다이자 그를 따르는 수행자인 니체에게서 나는 웃는 법, 춤추는 법, 운명을 사랑하는 법을 배웠다. 고향을 떠나 사는 법, 고독을 견디는 법, 병(病)이라는 불안과 맞서 싸우는 법을 배우고, 괴물과 싸우면서 괴물이 되지 않는 법, 낙타처럼 순응하는 길은 거부하고 사자처럼 '아니오!'라고 말하는 법, 내면에 혼돈을 품고 어린아이처럼 순진무구한 놀이 속에서 삶을 긍정하고 기쁨을 얻는 법을 배웠다.

20대 때 나는 광대의 역할을 떨치고 일어나 평범한 일상인으로 생활 전선에 뛰어들었다. 일에 대한 열정으로 사업을 일구고, 가정을 꾸려 건사하며 자식을 낳아 길렀다. 그건 작은 성공에 지나지 않았지만, 어쨌든 늘 침울하고 자신감이 없던 청년이 나약함을 떨치고 일어나 세상과 부딪치면서 도약한 데는 니체 철학의 영향이 없었다고 할 수가 없다. 니체는 평생 한곳에 머무르지 못한 채 여기저기를 떠돌았다. 유럽의 고산 지대를 떠돌고, 호수를 산책하며, 지중해의 도시에 머물렀는데, 그런 삶을 살았기 때문에 니체는 자기를 "방랑하는 자이자 산을 오르는 자"라고 말할 수 있었을 것이다. 니체는 속삭인다. "나는 너의 미로다."라고. 굶주린 자가 젖과 꿀에 탐닉하듯이 니체 철학의 정수를 정신없이 들이키며 철학이 건네주는 황홀과 도취 속에서 부정의 정신에서 긍정의 정신으로 돌아서자 어느 순간 삶의 얽힌 매듭들이 주르륵 풀렸다. 나는 더는 삶을 버거워하며 우울감에 빠지거나 주눅 들지 않았다. 그건 니체에게서 오는 '높은 곳의 공기', '강렬한 공기'가 내 정신에 미친 좋은 영향 때문이라고 믿었다.

　우리는 지구라는 낯선 별에 온 이방인들이다. 이방인이라고? 본디 여기 태생이 아니라 저기 먼 곳에서 흘러들어 온 사람들! 이곳도 아니고 저곳도 아닌 '사이'를 실존의 감각으로 체화해서 사는 이방인은 이곳과 저곳의 '사이'에 존재한다. "이방인은 안에 있는 동시에 밖에 있다. 그러니까 중간에, 문턱에 있는 것이다."* 그들은 소속이 없다. "지도도 없고, 나침반도 없이 미궁 속을 헤매는"** 그들은 주변 지리를 낯설어하며 두리번거린다. 이방인은 어디서나 눈에 띈다. 뭔가 원주민과는 다른 구석이 보이기 때문이다. 주변인, 디아스포라, 망명자로 살 운명을 받은 이방인에게 이 세계는 온통 낯선 것투성이다. 환경의 낯섦은 넘어서야 할 하나의 장애다. 그들이 낯선 세상을 살기 위해 붓다 같은 지혜로운 스승이 필요하다. 나는 니체라는 서양의 붓다를 만났다. 유럽의 가장 불온하고 독립적인 정신이던 니체는 자기를 가리켜 '유럽의 붓다'라고 했다.*** 니체는 어떻게 붓다의 불성(佛性)을 선

---

* 니콜 라피에르, 『다른 곳을 사유하자』, 이세진 옮김, 푸른숲, 2007, 76쪽.
** 니콜 라피에르, 앞의 책, 78쪽.

*** 니체는 스스로 자기가 붓다라고 자처했다. "나는 유럽의 붓다가 될 수도 있을 것이다. 말하자면 인도에 붓다가 있다면 유럽에는 니체가 있다고 말이다." 니체, 『유고』(여기서는, 야니스 콩스탕티니데스, 『유럽의 붓다, 니체』, 김희경 옮김, 열린책들, 2012. 재인용.)

험으로 받아들이고 제 안에 체화시켰을까?

　니체는 "모든 것은 가고, 모든 것은 되돌아온다. 존재의 수레바퀴는 영원히 돌고 돈다."라고 말한다. 한 번 존재한 것은 영원히 사라지지 않는다. 한 번 있는 삶은 또다시 되풀이하며 그것은 영원히 반복 회귀한다는 니체의 영원 회귀 철학과 붓다의 만물이 몇 겁에 걸쳐 윤회한다는 불교 사상은 닮았다. 존재의 끝과 시작은 원처럼 맞물려 있는데, 시작되는 것은 언젠가 끝나지만, 그 끝은 새로운 시작으로 이어지는 것이다. "나 자신이 영원 회귀의 여러 원인에 속해 있으니."라고, "나는 더없이 큰 것에서나 더없이 작은 것에서나 같은, 그리고 동일한 생명으로 영원히 되돌아오는 것이다. 또다시 만물에게 영원 회귀를 가르치기 위해서 말이다."(『차라투스트라는 이렇게 말했다』) 니체는 영원 회귀를 긍정의 운명으로 받아들였지만, 붓다는 윤회를 벗어나야 할 괴로움이라고 말한다. 붓다는 수행의 결과로 윤회에서 벗어나 해탈에 이르는 것을 궁극의 목표로 삼았다. 이렇게 차이를 드러내지만, 붓다와 니체는 하나의 뿌리에서 나온 가지처럼 닮았다.

　붓다가 '의심의 철학자'였다면 니체 역시 영원 회귀에 대해 의심을 품었다. 그 의심은 내적 분열의 징후이고, 철학의 계기였다. 니체는 건강이 나쁜 탓에 늘 공기가 깨끗하고 날씨가 온화한 곳을 찾아다녔다. 유럽의 고산 지대와 호수, 그리고 지중해를 좋아했던 그의 철학은 어떤 면에서 장소의 철학이자 기후에서 영감을 받은 철학이라고 말할 수도 있다. 무지와 어리석음이 우리를 가장 높은 사유로 솟아오르게 하는 촉매가 되기도 한다. 니체는 심연을 좇은 철학자가 아니라 높이의 철학자다. 그는 늘 높이에 대한 갈망을 사유의 촉매로 삼았다. "사람은 그의 길이 자신을 어디로 데려갈지 모를 때 가능 높이 분기한다."(『반시대적 고찰』) 이제 철학이 한 인간에 끼치는 영향에 대해, 한 철학자의 사유가 내 안에 어떤 변화를 일으켰는가에 관해 써야 할 때가 왔다.

그러나 니체 철학을 안다는 것은 얼마나 지난한 일인가? 오직 무지몽매한 자만이 니체를 안다고 으스댈 것이다. 나는 니체를 안다고 말하는 자와 유머를 모르는 자를, 초탈과 고요의 가치를 깨닫지 못한 자와 피상적인 세계를 고뇌 없이 수납하는 자를 신뢰하지 않는다. 이성에 바탕을 둔 가치 체계를 뒤집고 무너뜨린 니체는 여전히 다가갈 수 없는 벽이고, 불가해한 심연이었다. 무의 대지에 니힐리즘·가치 전도·초인·영원 회귀·권력에의 의지 등으로 구성된 새로운 형이상학의 성채를 세운 니체야말로 서양 형이상학의 역사에서 뾰족하게 내민 섭돌이고, 그의 철학은 우상과 거짓의 망령들을 깨트리는 해머다.

지금 니체를 읽어야 한다면 나는 그 이유를 백 가지도 넘게 말할 수 있다. 가장 중요한 한 가지를 꼽자면, 니체 철학이 우리 내면의 삶과 의지를 비춰 볼 수 있는 거울이라는 점이다. 자기 삶을 분쇄하고 그것을 뭉쳐서 만든 거울이란 어떤 기물인가? 나는 일찍이 '거울'에 대해 이렇게 썼다. "자기 의식으로서의 거울, 내면적 삶이 시작되는 지점으로서의 거울, 건강과 육체를 돌보는 자아로서의 거울, 여명과 번개로서의 거울." 이 혼돈의 시대에 필요한 것이 바로 그 거울이 아닌가? 니체는 거울-세계가 "시작도 없고 끝도 없"는 것, "힘과 힘이 만나는 파장의 유희로서 유일한 것이기도 하고 여러 개이기도" 한 것, "몰려오는 힘과 흘러넘치는 힘의 바다"인 것, "자기 모습의 밀물과 썰물"인 것, "결코 만족하지 않고 싫증 내지 않고 지치지 않는 생성"이라고 말한 바 있다. 세계는 바로 권력에의 의지이고, 우리 자신은 바로 그것에서 탄생한다.

떳떳하고 늠름하게 사는 데 무엇보다도 자기 극복과 의지가 필요할 것이다. 그 전에 먼저 '자신을 잃고 몰락할 용기'가 있어야 한다. 뱀이 성장하기 위하여 허물을 벗는 것과 같은 이치다. 몰락할 용기란 스스로 죽을 수 있는 용기, 그 무엇보다 먼저 재가 될 수 있는 내부의 결단과 의지다. 오늘 우리가 누린 것들, 즉 사유 재산, 지위, 학벌, 명예 따위를 포괄하는 상징 자본을 포기할 수 있는 용기 말이다. 어제의 낡은 '내'가 죽지 않는다면 새로운 '나'

는 태어날 수 없다. 새로운 '나'는 무수한 잉여 속에서 나온다. 우리가 누리는 건강이 바로 잉여의 한 부분이다. 건강은 종족 보존을 지탱하는 것 이상의 힘, 혹은 힘의 여분으로 가능한 삶의 형태이고, 이것은 생물학적 필요를 넘는 한에서 잉여다. 건강하지 않아도 살 수 있지만, 건강이 부재한 삶은 남루하고 너절하다. 그다음의 잉여는 철학과 예술 따위다. 그것 없이도 삶이 가능하다는 점에서 철학과 예술은 잉여다. 그것들은 생성과 창조를 낳는 인식이고, 존재를 움직이는 힘이며, 욕망이 아니라 열린 의지를 통한 도약이다. 예술은 밥 먹고 잠자며 가족과 사회를 이루며 사는 쩨쩨하고 비루한 삶과는 다른 차원의 삶이다. 그것은 이데아의 세계, 괴테의 은유를 빌리자면, 우리가 사는 현실 너머에 열린 '영원한 바다'이다. 우리 중 일부는 그 영원한 바다를 동경하며 살아간다. 예술과 철학은 다양한 힘과 의지들, 작열하는 내면의 운동에서 나온다. 현상 세계의 소용돌이 속에서도 소멸되지 않는 예술의 숭고함과 아름다움은 더 높은 존재론적인 계시를 보여 준다. 아울러 철학은 존재의 심연에 이르게 하고, 비극적 삶의 감정을 넘어서는 형이상학적 기쁨과 위안을 준다. 예술과 철학이 부재하는 삶은 필연적으로 얕은 삶, 숭고함을 머금지 못한 피상성에 머물 수밖에 없다.

세계의 불모성에 머리를 쿵 박은 뒤 나는 이 세상에 쓸모가 없는 존재라는 결론을 내린다. 내 나이 19세 때다. 삶과 농담을 버무리고, 아무 야심도

품지 않은 채 떠돌던 한 청년에게 벼락처럼 내리꽂힌 니체를 의심하고, 의심하고, 또 의심했다. 그의 사유와 철학을 의심하고, 그의 고독과 순수함을 의심했다. 그는 기괴한 환상을 조합해서 늘어놓는 사기꾼이 아닐까? 그는 전대미문의 가짜 우상 파괴자가 아닐까? 나는 오래 의심하고 회의에 빠져 있었지만 천둥벌거숭이로 세상에 팽개쳐진 내가 '차라투스트라'를 만나 한 줄기 영감과 모종의 힘을 얻었다는 사실조차 부정할 수는 없었다. 긍정이라는 축복 속에서 웃고 춤추는 차라투스트라! 미래는 어둡고, 불안은 늘 내면의 가장 연약한 곳을 찌르던 그때 나는 차라투스트라를 보고 웃음을 배우고, 내게 웃음의 화관을 씌워 준 니체 - 차라투스트라에게로 개종을 결심한다.

니체는 자기 빛 속에 사는 자, 춤과 웃음을 가르치는 자, 인간을 넘어선 인간을 꿈꾸고 그런 존재를 빚어 세상에 내보냈다. 초인, 바로 '차라투스트라'라는 초유의 존재다. 차라투스트라는 이 세상에 가장 완전한 '혼'이다. "가장 긴 사닥다리를 가지고 있는 혼, 가장 깊숙한 곳까지 내려갈 수 있는 혼—자기 자신 속에서 가장 멀리 달리고 방황하며 방랑할 수 있는 혼, 기꺼이 우연 속으로 뛰어드는 가장 필연적인 혼"이다. 제 안에 격류와 역류, 건강과 병을 동시에 품은 '혼'이라니! 차라투스트라는 내가 되고자 하는 궁극의 푯대, 내 앞길을 비추는 별이었다. 니체라는 '낯선 정신'과의 우연한 만남 이래 나는 그 별을 바라보며 어두운 길을 헤쳐 지금 여기에 도착했다. 왜 니체의 책을 이토록 집요하게 읽어 왔던가? 그저 니체 철학이기 때문이었을까? 그럴지도 모른다. 내 안에 피의 기질적 이끌림, 혹은 니체를 향한 동경이 있었을 것이다. 니체 철학을 머리맡에 두고 읽는 내내 느끼는 바가 있었다. 여기 내놓는 산문은 그 느낌을 정리한 것 중 일부다.

이 책은 니체 철학의 정수를 맛보려는 사람을 위해 쓴 게 아니다. 니체를 철학을 진지하게 공부하려는 사람은 부디 다른 책을 찾아 읽기를 권한다. 이미 많은 것을 가진 자, 성공을 거머쥐고 우쭐한 자, 스스로 영웅이라고 자처하는 자들에게 이 책은 줄 게 없다. 이 책이 보여주는 것은 겨우 철학의 가난이다. 세계와 불화하는 자들, 살아 있음의 불편함을 야윈 정신으로 버티는 자들, 승리보다 패배하는 자유를 더 옹호하는 자들, 세계의 변방으로 내쳐진 채로 길고양이처럼 하염없이 떠도는 자들, 세계에 대한 환멸로 괴로워하며 사막의 별 아래서 잠을 이루는 자들만이 나의 벗이고 동류다. 오직 세계와의 싸움에서 패배하고 낙담하는 자들, 하지만 여전히 삶에 대한 사랑을 포기할 수 없는 자에게 이 책이 한 움큼의 위로와 용기, 꿈의 작은 조각을 건네주기를 바랄 뿐이다.

부기(附記) : 이 책의 사용법. 니체 철학에는 쓸 만한 처세훈이나 세상이 떠받드는 진리를 위한 복무를 일체 배제한다. 이것은 사유의 유격전을 위한 교본이다. 낯선 정신이 펼친 철학에는 모종의 위험성이 있다는 경고다. 니체는 이쪽과 저쪽 사이에 가로놓인 문턱이고, 이 세계에서 저 세계로 건너가는 교량이다. 나날의 일에서 보람을 찾고 최선을 다하는 당신의 전두엽에 내리꽂힐 번갯불이요, 두개골을 부수는 벼락이 될지도 모른다. 그러니 전문가들이 독극물을 다룰 때처럼 세심한 주의가 필요하다.

　당신이 일상의 안녕을 소중하게 여기고, 자동차 연비를 꼼꼼하게 따지며, 사건 사고로 얼룩진 세계에 대한 한 점의 회의도 없이 잘 먹고 잘 살아왔다면 굳이 이 책을 읽을 필요가 없다. 당신의 가족과 사유재산을, 당신의 자유의지와 안전자산을 제일의적 가치로 삼고 있다면 이 책을 읽기 전에 부디 신중하기를 바란다. 자기와 생각이 다른 사람을 향해 머리가죽을 벗겨낼 듯 불같이 화를 내는 사람은 절대 읽어서는 안 된다. 당신이 받아들이기 힘든 '낯선 정신'들이 바글거린다. 이 책은 당신의 내면 형질을 바꿀 수 있다. 그리고 읽기 이전과 읽은 이후의 당신은 딴 사람이 될지도 모른다. 다만 이 책은 세계를 향해 자신을 열 줄 아는 사람, 삶의 기이한 쓸쓸함에 감염된 사람, 살아 있음이 불편한 사람, 사물의 최후와 시드는 식물, 무용한 아름다움에 이끌리는 사람에게만 도움을 줄 수 있다. 그마저도 상처에 바르는 연고보다 더 미약한 것이니 차마 도움이랄 것도 없다.

당신이 이미 철학의 사용자라면 니체에 관한 기초 정보를 토대로 작성한 제1장을 건너뛰어 읽기를 바란다. 니체 입문자를 위해 메마르게 축약한 안내서가 재미있을 리가 없을 테니까. 니체는 내 안에 사유의 말을 촛농을 한 방울씩 떨어뜨리듯이 떨군다. 니체 철학의 메아리에 반향하면서 내 몸은 꿈틀거린다. 아직 춤은 아니다. 아직 노래는 아니다. 피아노 교습을 막 시작한 초보자가 엄지와 검지로 서투르게 건반을 눌러 소리를 내듯이, 나는 운율이 없는 소리로 받아내면서 반응을 한다. 2장에서 4장까지 서사와 시와 철학이 섞이고 스민 채로 한 몸을 이룬 사유에 내 마음이 감응한 내역을 펼친다. 트렁크에 갇힌 쥐가 그 안의 책과 서류를 갉아 먹으며 견뎌내는 것은 니체 정신과 맞지 않는다. 니체에게서 교양과 지식이 아니라 삶의 경이로움에 대한 발견, 사유 방식, 자유의지에의 고양을 배워야 한다. 니체는 춤의 리듬을 격려하고, 웃음의 화관을 쓰라고 가르친다. 니체 철학은 체화해내면서 음악같이 즐겨야 한다. 춤추고 웃어라! 당신이 니체 철학의 사용자라면 항상 떠나라, 익숙한 곳에서 낯선 곳으로! 그 첫걸음은 부정에서 무한 긍정으로, 비극에서 희극으로, 과거에서 미래로, 죽음과 죄에서 생명과 자유로, 걷고 뛰고 높이 도약하는 것이어야 한다.

2022년 봄 파주에서

장석주

제1부

에케 호모 : 이 사람을 보라!

—니체 철학의 이해를 위하여

철학자 중의 철학자

니체는 철학자를 넘어선 철학자다. 우리는 그를 무어라고 불러야 하는가? 그는 문명 치료사, 의사이자 환자, 사유의 무정부주의자, 철학의 테러리스트, 서양의 붓다라고 할 수 있을 것이다. 혹은 현대 철학의 실험실, 혹은 하나의 경계선이다. 현대의 이전과 이후로 나뉘는 경계선. 니체는 제실험실에서 철학의 특이점들, 반시대적 통찰들, 이전에 없던 무수히 많은 철학의 새로운 개념을 이끌어낸다. 그것을 무어라고 불러야 좋을까? 그것을 서양의 불성(佛性)이라도 불러도 좋은가? 니체는 붓다에 필적하는 서양의 붓다가 되려는 기획을 최초로 세웠던 유럽의 철학자가 아닌가? 그의 철학적 사유는 '위대한 정오'에 도달한다. 정오는 발밑의 그림자가 가장 짧아지는 순간. 깨어 있음 그 자체, 완벽한 통각의 찰나, 오류가 없는 순수 사유의 정점이다. 그 정오에 도달하는 순간, 니체는 철학이라는 새로운 종교의 창시자로 변신한다. 이제 그는 동일한 것의 영원 회귀라는 구원을 바탕으로 하는 전대미문의 철학을 포교하기에 이른다. 니체는 말한다. "나는 격류 옆에 있는 난간이다. 누구든 잡을 수만 있다면 나를 잡아도 좋다."

니체의 건강은 나빴고, 충혈된 눈동자는 무서웠다. 충혈된 눈동자로 말미암아 사람들이 그를 미치광이이자 무서운 사람으로 오해하기 쉬웠다. 하지만 그것은 오해였다. 니체는 망치를 든 철학자였다. 서구 철학이 배출한 가장 용맹하고 가장 뛰어난 전사였던 그는 제 손에 들린 망치로 기존의 오래된 진리와 덕목들, 철학의 우상, 유럽 문명을 퇴락시킨 "유대-기독교적 도덕들", 무엇보다도 저 서양의 병증인 수동적 니힐리즘을 깨부순다. 니체는 죽어도 죽을 줄 모른 채 그 응고된 것, 고착된 것, 어쨌든 수명을 연장하려는 그 모든 음모를 부수고 파괴하는 자였다.

"나는 인간이 아니다. 나는 다이너마이트다."라고 선언하는 철학자라니! 스스로 다이너마이트가 되어 세계를 파괴한다는 발상은 무서운 일이다. 늙고 병든 유럽 문명, 낙후되고 쇠잔해지는 것, 그것에 깃든 모든 형이상학은 더 이상 소생의 기미마저 사라진 몰락의 징후였다. 니체는 그것을 파괴하는 일에 앞장선다. 그 파괴는 새로운 창조와 생성을 위한 것이었다. 그가 처음으로 한 것은 신을 살해하는 일이었다.

그는 스스로 광인이 되어 신이 죽었다고 외친다. 아니 이미 신이 죽었다는 것을 세상에 알렸다. "이 엄청난 사건은 아직도 진행 중이며 방황 중이다. 이 사건은 아직 사람들의 귀에 들어가지 못했다. 천둥과 번개는 시간이 필요하다. 별빛은 시간이 필요하다. 행위는 그것이 행해진 후에도 보고 듣게 되기까지 시간이 필요하다. 사람들에게 이 행위는 아직까지 가장 멀리 있는 별보다도 더 멀리 떨어져 있다."(니체, 『차라투스트라는 이렇게 말했다』) 철학자는 이 엄청난 사건을 세상에 알리기 위해 자신의 대리인을 불러낸다. 차라투스트라는 니체의 분신이자 자신의 말과 사유를 전달할 자, 그리고 자기 극복을 위한, 넘어서야 할 문지방 같은 존재다.

학대당하는 말을 안고 울부짖는 철학자

1889년 1월 3일 아침, 이탈리아 북부 도시 토리노에 머물던 철학자는 산책을 하려고 하숙집을 나선다. 카를로 알베르토 광장 건너편 마부 대기소에서 한 마부가 말에 채찍질을 해 대고 있었다. 철학자는 느닷없이 비명을 지르며 광장을 가로질러 채찍질을 당하는 말에게 달려들어 목을 감싼다. 말의 목을 부둥켜안은 채 울부짖던 그는 압도적인 흥분 상태에서 정신을 잃고 바닥에 쓰러진다. 정신 착란이 철학자를 덮친 뒤 사람들이 몰려드는 데, 하숙집 주인도 광장으로 나왔다가 발광한 철학자를 발견하고 집으로 옮긴다.

학대당하는 말에 자신을 투사하며 울부짖은 철학자는 바로 니체 (1844~1900)다. 그만 채찍질을 거둬라! 니체는 말의 목을 끌어안으며 외친다. 이와 같은 장면이 도스트옙스키의『죄와 벌』에 나온다. 라스콜니코프는 술 취한 농부들이 말에게 채찍질을 해 대는 악몽을 꾼다. 라스콜니코프는 꿈속에서 죽은 말의 목을 끌어안고 입을 맞춘다. 니체가『죄와 벌』을 읽었을 개연성은 높다. 불쌍한 말에 대한 라스콜니코프의 연민이 니체의 무의식에 전이되어 숨어 있었던 것은 아닐까? 니체가 토리노의 광장에서 마부에게 학대당하는 말을 본 순간, 이 연민이 무의식을 찢고 격렬하게 분출한 것은 아닐까? 니체는 의식을 되찾지만 이전의 건강한 사태로 돌아갈 수는 없었다. 이미 동공이 풀리고, 의식은 혼미해진 채 그는 정신 이상 증세를 보였다. 하숙집에서 피아노를 두드리면서 광란의 몸짓을 하며 노래를 부르고 소동을 일으켰다. 아무도 말릴 수가 없자 하숙집 주인은 경찰을 불렀다. 그 소동이 가라앉은 뒤, 니체는 소파 구석에 웅크린 채 출판사에서 보낸 『니체 대 바그너』라는 책의 교정쇄를 들여다보았다.

운명애 : 생을 향한 무한 긍정

눈부시게 쏟아지는 빛 속에 서서 어둠을 떠올리기는 쉽지 않다. 눈부신 일광이 어둠을 삼키기 때문이다. 약동하는 삶의 중심에 서서 죽음을 상상하는 일도 어렵다. 삶의 약동이 죽음을 삼켜 버리기 때문이다. 죽음은 미래의 것, 아직 일어나지 않은 사건, 미래의 가능성으로만 존재한다. 언제나 미지고, 수수께끼인 죽음은 "주체가 그 주인이 될 수 없는 사건"(에마뉘엘 레비나스)이다. 에피쿠로스 철학에 따르면, 죽음이 여기에 있을 때 당신은 여기 없다. 죽은 뒤에는 죽음을 의식하지 못한다. 그래서 한 주체가 삶과 죽음을 동시적 사건으로 경험할 수 없다. 실존 사건으로서의 죽음, 존재를 무화하는 죽음. 사람은 이런 죽음을 경험할 수 없다. 죽는 순간 우리는 멈춤 없이 삶에서 죽음으로 넘어간다. 그럼에도 우리는 죽음에 침식당하며 불안과 공포를 느낀다. 죽음이 존재의 파괴가 아니라 알 수 없음, 미지 그 자체인 까닭이다.

니체는 죽음을 어떻게 생각했을까? 살아 있음을 기뻐하고 생을 사랑한 철학자는 생명을 쇠잔으로 이끄는 것들을 거부하고 삶을 긍정한다 : "매사에서, 큰일에서나 작은 일에서나, 언젠가 때가 되면 나는 단지 긍정하는 자가 되고자 한다.", 그리고 운명애(Amor fati) : "이것이 삶이더냐? 좋다. 그렇다면 다시 한번!"을 외치면서 생을 기꺼이 끌어안았다. 니체의 책을 한 줄도 읽지 않은 사람조차 니체를 신이 죽었다고 선언한 철학자로 기억한다. 니체 철학에서 신은 죽어야 하고, 신의 죽음은 인간에 의한 살해 형식으로 이루어진다. 신의 죽음과 함께 신적인 것을 중심축으로 구축된 유럽의 가치 체계는 무너진다. 유럽 문명에 황혼이 닥친다. 황혼은 긴 어둠을 예고한다. 가치 체계의 전도와 더불어 허무주의의 그림자가 유럽을 뒤덮는다. 니체 역시 그 그림자를 밟고 서 있게 될 것임을 알았다. 신이 죽었다는 소문이 퍼졌을 때 니체는 아침놀이 밝아오는 예감을 온몸으로 받아들인다. 허무주의가 빗장을 열고 들어와 인간을 덮치자 예언자 니체는 허무주의의 그림자, 그 어둠이 잉태한 여명이 터지기를 기다린다.

아우구스투스 황제가 죽는 순간, 자신의 삶이 "가면을 쓴 희극에 지나지 않았다"라고 고백할 때, 네로가 아우구스투스를 흉내 내며 "나는 배우로서 죽는다!"라고 했을 때, 니체는 그 말들이 배우의 허영을 말한 것뿐이라고 낮춰 본다. 반면에 죽음 앞에서 침묵을 지킨 티베리우스 황제를 앞서의 인물들과 달리 높이 평가한다. 니체는 그가 감춘 말이 "삶이란 긴 죽음에 불과하다."라고 유추한다. 『비극의 탄생』에서 미다스 왕이 현자 살레노스에게 인간이 추구할 수 있는 최상의 것은 무엇인가, 라고 묻는다. 그 대답은? "태어나지 말았어야 한다는 것, 존재하지 말았어야 한다는 것이다. 이미 태어났다면 어서 빨리 죽어버리는 일이다." 신은 죽었지만, 삶은 언제나 제자리로 되돌아온다. 존재는 유한한 시간을 사는데, 그 찰나를 통해서만 영원을 선험할 수 있을 뿐이다. 시간은 시작도 없고 끝도 없이 원환(圓環)을 돌며 끝없이 반복한다. 현재는 지나가는 순간들의 섬광이 아니라 영원 그 자체다. 삶은 영원히 반복되는 궤도 위에 놓인다. 만물은 영원히 회귀하며, 우리도 회귀한다. "모든 순간은 바로 앞서 지나간 순간을 삼켜 버리며, 모든 탄생은 헤아릴 수 없는 존재들의 죽음이다." 니체는 생명이 앞선 존재들의 죽음을 통해서 가능하다는 사실을 인식하고 있었다.

동일한 것의 영원한 회귀

하루가 가고, 또 다른 하루가 밝아온다. 날짜가 바뀌었을 뿐 달라진 것은 없다. 어제 뜬 태양이 오늘도 떠오른다. 한 주가 가면 또 다른 한 주가 오고, 한 계절이 가면 또 다른 계절이 돌아온다. 봄이 오면 새싹이 돋아나고 여름까지 잎과 가지가 무성해지다가 가을이 되면 시든다. 만물이 쇠잔해진 가운데 겨우내 죽은 채로 있던 식물들은 새봄에 다시 새싹을 틔우고, 죽은 듯이 보이던 가지마다 새잎을 피워 낸다. 순환하는 계절 속에서 죽었던 것들의 회귀! 생명의 눈부신 갱신! 이 동일한 형식의 반복 속에서 세계는 새롭게 약동한다. 세계가 존재하려면 동일한 것의 영원한 회귀가 있어야 한다. 우리 삶도 동일한 것의 영원한 회귀 속에 사라졌다 돌아오기를 거듭한다.

내 갈비뼈 아래에서 쉼 없이 고동치는 것, 이것은 무엇인가? 죽어도 죽지 않는 불사조와 같은 것, 이것은 죽음이 아니던가? 그렇다. 죽음은 이미 오래전부터 우리 안에 있다. 죽음은 우리의 삶 안에서 살아서 숨 쉬고 있었다. 죽음은 우리와 함께 먹고 잠들며 깨어나서 웃는다. 이것은 우리가 죽은 뒤, 재 속에서 불사조가 일어나듯이 새로운 생명을 잇고 일어난다. 지난봄이 돌아오듯이 죽음은 새 생명으로 돌아온다. 죽은 불은 다시 살아나 타오르고, 접힌 날개는 다시 활짝 펼쳐진다. 죽음은 봄이고 화염이며 날개들이다. 죽음은 영원히 죽지 않는다는 점에서 거의 유일한 불멸이다.

삶의 수레바퀴는 계속해서 돌아간다. 한 번 태어난 것은 자연 수명을 다하고 죽은 뒤 자연으로 회귀한다. 온 것은 돌아가고, 간 것은 다시 온다. 니체의 영원 회귀 사상은 어딘가 낯익은 데가 있지 않은가? 그렇다. "이렇게 동일자의 영원 회귀에 대한 니체의 학설은 개체화를 넘어서는 생명의 단일성이라는 불교의 위대한 테제와 공명한다."* 니체의 영원 회귀 사상을 듣자마자 불교의 윤회와 열반을 떠올리는 것은 논리의 비약이 아니다. 우리 몸을 이루는 60조 개의 세포는 끊임없이 죽음과 재생을 반복한다. 우리가 죽으면 다음 세대가 삶을 이어받는다. 생명의 세계가 반복과 재생 속에서 영원 회귀를 하고 있는 한 니체는 자기가 다시 돌아오리라고 믿었다.

니체 철학의 한 축이 영원 회귀의 철학이라는 건 널리 알려진 사실이다. 동일한 것의 영원한 회귀에서 우주의 근본 원리를 찾았던 니체는 이 영원 회귀의 사상을 일컬어 "도달될 수 있는 최고의 긍정 형식"이라고 말한다. "그날 나는 실바플라나 호수 근처의 숲을 산책하다가 주를레에서 그리 멀지 않은 곳에 우뚝 솟은 거대한 바위 옆에서 발을 멈추었다. 그곳에서 이 사상이 내게로 왔다." 니체는 1881년 8월 실스마리아에서 산책을 하다가 영원 회귀 사상의 실마리가 될 만한 영감을 얻는다. 이 영감이 갑작스러운 것은 아니었을 테다. 그의 머릿속에서, 내면에서 오래 머물면서 여러 생각으로 가지를 뻗고 그런 가운데 잘 빚어진 사유가 어떤 계기의 순간을 만나 단박에 바깥으로 터져 나온 것이다. 이것은 위대한 발견이고 신비로운 계시에 가까운 것이었다. 『차라투스트라는 이렇게 말했다』를 쓴 것은 바로 이 영원 회귀의 철학을 알리기 위함이었다.

---

* 야니스 콩스탕티니데스, 『유럽의 붓다, 니체』(강희경 옮김, 열린책들, 77쪽.)

"보라! 독수리 한 마리가 커다란 원을 그리며 하늘을 날고 뱀 한 마리가 거기 매달려 있는 것이 아닌가. 그런데 뱀은 독수리의 먹이가 아니라 벗인 듯했다. 목을 감은 채 의지하고 있는 것을 보아 그랬다. 내 짐승들이다." 차라투스트라는 그렇게 말하고는 진심으로 기뻐했다. "저 태양 아래서 가장 긍지 높은 짐승이자 태양 아래서 가장 영리한 짐승이다. ……나의 짐승들이여, 나를 인도하라!"

『차라투스트라는 이렇게 말했다』제1부 '머리말'에서 이렇게 썼다. 니체가 "나의 벗들"이라고 말한 독수리와 뱀이 등장하는 장면을 계시적 순간으로 예시한다. 공중에 독수리가 나는데, 뱀이 제 몸을 둥글게 해서 독수리의 목을 감고 있다. 니체는 여명처럼 터져 나온 이 놀라운 영감의 순간에 독수리와 뱀을 초대한다. 왜 독수리와 뱀인가? 뱀은 대지에 배를 붙이고 살아야만 하는 가장 비천한 저주받은 짐승이 아닌가? 니체의 생각에 따르면 뱀은 태양 아래 가장 영리한 짐승이다. 그 뱀과 태양 아래서 가장 긍지 높은 짐승인 독수리는 잘 어울린다. 그 둘이 보여 주는 원형 도상보다도 더 영원 회귀를 잘 보여 주는 상징은 없다. 뱀은 원형 상징에서 보자면 영원불멸을 하는 존재다. 뱀은 허물을 벗고 끊임없이 다시 태어난다. 낡은 존재를 벗고 새로운 몸으로 돌아오기를 반복하는 것이다. 제 꼬리를 물고 원형을 그리는 우로보로스는 끝도 시작도 없음을 암시한다. 니체는 독수리의 목을 감은 뱀의 모습에서 영원 회귀의 철학을 겹쳐보았던 것이다.

루 살로메와의 사랑

니체가 사랑한 여자는 작가 루 살로메(Lou Andreas-Salome, 1861~1937)가 거의 유일하다. 살로메는 프랑스에서 러시아의 상트페테르부르크로 이주한 유대계 귀족의 6남매 중 막내딸로 태어나는데, 1880년 아버지가 죽은 뒤 어머니와 함께 스위스로 와서 스위스 취리히 대학에 입학한다. 니체와 살로메는 1882년 5월경에 만난다. 니체는 이탈리아 북서부의 오르타 호숫가에서 파울레, 살로메와 그녀의 어머니 루이제 등과 며칠을 지낸다. 니체가 살로메를 보고 첫눈에 사랑을 느낀 그해 여름, 살로메는 니체의 초대로 그의 별장에 한 달간 머물렀다. 이때 살로메에게 즉흥적으로 청혼을 하지만 거절당한다. 니체는 살로메의 지성과 육체의 매력에 찬탄하며, "우리가 어느 별에서 내려와 이렇게 만나게 된 것은 운명이다."라고 말하는데, 이때 니체의 나이는 38세, 살로메는 21세 때다.

루 살로메에게 사랑 고백을 한 사람은 니체가 처음이 아니다. 바그너, 릴케, 마르틴 부버, 하우프트만, 스트린드베리, 베데킨트, 프로이트 등 유럽의 지성들이 루 살로메에게 매혹당했다. 페터스는 루 살로메의 전기에서 "루가 방 안에 들어서면 마치 태양이 떠오르는 것 같다."고 쓴다. 살로메는 취리히 대학에서 비교 종교학과 예술학을 전공한 작가로 재능과 빼어난 미모를 다 갖춘 보기 드문 여성이었다. 누구나 한번 보면 사랑에 빠질 만한 살로메는 열여덟 살 때 자신에게 지적 세례를 퍼부은 아버지뻘인 마흔세 살의 기혼자인 헨드릭 길로트에게 빠진다. 살로메는 막 피어나는 여성의 생동감으로 스승에게 다가간다. 스승의 서재에서 그의 무릎에 앉아 넘쳐흐르는 사랑을 퍼붓지만, 길로트가 청혼을 하자 거절하고 떠난다. "그의 방에서 일하던 어느 날 그는 갑자기 그녀를 포옹하면서 사랑을 고백하고 아내가 되어 달라고 속삭였다. 루는 깜짝 놀랐다. 다시금 한 세계가, 이성과 정신의 세계가 무너졌다. 한 신이 또다시 쓰러졌다. 모든 것이 변했고, 그녀의 애정은 순박성을 잃었다."* 살로메는 니체의 제자이자 친구인 파울 레에게 청혼을 받았을 때도 거절하고, 니체의 청혼마저도 거절한다. 살로메는 누구에게도 속박되는 걸 원치 않았다.

살로메는 파울 레에게 청혼을 거절하면서 대신 '두 남자와 한 여자의 관계'를 요구한다. 파울 레가 살로메를 니체에게 소개한 그 무렵 어느 사진관에서 세 사람이 마차를 사이에 두고 찍은 사진이 남았다. 살로메는 두 남자의 뒤에서 채찍을 들고 서 있다. 이 사진은 매우 상징적이다. 마차 앞의

---

* H.F. 피터스, 『나의 누이여, 나의 신부여 : 루 살로메의 생애』(김성겸 옮김, 청년사)

두 남자는 '말'로, 마차 뒤에 선 살로메는 채찍을 든 말의 '조련사'로 연출된 것이다. 이런 구도를 연출한 것은 니체 자신이다. 세 사람은 기묘한 삼각 관계를 이어가다가 베를린으로 돌아간 살로메가 파울 레와 동거를 시작하면서, 이 관계는 깨지고 만다. 두 사람의 동거 소식은 니체에게 큰 충격을 준다. 살로메는 동거를 하는 중에 마흔한 살 된 카를 안드레아스라는 동양 언어학자의 청혼을 받아들여 전격적으로 결혼한다. 안드레아스는 살로메에게 "결혼해 주지 않으면 자살하겠다."고 협박을 하고 자살 소동을 벌인 끝에 허락을 받아 낸다. 살로메는 '섹스는 하지 않고, 다른 남자와의 교제를 허락한다.'는 조건으로 안드레아스와 결혼하는데, 이때 살로메는 스물여섯 살이었다. 파울 레는 이 충격과 슬픔을 이기지 못하고 4년 만에 바닷가 절벽에서 뛰어내려 자살을 택한다. 알려진 바로는 살로메는 동거인이나 결혼 상태에 있는 이들과는 어떤 육체관계도 갖지 않았다고 한다.

니체는 살로메와의 사랑을 '우주적 사랑'이라고 언급하며 자신이 "광란하는 미치광이의 제정신으로, 즉 저주받은 자의 전형적 광기로" 사랑에 빠졌다고 쓴다. 다 알다시피 니체의 사랑은 무참하게 거절당한다. 사랑이 컸던 만큼 상실감도 엄청났다. 니체는 사랑을 잃은 상태에서 이듬해 필생의 저작인 『차라투스트라는 이렇게 말했다』를 쓰고, 그 책 1부와 2부를 세상에 내놓는다. 여섯 해가 지난 1889년 1월 3일, 니체가 토리노 거리 6번가 광장에서 마부가 말에 채찍을 휘두르는 광경을 보고 발작을 일으킨 것은 채찍을 든 여성 살로메와 관련이 있을까? 살로메를 조련사로, 자신을 말로 투사한 니체의 무의식이 그 찰나 폭발한 것은 아니었을까? 니체는 그 뒤로 "어머니 저는 바보였어요."라는 말을 남기고 쓰러져 정신 병원을 드나들며 허무하게 여생을 마친다.

철학자, 정신 병원에 가다

1월 8일 오후, 니체가 정신 착란을 일으켰다는 소식을 들은 오버베크가 토리노의 하숙집에 도착하는데, 그는 하숙집의 소파에 의기소침해서 웅크린 니체를 보고 단박에 정상이 아니란 걸 알았다. 안색은 창백하고 눈동자는 초점이 없었다. 니체는 정신 착란 직후에 자신을 '디오니소스'라거나 '십자가에 못 박힌 자'라고 서명한 편지들을 잇달아 써서 지인들에게 보냈다. 부르크하르트는 오버베크를 찾아가 그 편지들을 보여 주었다. "친애하는 교수님, 결국 나는 신보다는 바젤의 교수로 더 살고 싶었습니다만, 신의 일인 세계 창조를 소홀히 할 정도로 내 개인적 이기주의를 그렇게 심하게 밀고 나갈 수는 없었습니다. 아시겠지만, 사람은 어디에서 어떻게 살든지 희생할 줄 알아야 합니다. 하지만 나는 나 자신에게 카리냐노 궁(거기서 나는 비토리오 에마누엘레 2세로 태어났습니다)의 맞은편에 있는 작은 학생 방을 허락했습니다. ……당신의 니체. 1889년 1월 5일." 이 편지에는 '추신'도 붙어 있다. "나는 학생용 외투를 입고 산책하며 여기저기에서 만나는 사람마다 어깨를 두드리며 말합니다. '우리는 행복합니까? 나는 신입니다. 이 캐리커처를 내가 만들었지요…….' 내일은 내 아들 움베르토와 매력적인 마르게리타가 올 겁니다. ……나는 가야파를 사슬에 묶었습니다. 나 자신도 작년에 독일 의사들에 의해 완강한 힘으로 십자가에 묶였습니다. 빌헬름, 비스마르크, 그리고 모든 반유대주의자는 제거되었습니다. 1889년 1월 5일."

오버베크는 바젤의 정신과 의사에게 이 편지 두 통을 보여 주는데, 의사는 빨리 정신 병원에 입원시키라고 충고한다. 오보베크는 서둘러 바젤에서 토리노로 떠난다. 방으로 들어서는 오버베크를 보자, 니체는 먼 데서 자신을 찾아온 친구를 격렬하게 끌어안는다. 니체는 온몸을 부들부들 떨다가 소파에 쓰러지듯 앉는다. 피아노를 두드리고 괴성을 지르며 노래하고 괴이한 춤과 몸짓을 보이던 니체는 의기소침한 채 소파에 말없이 앉아 음산한 어조로 제가 '신의 후계자'라고 중얼거린다. 오버베크는 니체의 중얼거림에 놀란다. 이튿날 오버베크는 간병인의 도움을 받아 니체를 데리고 기차역으로 나간다. 오버베크는 기차에 타지 않으려고 하는 니체를 간신히 설득해서 예나행 기차를 탄다.

바젤에 도착하자마자 정신 병원에 입원한 니체는 여러 차례 두통과 발작을 일으키고, 두통과 발작이 지나가면 유쾌하고 의기양양한 태도를 보인다. 의사는 '진행성 마비'라고 진단하고, "노상에서 아무나 포용하고 키스하며 담벼락을 기어오르는 것을 가장 즐겼다고 진술함."이라고 소견서에 적는다. 1월 17일, 니체는 예나 대학 정신 병원으로 옮겨졌다. 니체는 시도 때도 없이 먹을 것과 여자를 내놓으라며 울부짖고 난동을 부리는데, 의사는 전형적인 조광증 증세라고 진단한다. 그 정신 병원에서 1년 동안 머문 니체는 그 뒤로도 10년을 더 살았다. 1900년 8월 25일 정오경, 니체가 죽는다. 하지만 철학자 니체는 토리노 광장에서 정신 착란을 일으켰을 때 이미 사망한 것이나 마찬가지다.

1888년, 니체의 위대한 해

다시 시간을 돌이키자면, 니체가 토리노에 도착한 것은 1888년 4월 5일이다. 프랑스 남부 도시 니스에서 겨울을 나고 토리노로 왔던 것이다. 광장 근처에 하숙집을 얻어 두 달을 머문다. 두 달 뒤 실스마리아로 가서 여름을 나고, 9월 21일에 다시 토리노 하숙집으로 돌아온다. 토리노에서의 마지막 가을을 맞은 니체는 자신을 덮친 뇌연화증과 파국에 대해 아무것도 모른 채 처음이자 마지막인 자서전 『이 사람을 보라』에 착수한다. 토리노의 가을은 음울하면서도 황홀하다. 니체는 이 무렵 친구 오버베크에게 쓴 편지에서 가을을 "위대한 추수의 계절이다. 모두 순조롭고 잘될 것"이란 낙관적 예측을 적어 넣는다. 이따금 니체는 거울을 보며 자신 안의 반신과 괴물을 응시하는데, 그것은 그가 "환상과 편파성과 열정으로 가열"된 사람이기 때문이다. 그 가열은 망상을 낳는다. 1888년 2월 12일에 라인하르트 폰 자이틀리츠에게 보낸 편지에 쓰인 '과대망상적 자기 판단'을 보라. "우리끼리 얘기지만 내가 이 시대의 제1의 철학자라고 해도 전혀 근거 없는 소리는 아닐 걸세. 아니, 어쩌면 그보다 더한 존재여서, 나는 지난 천 년과 앞으로 올 천 년 사이에 존재하는 결정적이고 운명적인 사건일 것이네." 니체는 자신이 '지난 천 년과 앞으로 올 천 년 사이'에 있는 존재라는 과대망상을 겪고, 수중에 돈이 떨어지면 울증과 조증을 번갈아 겪는다. 파울 도이센과 메타 폰 잘리스와 같은 친구들이 돈을 보내 줘서 겨우 하숙비를 치르고 최저 생계비로 생활을 꾸리면서도 자신이 이 시대의 제1의 철학자라는 자긍심, 더 나아가 지난 천 년과 앞으로 올 천 년 사이에 최고의 철학자라는 확신에 흔들림이 없었다. 1888년은 니체의 저술과 창조에서 정점을 찍은 "위대한 해"였다. 그의 창조 능력은 최대치로 고양되고, 곧 늠름하게 『우상의 황혼』, 『바그너의 경우』, 『안티크리스트』, 『이 사람을 보라』를 잇달아 써낸 것이다.

1888년 10월 15일, 니체는 마흔네 번째 생일을 토리노의 하숙집 3층 방에서 맞는다. 『이 사람을 보라』를 시작해서 11월 4일에 초고를 마친 직후였는데, 건강 상태는 불안정했다. 병의 징후들은 숨어 있어서 겉보기에만 멀쩡했다. 정신 착란의 전조(前兆)는 없었지만 그건 태풍 전야의 고요였다. 그는 정신의 불안정을 누른 채 『이 사람을 보라』의 초고를 쓰기 시작해 12월 8일에 원고를 끝내고 라이프치히의 나우만 출판사로 보낸다. 울적함과 의기소침, 지독한 외로움들을 잘 견뎌 낸 덕분에 일상은 대체로 평온했다. 이때 루이스 야콜리오라는 사람이 번역한 『마누의 법전』을 읽고 서평을 썼는데, 고대 인도의 베다 경전에 따른 카스트 제도의 도덕적 법률을 다룬 이 책의 잔인함에 열광한다.

장마기에 어두운 구름장 사이로 반짝하고 햇빛이 비치듯, 니체는 건강을 그럭저럭 유지하며 일상의 나날들을 즐긴다. 토리노의 음식들을 기뻐하고, 길가 의자에 앉아 한가롭게 사람들을 바라보며 커피를 즐겼다. 그는 옷맵시에도 신경을 쓰는 편이었다. 옷들은 항상 토리노의 평판 좋은 재단사에게 맡겼다. 니체는 좋은 옷을 입고, 좋은 음식점을 드나들면서 "신분 높은 외국인으로 환대받는" 즐거움을 누렸다. 음식점이나 상점에서 사람들이 문을 열어 주는 방식에서도 "다른 어느 곳에서도 본 적이 없는 방식"(1888년 11월 13일, 편지)이라고 '특별함'을 느꼈다. 메타 폰 잘리스에게 이런 편지를 쓴다. "이곳 토리노의 가장 특이한 점은 내가 이곳의 모든 가판대에서 느끼는 완벽한 매력이다. 나는 눈빛으로도 마치 귀족과 같은 대우를 받는다—사람들은 문을 열어 주고 식탁을 미리 준비해 놓는 행동을 지극히 존중하는 투로 한다. 내가 큰 상점에 들어가면 그들의 인상은 금방 변한다."(1888년 12월 29일, 편지) 자신을 귀족처럼 대하는 사람들의 호의와 친절이 자신에게서 발산되는 매력 때문이라는 것이다.

니체는 사람들이 자신을 어떻게 보는지를 흥미 있어 했다. 제 눈빛이 매력적이고, 그것만으로도 호감을 산다고 생각했다. 시장의 부인들이 과일을 권하고, 행인들이 인사를 할 때 니체는 귀족 대접을 받고 있다고 느꼈다. 더불어 날마다 먹는 음식들에서 즐거움을 만끽하며, 하루하루를 만족하던 이때가 니체가 인생에서 가장 큰 풍요와 기쁨을 누린 시기가 아니었을까. "여기에서는 하루하루가 한결같이 끝없는 완전함과 풍요로운 태양 속에서 밝아 오네."(1888년 10월 30일) 니체는 명랑성에 사로잡혀 오후의 춤추는 빛과 색을 즐기는데 가끔 바보 같은 행동들을 떠올리며 반 시간 이상을 웃기도 한다. 『이 사람을 보라』를 끝내고 지인에게 보낸 편지에서 "내가 왜 『이 사람을 보라』로 시작하는 내 삶의 비극적 파국을 서둘러야 하는지에 대한 이유를 지금 나는 알 수가 없다."라고 쓴다. 이 편지는 니체가 발광하기 직전에 쓴 것이다. 니체는 과연 자기 앞에 닥칠 파국의 운명을 알았을까? 한 해가 저물고, 니체의 삶이 비극 속으로 침몰하는 1889년 새해가 밝는다. 새해가 시작된 지 불과 사흘 만에 정신 착란이라는 발작을 일으키며 그의 삶은 파국을 향하여 질주한다.

"신은 죽었다!"라는 선언의 함의

니체가 미쳤다는 소식은 유럽 지성계에 금세 퍼진다. 출판업자 C.C. 나우만은 니체의 책들이 장사가 될 거라고 예견하고, 1890년 절판한 니체의 책들을 다시 찍었다. 장사꾼의 직감대로 책들이 불티나게 팔렸다. 철학자뿐만 아니라 일반인에게까지 니체의 발광 소식은 흥미를 돋우었다. 『즐거운 학문』에서 신이 죽었다고 선언한 것은 미친 사람인데, 바로 그 저자가 미친 것이다. 사람들은 그 점을 흥미로워했다. 『즐거운 학문』이 세상에 나온 것은 1882년이다. 니체가 "영원을 위한 어떤 운명을 최초로 정식화했던 3편의 말미에 있는 화강암처럼 견고한 문장"(『이 사람을 보라』)이라고 했던 그 책이다. 니체는 미친 사람(Der tolle Mensch)의 입을 빌어 "신은 죽었다!"고 선언하는데, 신을 살해한 것은 우리들이라고 말한다. "누가 우리에게서 이 피를 씻어 줄 것인가? 어떤 물로 우리를 정화시킬 것인가? 어떤 속죄의 제의와 성스러운 제전을 고안해 내야 할 것인가?" 신을 살해한 행위에 따르는 정화, 속죄의 제의와 성스러운 제전을 누가, 어떻게 만들 것인가가 우리에게 남겨진 의무다. 신은 정신적 토대를 이루는 최고의 가치이자 모든 생명과 물질의 제1 원인이다. "신이 죽었다!"는 선언은 가치의 영도(零度)를 선언하는 것이다. 니체는 미쳐 버림으로써 미친 사람에 자신을 하나로 겹쳐 낸다. 미친 사람은 신을 찾던 사람이다. 신을 죽인 것은 인간들의 공모에 의한 사건이다. "이 교회가 신의 무덤과 묘비가 아니라면 도대체 무엇이란 말인가?" 신은 죽었으므로 신에게 경배를 드린다는 교회는 신의 무덤이고 묘비가 서 있는 곳이다. "우리가 신을 죽였다!—너희들과 내가! 우리 모두가 신을 죽인 살인자다!" 이에 대해 철학자 하이데거는 다음과 같은 해석을 내놓는다.

강조된 이 두 문장은 "신은 죽었다."는 말에 대한 해석을 제공하고 있다. 그 말은 '신은 전혀 존재하지 않는다.'는 단적인 부정이나 혹은 저질스러운 증오심에서 말해지는 듯하지만, 사실은 그런 뜻이 아니다. 그 말은 '신이 살해되었다.'는 노여움을 뜻한다. 이렇게 노함으로써 비로소 결정적인 사상이 두드러지게 나타난다. 하지만 그 반면에 이해하기는 더욱 힘들어진다. 왜냐하면 '신은 죽었다.'라는 그 말은 오히려 '신 자신이 스스로 자신의 생생한 현존의 상태로부터 멀어져갔음'을 암시하는 의미로 이해될 수 있기 때문이다. 그러나 신이 다른 것에 의하여, 특히 인간에 의하여 살해되었을 것이라고는 도저히 생각할 수 없다. 니체 자신도 이러한 생각에는 사뭇 놀란다. 바로 이런 이유에서 그는 "우리가 그를 죽였다. 너희들과 내가! 우리는 모두가 신의 살해자이다!"라는 결정적인 말을 한 다음에 곧바로 미친 사람으로 하여금 "그러나 우리는 어떻게 하여 이런 일을 저질렀을까?"라고 묻게 하였던 것이다.

미친 사람은 신을 살해하려는 의도가 없다. 신을 살해한 건 신의 권능을 믿지 않는 인간들이다. 그들은 신을 살해하고도 그 사실조차 깨닫지 못한다. 신을 살해한 것은 '더없이 추악한 자'들, 혹은 병약한 자들이다. 기존의 진리와 가치에 대한 부정은 필연적으로 니힐리즘에 닿는다. 신이 부재하는 자리를 부득이 인간이 대신해야만 한다. '위대한 건강'을 지닌 인간, 인간의 조건들을 넘어선 인간, 자기 극복을 체현한 존재라야 한다. 위버멘쉬(Ubermensch)가 그 존재다. "모든 신은 죽었다. 이제 위버멘쉬가 등장하기를 우리는 바란다. 이것이 언젠가 위대한 정오를 맞이하여 갖게 될 최후의 의지가 되기를!" 신이 죽었다는 것은 인류의 역사에서 실로 어마어마한 사건이다.

광인. ─ 그대들은 밝은 대낮에 등불을 켜고 시장을 달려가며 끊임없이 "나는 신을 찾고 있노라! 나는 신을 찾고 있노라!"라고 외치는 광인에 대해

---

* 마르틴 하이데거, 「신은 죽었다라는 말」, 『숲길』(신상희 옮김, 나남, 381~389쪽.)

들어 본 일이 있는가? 그곳에 신을 믿지 않는 많은 사람이 모여 있었기 때문에 그는 큰 웃음거리가 되었다. 신을 잃어버렸는가? 그들 중 한 사람이 이렇게 물었다. 신이 아이처럼 길을 잃었는가? 다른 한 사람이 말했다. 신이 숨어 버렸는가? 신이 우리를 두려워하고 있는가? 신이 배를 타고 떠났는가? 이민을 떠났는가? 이렇게 그들은 웃으며 떠들썩하게 소리쳤다. 광인은 그들 한가운데로 뛰어들어 꿰뚫는 듯한 눈길로 그들을 바라보며 소리쳤다. "신이 어디로 갔느냐고? 너희에게 그것을 말해 주겠노라! 우리가 신을 죽였다! — 너희들과 내가! 우리 모두가 신을 죽인 살인자다! 하지만 어떻게 우리가 이런 일을 저질렀을까? 어떻게 우리가 대양을 마셔 말라 버리게 할 수 있었을까? 누가 우리에게 지평선 전체를 지워 버릴 수 있는 지우개를 주었을까? 지구를 태양으로부터 풀어놓았을 때 우리는 무슨 짓을 한 것일까? 이제 지구는 어디를 향해 가고 있는 것일까? 우리는 어디를 향해 가고 있는 것일까? 모든 태양으로부터 떨어져 나온 지금? 우리는 끊임없이 추락하고 있는 것이 아닐까? 뒤로 옆으로 앞으로 모든 방향으로 추락하고 있는 것이 아닐까? 아직도 위와 아래가 있는 것일까? 허공이 우리에게 한숨을 내쉬고 있는 것은 아닐까? 한파가 몰아닥치고 있는 것이 아닐까? 밤과 밤이 연이어서 다가오고 있는 것이 아닐까? 대낮에 등불을 켜야 하는 것이 아닐까? 신을 매장하는 자들의 시끄러운 소리가 들리지 않는가? 신의 시체가 부패하는 냄새가 나지 않는가? 신들도 부패한다! 신은 죽었다! 신은 죽어 버렸다! 우리가 신을 죽인 것이다! 살인자 중의 살인자인 우리는 이제 어디에서 위로를 얻을 것인가? 지금까지 세계에 존재한 가장 성스럽고 강력한 자가 지금 우리의 칼을 맞고 피를 흘리고 있다. 누가 우리에게서 이 피를 씻어 줄 것인가? 어떤 물로 우리를 정화시킬 것인가? 어떤 속죄의 제의와 성스러운 제전을 고안해 내야 할 것인가? 이 행위의 위대성이 우리가 담당하기에는 너무 컸던 것이 아닐까? 그런 행위를 할 자격이 있으려면 우리 스스로가 신이 되어야 하는 것이 아닐까? 이보다 더 위대한 행위는 없었다. 우리 이후에 태어난 자는 이 행위 때문에 지금까지의 어떤 역사보다도 더 높은 역사에 속하게 될 것이다!" 여기에서 광인은 입을 다물고 청중들을 다시 바라보았다. 청중들도 입을 다물고, 의아한 눈초리로 그를 쳐다보았다. 마침내 그는 등불을 땅바닥에 내던졌다. 등불은 산산조각이 나고 불은 꺼져 버렸다. 그가 말했다. "나는 너무 일찍 세상에 나왔다. 나의 때는 아직 오지 않았다. 이 엄청난 사건은 아직도 진행 중이며 방황 중이다. 이 사건은 아직 사람들의 귀에 들어가지 못했다. 천둥과 번개는 시간이 필요하다. 별빛은 시간이 필요하다. 행위는 그것이 행해진 후에도 보고 듣게 되기까지 시간이 필요하다. 사람들에게 이 행위는 아직까지 가장 멀리 있는 별보다도 더 멀리 떨어져 있다. 하지만 바로 그들이 이 짓을 저지른 것이다!" 사람들이 이야기하기를 그날 그 광인은 여러 교회에 뛰어들어 신의 영원 진혼곡을 불렀다고 한다. 밖으로 끌려 나와 심문을 받왔을 때 그는 이 대답만 되풀이했다고 한다. "이 교회가 신의 무덤과 묘비가 아니라면 도대체 무엇이란 말인가?"[*]

세계는 낡고, 공중에 떠 있던 태양이 지자 세계는 핏빛 황혼에 물든다. 오래된 것들에 대한 믿음은 의심으로 바뀌고, 세계는 더 믿을 수 없고 더 낡아 간다. 이 사건의 전모를 알지 못한 채 사람들은 세계에 닥친 붕괴, 파괴, 몰락, 전복을 받아들인다. 신의 죽음은 등불이 꺼진 것에 견줄 수 있다. 등불이던 기독교와 그 계율들은 무너지고 세상은 어둠으로 덮인다. 아직 새로운 진리·전망·가치 체계가 만들어지지 않았다. 이제 사람들은 제 앞의 어둠을 스스로 밝혀야 하는데, 이 어둠이 니힐리즘이다. 니힐(nihil)은 존재의 가치가 탕진된 상태, 빛이 사라진 상태, 즉 아무것도 아님에 이른 것을 뜻한다. 하이데거는 "존재는 그 자신의 고유한 본질의 빛에 이르지 못한다. 존재자가 존재자로서 나타남에서 존재 자체는 밖에-머무르게 된다. 존재의 진리는 빠져나가고, 그것은 망각된 상태로 머물게 된다."[**]고 말한다.

[*] 프리드리히 니체, 『즐거운 학문·메시나에서의 전원시·유고(1881년 `ha~1882sus 여름)』, 안성찬, 홍사현 옮김, 책세상, 2005, 199~201쪽.
[**] 하이데거, 앞의 책, 384쪽.

웃음과 춤을 아는 자, 위버멘쉬

이 공포와 어둠, 세계에 달라붙어 증식하는 환영들과 거짓들을 어떻게 할 것인가? "이 어두운 일식의 예언자"는 차라투스트라다. 신의 죽음 이후 세계는 허무주의, 원한, 노예 도덕과 같은 검은 구름들로 뒤덮인다. 사람들은 초자연적, 초감성적 가치들이 아니라 삶에의 긍정과 생성적 의지로 초극해야 할 숭고한 의무를 찾는다. 니체는 신이 죽은 뒤 새로운 가치의 근거, 스스로 진리가 되어야 할 자로 차라투스트라를 소개한다. 인간을 넘어선 인간, "번갯불이며 광기"의 존재가 예고되는데, 바로 자기 연민, 허무주의, 원한 따위의 부정적인 것들을 넘어서서 영원 회귀라는 최고의 긍정 형식을 찾아낸 자, 바로 위버멘쉬다. 니체는 신의 죽음을 모른 채 신을 경배하고 하늘나라를 욕망하는 사람들에게 차라투스트라를 소개한 것이다. "그런 자들은 생명을 경멸하는 자들이요, 소멸해 가고 있는 자들이며 이미 독에 중독된 자들인 바 이 대지는 그런 자들에게 지쳐 있다. 그러니 아예 저 하늘나라로 떠나도록 저들을 버려 두어라!" 차라투스트라는 군중에게 자기를 위버멘쉬의 도래를 알리기 위해 온 자라고 말한다. 보라, 나 너희들에게 위버멘쉬를 가르치노라. 이 위버멘쉬가 바로 너희들의 크나큰 경멸이 그 속에 가라앉아 몰락할 수 있는 그런 바다다." 위버멘쉬는 어둠에 빠진 무리에게 주는 등불이요 구원의 복음이다. 사람이 극복되어야 할 더러운 강물이라면, 바로 위베멘쉬는 그것을 넘어선 초극의 존재다.

위버멘쉬는 자기 원한과 부정성을 넘어서서 영원 회귀 사상이라는 최고의 긍정 형식 속에서 찬연하게 나타난다. 웃음과 춤을 아는 자, 세계에 위대한 정오라는 선물을 마련한 그는 미래의 인간, 예언자, 자유정신의 창조자다. 차라투스트라는 이 세상에 위버멘쉬를 예고하려고 너무 일찍 왔다. 군중은 그를 몰랐고, 그를 이해하려면 시간이 더 필요했다. 신의 죽음을 선언하는 그를 사람들이 미친 사람 취급한 것도 이해할 만하다. 차라투스트라는 먼저 온 자, "미래라고 하는 나무에 보금자리를 마련한" 자다. 그는 너무 일찍 왔다. 미래는 오지 않은 시간이 아니라 이미 와 있는데, 널리 고르게 퍼지지 않은 비균질성으로 사람들이 미처 알아보지 못한 시간이다. 오직 눈 밝은 자들만이 현재 속에 이미 와 있는 미래를 본다.

영혼을 넘어 신체에로

무엇보다도 인간은 신체로써 발견된다. 정신과 신체가 하나다. 니체는 『선악의 저편』에서 "실제로 정신이 가장 닮은 것은 위(胃)다."라고 썼다. 니체는 정신과 몸이 하나라는 사실을 꿰뚫어봤다. 신체가 이성이나 영혼보다 열등한 그 무엇이라고 깔보는 생각을 뒤집는다. "지난날에는 영혼이 신체를 경멸하여 깔보았다. 그때만 해도 그런 경멸이 가장 가치 있는 것으로 받아들여졌다. 영혼은 신체가 야위고 몰골이 말이 아니기를, 그리고 허기져 있기를 바랐다. 이렇게 함으로써 그는 신체와 이 대지에서 벗어날 수 있다고 생각했던 것이다." 신체는 이성이나 영혼에 부속된 도구가 아니라 대지와 인간을 연결하는 교량이다. "그러나 깨어난 자, 깨우친 자는 이렇게까지 말한다. '나는 전적으로 신체일 뿐, 그 밖의 것은 아무것도 아니며, 영혼이란 것도 신체 속에 있는 그 어떤 것에 붙인 말에 불과하다.'고. 신체는 커다란 이성이며, 하나의 의미를 지닌 다양성이고, 전쟁이자 평화, 가축 떼이자 목자이다. 형제여, 네가 '정신'이라고 부르는 그 작은 이성, 그것 또한 너의 신체의 도구, 이를테면 너의 커다란 이성의 작은 도구이자 놀잇감에 불과하다." 니체는 이성의 부속물로 전락한 신체를 복권시키며, 그 위상을 수정한다. 신체가 이성의 도구가 아니라 이성이 신체의 도구라고!

자아라는 것도 신체가 드러내는 실물로서의 구체성에 견준다면 허깨비이자, 유령일 뿐이다. 나, 유일성의 존재 근거라고 받아들여지는 자아는 허상, 일종의 문법적 가설이다. "우리의 개체적 동일성을 구성하는 것으로 간주되는 우리의 자아는 실상 잡다한 작용들의 집합일 뿐이다. 열렬히 애써서 얻어진 모방의 결과일 뿐이란 말이다. 우리 안에 본래적이며 개인적으로 존재하는 것이라고 믿는 것은 사실 우리의 할아버지들과 아버지들이 느끼고, 바라고, 생각했던 것의 창백한 반영일 뿐이다."˙ 삶의 생성적 주체는 자아가 아니라 신체다! 신체에 대해 보다 많은 것을 알게 되면 삶의 창조적 생성이라는 면에서 신체가 정신이나 자아라는 허상보다 훨씬 더 역동하는 주인이라는 걸 알게 되리라!

다시 한번 묻자. 신체란 무엇인가? "신체는 항상 니체적 의미에서 우연의 산물이고, 가장 〈놀라운〉 것, 사실상 의식과 정신보다 훨씬 더 놀라운 것으로 보인다.""" 들뢰즈는 신체가 형태화된 인간의 총체를 가리키는데, 그것은 "환원될 수 없는 다수의 힘들로 구성"되어 있다고 말한다. 생명들은 예외 없이 힘에의 의지를 갖는다. 신체는 힘들의 의지라는 위계의 복합성으로 이루어진다. 따라서 '자유정신(Der freie Geist)'이 발현하고 작동하는 원점도 바로 신체다. 이 자유정신은 무엇에 예속됨 없이 스스로의 세계를 창조함으로써 그것을 획득한다는 의미를 포괄한다. 새로운 것의 창조는 새로운 가치 평가요, 아울러 낡은 것의 몰락과 파괴를 수반한다. 그러므로 자유정신을 가진 자는 "가치의 변천, 곧 창조하는 자들의 변천"을 타고 넘어간다.

---

* 야니스 콩스탕티니데스, 『유럽의 붓다, 니체』(강희경 옮김, 열린책들, 139쪽.)
** 질 들뢰즈, 『니체와 철학』(이경신 옮김, 민음사, 87~88쪽.)

차라투스트라—위버멘쉬—니체

차라투스트라가 산에서 내려와 저잣거리에 들어서며 군중과 만난다. 한때 벌레이고 한때 원숭이였던 존재들, 지혜로운 사람도 "식물과 유령의 불화이자 트기"에 불과하다. 차라투스트라는 이 비천한 무리에게 삶에의 긍정과 타고난 기쁨, 천부적 본성으로서의 의지를 심어 주려고 한다. 사람은 짐승과 위버멘쉬 사이에 걸친 밧줄이다. "나는 번갯불이 내려칠 것임을 예고하는 자요, 구름에서 떨어지는 무거운 물방울이다. 번갯불, 그것이 곧 위버맨쉬다." 위버멘쉬는 먹구름을 뚫고 내리치는 번갯불이다. 어리석은 군중이 미몽에서 깨어나려면 그 번갯불이 필요하다. 자유정신이라는 번갯불! 니체는 신이 죽음 이후 건강과 자기 초극의 의지, 새로운 가치를 창조할 수 있는 자유정신이 필요하다고 보았다. 위버멘쉬야말로 그런 자유정신 그 자체였다.

자신을 "지난 천 년과 앞으로 올 천 년 사이에 존재하는 운명적인 사건"이라고 했던 말은 과장이 아니었다. 그 전대미문의 사건, 그 낯선 정신의 출현으로 철학의 지형은 크게 바뀌었다. 음식을 까다롭게 가려 먹고, 금욕주의자로 살던 이 철학자는 무시무시한 광기에 사로잡힌 채 닥치는 대로 탐식을 하고 여자를 구해 달라고 짐승처럼 울부짖었다. 대학에서 고전 문헌학을 가르치던 교양인은 생애의 마지막 몇 년 을 그런 퇴행과 광기 속에서 정신 병원을 들락거리다가 눈을 감는다. 1900년 8월 25일 정오경, 니체는 눈을 감는다. 그의 시신은 사흘 뒤 고향 뢰켄의 부모 무덤 곁에 묻힌다. 어떤 사람은 일찍 죽고, 또 어떤 사람은 늦게 죽는다. 어느 시기에 죽느냐보다 더 중요한 것은 죽음을 맞이하는 법을 배우는 것이다. 죽음은 삶의 미완성이 아니라 그 자체로 완성이다. 잘 사는 것과 잘 죽는 것은 하나다. 무엇보다도 자유정신을 갖고 살 것, 사는 동안 웃음과 춤을 배울 것! 삶을 긍정한다면 죽음이라는 아름다운 축제에 대해 더 많이 배울 것!

제2부

그대는 들개로 울부짖으며 살겠는가?

내 30대는 벼락처럼 다가왔다. 하나는 항상 너무나 많다. 나는 그 많은 하나들 중 하나다. 그 하나는 천민이다. 봄과 사랑의 화염이 왔지만 나는 기쁨을 잃었다. 나는 내가 낯설었다. 30대 때 지혜에 대한 사랑과 숭고함에 대한 열정을 잃고 속절없이 추락했다. 나날의 삶은 마치 발을 진흙탕 속에 담근 채 허우적거리는 꿈을 꾸는 것만 같았다. 나는 더 이상 젊지 않고, 그렇다고 늙은 것도 아니었다. 나는 배가 부르고, 나태해진 정신은 비루함의 구덩이에 빠지고 말았다. 그 비루함은 철학의 부재에서 비롯된 거였다. 자신에 대한 혐오감은 어느 날 갑자기 찾아온다. 나는 늙지 않아요. 그저 무럭무럭 자랄 뿐이지요. 나는 노예의 고귀함 속에서 30대를 맞은 것이다.

철학이란 무엇인가? 철학은 제 영혼을 누르는 무거운 돌을 내려놓으려는 싸움이다. 사유의 유격전이라는 점에서 철학은 어둠의 심연에서 기어나와 태양처럼 고요함에 이르는 과정이다. 철학은 생명과 자기 극복을 위한 소요(騷擾)이고, 진리에의 의지다, 아니 진리로부터의 하염없는 탈주선이다. 어느 날 아침, 안개가 자욱한 도시의 거리에서 흘러가는 군중을 보았는데, 군중은 한 무리의 양 떼와 같았다. 제 자유를 헌납하고 안전과 욕망을 보장받은 자들. 봄날의 슬픔을 계절의 멜랑콜리로 착각하는 자들. 내 피 묻은 손에 들린 것은 죽은 새들과 지저분한 모래와 더러운 지폐 다발이었다. 나는 탄식했다. 스스로 고귀해지지 않으면 천민으로 전락한다. 천민은 군중이다. 군중은 죽음을 향하여 흘러가는 강물이구나!

30대로 진입한 나는 더 이상 니체 따위를 읽지 않았다. 철학자는 이렇게 말하는 자다. "인간은 천 개의 다리와 계단을 지나 미래로 돌진해야 한다. 그리고 언제나 인간들 사이의 더 많은 전쟁과 불평등이 있어야 한다."(니체, 『차라투스트라는 이렇게 말했다』) 천 개의 다리와 계단을 지나는 자는 상상력과 철학을 가져야 한다. 그러나 나는 더 이상 철학의 필요를 느끼지 못했다. 불행의 자각이 없던 시절이다. 하마터면 무지몽매를 행복으로, 내게 주어진 시간을 무한 자산으로 착각하며 살 뻔했다. 표면적으로는 삶에 아무 문제도 없었다. 나는 태평했다. 비록 먼지와 소음을 만들어 내는 삶이라 할

지라도 나는 잘 먹고 잘살았다. 돈을 버는 것, 술을 마시고 계약을 하는 것, 가장행렬에 끼어들어 농담과 웃음에 열중했다. 내 30대는 '줄타기 광대'의 시절이었다. 니체가 썼듯이 "내가 나의 늙은 악마와 철천지원수를, 중력의 영과 그가 만들어 낸 모든 것, 강제, 규약, 필요와 결과와 목적과 의지와 선과 악을 재회한 곳"에서도 나는 평화롭고, 느긋했다. 나는 줄 위를 건너갔다. 구경꾼들은 밧줄 위를 건너가는 줄타기 광대를 비웃고 조롱했지만 나는 크게 신경 쓰지 않았다. 줄을 탈 때 누군가 뒤에서 쫓아왔지만 나는 줄에서 떨어지지 않고 밧줄 위를 건너갔다. 오, 인간은 그 자체로 하나의 밧줄이 아니던가! 너는 너의 밧줄을 건너라! 그렇게 인간에게는 자기 극복이란 숙제가 주어진다. 나는 불안하고 위험한 존재였지만 용케도 그것을 아슬아슬하게 뛰어 넘어갔다. 위험했지만, 그 위험을 피하지 않았다. 위험을 천직으로 삼는 자들이 그렇듯이. 마치 장대높이뛰기 선수가 제 최고의 기록을 경신하듯이. 나는 "그것을 넘어 춤추고, 춤추면서 건너가는 존재"가 되었다. 나는 줄타기 광대였다.

현대 사회는 무수한 욕망의 천민을 낳는다. 눈[雪]의 이웃, 태양의 이웃이 될 수 없는 자들. 알에서 부화하듯이 깨어난 천민은 도덕을 잃고도 뻔뻔하기 이를 데 없는 자들이다. 그들은 차가운 샘과 축복받은 고요가 없는 생을 유산으로 받는다. 천민은 도덕의 죽음이란 토대 위에서 탄생하는 무리를 가리킨다. 애초부터 도덕이 틈입할 여지가 아예 없는 그들은 거미와 같이 배만 불룩 튀어나온 모습을 하고 있다. 아무리 먹어도 그 배를 채울 방법이 없다. 그들은 항상 굶주림 속에서 허덕인다. 모든 도덕은 강제가 선행하는 힘을 갖는다. 그 힘을 도덕의 중력이라고 불러도 좋을 것이지만 도덕은 결국 사라지는 별과 같다. 늙은 별들이 궤도를 이탈해서 광대한 우주를 떠돌다가 어느 순간 깊은 한숨을 내쉬며 숨을 거두고 사라진다. 도덕의 죽음. 천민의 영혼은 무엇을 갈망할 수 있는가? 우리는 죽어가는 별에서 살면서 "수많은 별"을 갈망한다.

"그대는 자유로운 산꼭대기에 올라가려 한다. 그대의 영혼은 수많은 별을 갈망한다. 동시에 그대의 사악한 충동도 자유를 갈망한다. 그대의 들개들은 자유의 몸이 되고 싶어 한다. 그대의 정신이 모든 감옥을 해방시키려 할 때, 그 들개들은 자신의 굴속에서 욕망에 사로잡혀 울부짖는다."(니체 『차라투스트라는 이렇게 말했다』, 제1부 「산비탈의 나무에 대하여」)

천민은 들개 무리와 닮았다. 동굴에서 욕망에 사로잡혀 울부짖는 들개들. 들개는 야생과 주인에게 길들여진 축생 사이에 있다. 들개는 저를 속박하는 감옥(주인)에서 놓여난 탓에 자기가 자유를 얻었다고 착각하지만, 들개는 자유를 얻은 게 아니라 버림을 받은 것이다. 들개는 어쩌다가 제

주인에게 버림받은 뒤 무리 지어 몰려다닌다. 이들은 약한 존재를 괴롭히고 굶주림에 지쳐서 닥치는 대로 먹잇감을 사냥한다. 들개의 무리와 천민은 닮았다. 주린 배를 부여잡고 먹잇감에 달려든다는 점에서 그렇다. 두 부류는 염치가 없고, 항상 무리로써 움직인다.

우리 시대의 천민은 들개의 모습을 하고 있는가? 그들은 무리 지은 채 부화뇌동하는 자들. 아무 죄책감 없이 매음하는 자들이 아닌가? 들개는 제 욕망에 사로잡혀 야비한 짓을 일삼는다. 심장은 차갑고, 머리는 뜨거운 자들! 제 잇속에 따라 달아오르고, 이내 식어 버리는 자들. 순수한 자유 의지를 잃고, 제 비루한 욕망에 굴복한 자들이란 몰락한 자들, 소인배들, 그들이 바로 천민이다. 오늘날 세상을 쥐락펴락하며 움직이는 것은 천민들이 아닌가? 100년 전 니체도 그렇게 말했다. "오늘날 세상은 천민의 것이 아닌가? 그러나 천민은 무엇이 크고 무엇이 작은지, 무엇이 올곧고 정직한지 모른다. 천민은 죄책감 없이 굽어져 있고, 언제나 거짓말을 한다."(니체, 『차라투스트라는 이렇게 말했다』) 천민이 지닌 금언이란 기껏해야 "최대 다수의 최대 행복"이다. 그것은 모리배와 사기꾼들의 달콤한 꾐에 지나지 않는다. 선거의 계절마다 빠지지 않고 추악한 얼굴을 내미는 정치가들. 그들이 내거는 구호는 "최대 다수의 최대 행복"이다. 천민들은 자신을 기만하는 정치가의 구호에 열광한다. 정치가들은 천민들을 치켜세우며 "우리 권력은

당신들에게서 나온다!"라고 말한다. 그건 정치가들이 늘 하는 아첨의 말일
뿐인데, 그들은 그 말에 열광한다. 그대는 언제까지 들개처럼 울부짖으며
살려는가?

모든 것은 가고 되돌아온다

철학은 왜 중요할까? 우리는 철학 없이도 탈없이 잘 산다. 하지만 철학은 아무것도 아닌 존재를 생각하는 존재, 의미의 존재, 오성의 존재로 다시 살게 한다. 삶이 생각, 의미, 오성에 의해 매개될 때 무지와 소외와 광기에 매몰된 존재에서 벗어나는 계기와 마주친다. 삶의 무의미와 밋밋함에서 벗어나면서 돌연 생생해진다. 철학은 삶이라는 테두리에 의미의 광휘를 두르게 한다. 자기를 돌아보는 성찰 속에서 의미의 존재로 거듭나게 한다는 것이 철학의 위대함이다. 현대 사회의 가장 큰 문제는 생각함의 계기적 찰나를 무의미한 행위로 대체한 점이다. 많은 사람이 물건을 사고 소비하는 패턴에서 의미와 기쁨을 찾으려고 하지만 물질주의에 머리를 처박을 때 생각함이 개입할 여지는 사라진다. 생각함을 폐기하고 배제하는 물질주의를 좇는 태도는 곧 의미의 탕진, 삶의 탕진에 이르고 만다. 물질주의는 인간을 무지와 소외와 광기로 내몬다. 사람들이 공허와 뜻 없음에서 허덕이는 이유가 그 때문이다. 이 어리석음에서 해방되려면 철학의 도움을 받아야 하지만 철학이 마음의 평화를 준다고 믿어서는 안 된다. 베르나르-앙리 레비가 말했듯이 철학은 "소요(騷擾)와 전쟁의 딸"*이다. 진짜 철학자들은 세상을 시끄럽게 만든다. 그들은 망치를 들고 우상들을 깨 버리고, 가치의 전도를 시도하며, 낡은 세계를 허문다. 좋은 철학자들은 이성의 빛으로 미망의 어둠을 밝혀내며 이 세상을 보다 더 살 만한 것으로 바꾸는 것이다.

어떤 노인이 도시의 성문 앞에 앉아 있었다. 먼 곳에서 온 이방인이 노인에게 다가가 물었다. "어르신, 저는 이 도시를 잘 모르는 사람입니다. 이곳 사람들의 인심은 어떻습니까?"

노인은 대답하지 않고 그 낯선 이에게 물었다.

"자네가 살던 곳은 어땠나?"

"자기밖에 모르는 사람들 천지였지요. 그래서 그 도시를 떠나왔습니다."

그러자 노인이 대답했다. "여기도 마찬가지일 걸세."

잠시 후 다른 이방인이 와서 노인에게 물었다.

"저는 먼 곳에서 왔습니다. 여기 사람들은 어떻습니까?"

---

* 베르나르 앙리 레비, 『철학은 전쟁이다』, 김병욱 옮김, 사람의무늬, 2013.

노인이 또 물었다. "자네가 살던 곳은 어땠나?"

"착하고 정이 많은 사람들이었습니다. 좋은 친구를 많이 사귀었는데 여기 오느라 헤어져야 해서 마음이 아팠지요."

그러자 노인이 대답했다. "여기 사람들도 마찬가지일 걸세."

그 상황을 줄곧 지켜보던 낙타 상인이 노인에게 다가가 물었다.

"두 사람이 똑같은 질문을 했는데 왜 대답은 그렇게 다르게 하신 겁니까?"

노인은 이렇게 대꾸했다. "저마다 마음속에 자기 세상이 있는 법이지. 우리가 보는 세상은 세상 그 자체가 아니라 우리가 느끼고 생각하는 대로의 세상 아닌가. 이 동네에서 불행한 사람은 세상 어느 동네를 가도 불행한 법이네.'"

이슬람 수피파에게 전해지는 이야기 속 나그네와 같이 우리는 지구라는 낯선 별에 온 이방인들이다. 먼 곳에서 낯선 땅을 찾아온 이방인은 노인에게 "이곳은 살기에 좋은 곳이냐?"고 묻는다. 노인은 "자네가 살던 곳은 어땠나?"라고 묻고, "자기밖에 모르는 사람들의 천지"라고 이방인이 대답하자, 노인은 "이곳도 마찬가지일세."라고 말한다. 또 다른 이방인이 다가와 노인에게 같은 물음을 던진다. 이방인이 떠나온 고장이 "착하고 정이 많은 사람들"이 살던 곳이란 대답을 얻은 뒤, 노인은 "이곳도 마찬가지일

---

* 프레데릭 르누아르, 『철학, 기쁨을 길들이다』, 이세진 옮김, 와이즈베리, 2016, 26~27쪽.

세."라고 말한다. 노인은 하나의 물음에 각각 다른 대답을 내놓은 두 나그네에게 같은 대답을 건넨다. 이 현명한 노인은 떠나온 세계와 새로 도착한 세계가 다르지 않음을 일러준 걸까? 나그네여, 가장 먼 고장을 찾아 떠나라! 그곳도 자신이 떠나온 고향과 다르지 않음을 알게 될 것이다.

어떤 세상에 있든지 우리는 낯선 곳에서 와서 잠시 머물다 떠나는 이방인에 지나지 않는다. 이방인이란 이곳에서 저곳으로 이동하는 사람, 고향을 떠나 이곳과 저곳의 사이를 자기 삶의 영역으로 선택한 사람, 이쪽에서도 저쪽에서도 받아들여지지 못한 주변인이다. 그들은 "새로 온 사람들"인데 새로 온 사람은 익숙한 질서를 위협하기에 환대를 받지 못한다. 소외는 이방인의 몫이다. "고국을 떠나 최근 이민을 온 사람으로서 장차 문화적 잡종이나 주변인으로 계속 남을지 아니면 자신의 특성과 이방인의 어려움을 다 떨치고 완전히 동화될지 아직 결정하지 못한 사람이다." "이방인은 낯선 사람, 수상한 사람이다. 그들은 중심에서 미끄러져 나가며 문화적 잡종으로 떠돈다.

사실을 말하자면 모든 인간은 이방인이다. 인류는 이방인으로 살며 끊임없이 변신을 한다. 고치 속의 애벌레가 우화(羽化)를 하고 공중으로 날아

***
** 니콜 라피에르, 『다른 곳을 바라보자』(이세진 옮김, 푸른숲, 79쪽)

가듯이. 우화는 허물을 벗고 새로운 몸으로 다시 태어나는 것이다. 시작도 없고 끝도 없이 동일한 것으로 반복하며 영원회귀의 수레바퀴 속을 도는 존재들! 영원회귀 사상은 무한 긍정의 철학이다. 가장 높은 것으로서의 신비한 철학이다. 동일한 것의 영원회귀는 이제까지 없었던 새로운 종류의 삶에 대한 구상이고, 새로운 삶에 대한 무한 긍정으로 베푸는 향연이다. 니체는 1881년 8월 초, 질스마리아에서 영원회귀의 사상이 최초로 착상되는 순간과 마주친다. 그때 영원회귀의 사상에 대한 밑그림을 구상한다. "동일한 것의 영원회귀. 우리의 지식, 실수, 우리의 습관, 다가오는 모든 것에 대한 삶의 지혜, 이러한 것들의 무한한 중요성, 남은 생 동안 우리는 무엇을 할 것인가? 우리는 가르침을 가르친다. 그것은 가르침을 자신의 것으로 체화시키는 최상의 수단이다."(니체, '유고') 니체는 그 착상에서 시작해 마침내 『차라투스트라는 이렇게 말했다』제1부를 열흘 남짓한 기간 만에 완성한다. 잇달아 2권, 3권, 4권의 집필을 하는데, 이 모두를 써내는데 한 달이란 기간이 채 걸리지 않았다. "끊임없는 변신 —너는 짧은 기간 내에 다양한 개체들 모두가 되어야 한다. 그 방법은 끊임없는 투쟁이다." 이토록 단 기간에 쓰인 책은 끊임없는 변신의 책, 끊임없는 투쟁의 책이고, 영원회귀의 철학을 위한 지침서라고 할 수 있다.

니체 철학의 목표는 가장 높은 곳에 도달하는 것이다. 높이, 높이, 높이다! 니체는 "가장 높은 것은 가장 깊은 것으로부터 자신의 높이에 도달한다."라고 천명한다. 심연이 하강의 마이너스 높이를 보여준다면, 상승하는 정신이 닿는 가장 높은 곳은 하늘이다. 차라투스트라는 하늘이란 심연에 자신을 던진다. 돌고 돌아서 제 자리에 오는 것, 그 수단이 영원회귀다! 영원회귀를 위해서는 신성한 우연 속에 자신을 던져야 한다. "극복하라, 보다 높은 인간들이여! 작은 덕, 작은 현명함, 모래알—배려, 개미떼 같은 자질구레함, '최대 다수의 행복'을!"(니체, '차라투스트라는 이렇게 말했다') 죽음과 삶 사이, 자정과 정오 사이, 부정과 긍정 사이에서 진자운동을 하며 영원회귀하는 삶이다. 삶, 죽음, 삶, 죽음, 삶… 동일한 것의 영원회귀. 들뢰즈는 니체 철학이 동일한 것의 영원회귀이자 차이의 철학이라고 말한다. 영원회귀의 핵심은 가장 오류가 없는 삶, 껍질을 벗고 다시 태어나는 삶, 차이를 반복하며 영원히 돌아오는 무한긍정의 삶이다. 영원회귀의 사상은 궁극적으로 생명을 긍정하는 철학이고, 언제라도 "오, 삶이여. 다시 한번!"을 외칠 수 있는 철학이다.

그대는 왜 짐깨나 지는 짐승이 되었나?

한 택배 기사가 집에서 죽은 채 발견되었다. 막다른 생존 경쟁에 내몰린 사람들이 다수인 사회에서 과로사는 드문 일이 아니다. 이 가슴 먹먹해지는 사건으로 날마다 400여 개 물량을 종일 배송하는 택배 기사들의 반인간적인 노동 현실이 사회 문제로 떠올랐다. 택배 물량이 증가한 것은 코로나 19의 팬데믹으로 비대면 방식의 일상화가 부른 불가피한 현실이다. 택배 기사의 노동 시간이 늘어났고, 올해만 13명이 과로로 목숨을 잃을 만큼 노동 강도도 세졌다. 택배 기사는 특수 고용 형태 근로 종사자로 산재 보험 대상이지만, 안타깝게도 많은 이들이 이 혜택을 받지 못한 채 제 목숨을 걸고 일한다.

노동의 범주와 형태는 넓고 다양하다. 파리의 에펠탑도, 중국의 만리장

성도, 인도의 타지마할도 노동의 산물이다. 노동은 인간이 먹고살기 위한 활동들, 즉 밭을 일구고 가축을 돌보는 일이고, 빵을 굽고 거리를 청소하는 것이며, 거래와 계약을 맺고, 집안을 건사하는 행위를 포괄한다. 더 간단하게 말하자면, 어떤 현상의 변화를 가져오려고 자기 시간과 신체 에너지를 투여하는 행위를 가리킨다. 물건을 이곳에서 저곳으로 옮기는 일은 가장 단순하고 원시적인 노동인데, 택배 배송이 이에 해당한다. 건설 현장이나 공장은 물론이거니와 기업, 공항, 병원, 쇼핑몰에서 일하거나 자영업자나 장의업자가 다 노동자다. 한 새내기 국회의원은 자신을 '입법 노동자'라고 불렀으니, 글을 써서 나오는 수입에 기대어 사는 나는 '문장 노동자'라고 분류할 수 있겠다.

노동은 숙련된 기술과 자기 시간을 임금과 맞교환하는 일이다. 이때 노동자는 고용주와 계약을 하고 자기를 맡긴 '복종적 주체'다. 후기 근대 사회에 나타난 노동자는 '성과 주체'로 불리는 사람들이다. 재독 철학자 한병철은 『피로 사회』에서 이들을 "자기 자신을 경영하는 기업가"라고 부른다. 이들은 누구의 강요 없이 일하며, 성과를 내려고 자기를 다그친다. 이런 맥락에서 성과 주체는 자신을 향한 가해자인 동시에 피해자다. 성과 주체로 나선 노동자는 타자가 강제하는 의무를 지지는 않는다. 대신 업무에서 성과를 내고 그에 따른 성과금을 얻기 위해 자기를 다그친다. 오늘날 죽음을 불러오는 '피로 사회'는 모든 이들이 성과 주체로 나서서 자기 착취를 한 결과다.

잘 아시겠지만 노동은 바이러스가 아니다. 그럼에도 신체 역량을 초과한 노동은 우리 몸의 근육과 신경계에 침투하고, 피로의 포화 상태에 이르게 한다. 피로는 노동의 음침한 응답이다. 문제는 존재의 약동을 앗아가고 주체를 쓰러뜨리는 피로다! 택배 기사는 과로사 직전 "너무 힘들어요!"라고 호소했다. 이는 죽을 만큼 피로하다는 외침이다. 피로에서 죽음의 기미를 눈치챈 철학자가 바로 니체다. "단 한 번의 도약, 죽음의 도약으로 끝을 내려는 피로감, 그 어떤 것도 더는 바라지 못하는 저 가련하고 무지한 피로감, 그와 같은 피로감이 온갖 신을 만들어 내고 저편의 또 다른 세계라는 것을 꾸며 낸 것이다."(니체, 『차라투스트라는 이렇게 말했다』) 피로가 작게 쪼개진 죽음이라면 과로사는 작은 죽음들의 누적이 만든 큰 죽음이다. 피로는 희미한 죽음의 전조(前兆)다. 이것은 자기 의지에 반하는 현재에의 예속화에서 나타난다. 과로사가 소진 증후군이 가 닿은 극단이고 이는 "자아가 동질적인 것의 과다에 따른 과열로 타 버리는 것"(한병철)이다. 노동자는 심장 정지 같은 신체 죽음에 앞서 피로가 만든 소진 증후군을 맞는다. 이것이 의사(疑似) 죽음, 즉 신경 시스템의 과부하로 인한 번아웃 신드롬(burnout syndrome)이다.

어느 사회나 건강한 사람이 노동을 하지 않고 무위도식하며 사는 행태는 비난받는다. 성경은 "일하지 않는 자는 먹지도 말라."고 하고, 알베르 카뮈는 "노동하지 않는 영혼은 기어코 부패한다."라고 말한다. 노동으로 제 생계를 해결하고, 사회와 결속하며 제 실존의 뿌리를 사회에 내리는 건 중요하다. 노동의 숭고함은 제 생계 수단을 넘어서서 제 삶의 의미를 생산하는 일이기 때문이다. 하지만 택배 기사의 과로사는 살인적 노동 환경에 강제된 상태에서 당한 사회적 타살이라는 점에서 분노를 낳는다. 죽음을 부르는 노동에 내몰린 이들이 단 한 사람이라도 나와서는 안 된다. 노동은 생업의 기반이고 생명을 살리는 일이어야 하고, 자기는 물론이거니와 공동체의 생존 이익을 북돋는 일이 되어야 한다.

자기 삶의 창조가 아닌 노동, 시장의 요구에 따른 노동, 오직 돈을 벌기 위해 아침부터 저녁까지 반복하는 노동은 인간을 짙은 피로감과 함께 퇴영적 존재로 전락시킨다. 생각 따위는 집어치워라, 오직 주어진 일에만 충실하라! 그런 주체에게서 자율성을 빼앗는 강제된 노동은 인간의 기본적인 내면의 충동들을 억누른다. 니체는 이렇게 말한다. "노동은 신경의 힘을 확연히 눈에 띌 정도로 많이 소모시켜 성찰, 명상, 몽상, 심려, 사랑과 증오를 갖지 못하게 가로막기 때문에 우리 눈에 보잘것없는 목표만을 보여 주고 안이하고 규정된 만족만을 보장한다." (니체, 『아침놀』) 오늘날 얼마나 많은 노동자가 비인간적 혹사에 내몰리는가? 그런 노동은 우리의 신체 역량을 소모시키고, 우리 안에서 꿈틀대는 창의적 능동성을 죽인다.

저 유명한 '정신의 세 단계 변화'를 말하는 대목에서 인간의 노동에 관한 니체의 생각을 엿볼 수가 있다. 니체는 가장 먼저 "짐깨나 지는 짐승"으로 낙타를 소환한다. 노래할 줄도, 춤출 줄도 모르는 낙타! 니체는 순진무구한 놀이의 기쁨을 알지 못한 채 오로지 제 짐을 지는 일에만 충실한 이 낙타를 두고 이렇게 말한다.

"공경하고 두려워하는 마음을 지닌 억센 정신, 짐깨나 지는 정신에게는 참고 견뎌내야 할 무거운 짐이 허다하다. 정신의 강인함, 그것은 무거운 짐을, 그것도 더없이 무거운 짐을 지고자 한다. 무엇이 무겁단 말인가? 짐깨나 지는 정신은 그렇게 묻고는 낙타처럼 무릎을 꿇고 짐이 가득 실리기를 바란다. 너희 영웅들이여, 내가 그것을 등에 짐으로서 나의 강인함을 확인하고, 그 때문에 기뻐할 수 있는 저 더없이 무거운 것, 그것은 무엇인가? 짐깨나 지는 정신은 묻는다. (중략) 짐깨나 지는 정신은 이처럼 더없이 무거운 짐 모두를 마다하지 않고 짊어진다. 그러고는 마치 짐을 가득 지고 사막을 향해 서둘러 달리는 낙타처럼 그 자신의 사막으로 서둘러 달려간다."(니체, 『차라투스트라는 이렇게 말했다』)

낙타에게 세계를 창조하는 시작은 없고, 오직 똑같은 노동의 되풀이만이 있다. 기꺼이 무거운 짐을 지고 사막을 향해 달려가는 낙타에게서 얼핏 비가 오나 눈이 오나 직장에 나가는 성실한 소시민 가장의 모습을 엿보는 것은 나쁜일까? 아마도 아닐 것이다. 낙타는 자기 짐을 남에게 떠맡기지 않는다는 점에서, 아무리 힘들더라도 참고 견디며 가족 부양의 책임을 지는 점에서 가장의 성실함을 닮았다. 니체는 낙타를 향해 '영웅들'이라고 하지만 이것은 경멸의 뜻을 담은 조롱이다. 물론 "공경하고 두려워하는 마음을 지닌 억센 정신"으로 자기를 희생하는 가장들은 존경을 받아 마땅하다. 그러나 낙타는 차별이나 부당한 경우에도 '아니오!'라고 말하지 않는다. 그는 사회 규범들에 항상 '예!'라고 대답하며 복종한다. 어떤 악조건조차 말 없이 긍정하는 것, 그게 과연 좋은 삶의 방식일까? 그 긍정주의가 자기 주체의 삶을 세우는 데 아무 보탬이 되지 않는다는 점에서 의롭지 않다. 그 긍정은 비굴하고 누추해 보인다.

'정신의 세 단계 변화'에서 낙타에게 가장 낮은 자리를 내준 것은 그가 강인하고 성실하지만 자기 의지에 의한 결정권을 갖지 못하고, 자기 삶을 빚는데 자기 의지와 주체적 기율을 쓰지 못하는 까닭이다. 권력의 명령들에 포박된 존재들, 가치의 창조라는 단계로 나아가지 못하는 부류들, 자기 바깥에서 오는 명령들에 대해 주체 도덕을 갖고 단 한 번도 '아니오!'라며 저항하지 못하고 늘 '예!' 하고 굴종하는 낙타라니! "하루 중 3분의 2를 제 마음대로 쓸 수 없는 자는 노예다."라고 단언한 니체의 잣대에 따르면, 낙타는 자기 삶을 살지 못하는 노예에 속한다. 낙타의 성실함을 '짐깨나 지는 짐승'이라고 낮춰 보면서 가장 큰 변화가 필요한 부류라고 규정하는 것은 그 때문이다.

우리 주변엔 얼마나 많은 낙타가 있는가? 제 삶의 주인이 되지 못한 채 "무거운 짐깨나 지는 짐승"으로 사는 것에 만족하는 것은 나태하고 퇴락한 정신의 징표다. 낙타의 긍정주의는 그것이 타락한 현실과의 타협이고, 퇴락한 정신의 징표이기에 누추하다. 낙타의 노동에 견줘지는 것은 어린아이의 초월적 놀이이다. "어린아이는 순진무구요 망각이며, 새로운 시작, 스스로의 힘에 의해 돌아가는 바퀴이며 최초의 운동이자 거룩한 긍정이다."(니체, 『차라투스트라는 이렇게 말했다』) "정신의 세 단계 변화"에서 낙타는 가장 비천하다. 반변, 어린아이는 가장 상위의 단계에 있다. 늘 새로운 놀이를 발명하며 그 안에서 제 기쁨을 찾는 어린아이에겐 복수심도 원한도 없다. 어린아이는 "새로운 시작, 스스로의 힘에 의해 돌아가는 바퀴"와 자기만의 삶에 열중한다. 낙타의 노동은 칙칙하고 누추한데 반해 어린아이는 의미를 낳지 못하는 노동의 반복을 넘어서서 생명을 약동하게 하는 놀이의 거룩함에 도달한다. 니체가 "짐깨나 지는 짐승"으로 사는 것을 경멸한 것은 반복하는 노동이 죽음으로의 전락이고, 창조하는 삶을 등지고 거꾸로 나아가는 일이기 때문이다. 건강하게 살려는 자는 낙타가 아니라 어린아이가 되어야 한다. 어린아이와 같이 자기 주체의 삶을 살아라! 그러기 위해서는 날마다 '낡아진 나'에서 탈피하며 '새로운 삶으로 나아가라!'라는 내면의 목소리를 따라야 한다.

우리는 줄타기 광대이다

 신의 죽음 이후에 오는 자는 누구인가? 니체는 『차라투스트라는 이렇게 말했다』에서 이렇게 외친다. "모든 신은 죽었다. 이제 위버멘쉬가 등장하기를 우리는 바란다. 이것이 언젠가 위대한 정오를 맞이하여 갖게 될 최후의 의지가 되기를!" 차라투스트라는 니체가 내세운 대리인이다. 니체는 차라투스트라를 통해 신이 죽었다는 사실을 알리고, 이제껏 없던 새로운 존재 형식, 즉 위버멘쉬(Ubermensch)의 도래를 예고한다.

 신의 죽음을 모른 채 신을 경배하고 있는 군중 앞에서 차라투스트라는 위버멘쉬가 이 대지의 뜻이라고 가르친다. "실로, 사람은 더러운 강물과도 같아. 몸을 더럽히지 않고 더러운 강물을 모두 받아들이려면 사람은 먼저 바다가 되어야 하리라. 보라, 나 너희들에게 위버멘쉬를 가르치노라.

이 위버멘쉬가 바로 너희들의 크나큰 경멸이 그 속에 가라앉아 몰락할 수 있는 그런 바다다."(『차라투스트라는 이렇게 말했다』, 「차라투스트라의 머리말」) 인간은 더러운 강물이다. 더러운 것은 정화가 필요하다. 하지만 인간 스스로는 자신을 정화할 수가 없다. 더러운 강물을 정화시키기 위해 '더 큰 바다'가 필요하다. 위버멘쉬는 바로 그런 바다다. 위버멘쉬는 차라투스트라가 인간에게 주는 선물이요 복음이다.

'신이 죽었다.' 이것은 인류가 일찍이 경험해 본 바가 없는 놀라운 형이상학적 사건이다. 사람들은 이 사건의 전모를 파악하지 못한 채 그들에게 닥칠 파괴, 몰락, 전복을 속수무책으로 받아들일 수밖에 없다. 신이 죽은 것은 세상을 비추는 등불이 꺼진 것과 마찬가지다. 한 세계에 들이닥친 파국 이전까지 등불 역할을 하던 기독교적·도덕적 전망은 파국을 맞고 세상은 불안과 어둠에 휩싸인다. 아직 새로운 진리·전망·가치 체계가 만들어지기 전이기 때문이다.

니체가 『즐거운 지식』에서 "우리가 그를 죽였다."라고 선언했을 때 과연 죽은 것은 신이었을까? 우리가 죽인 신은 하나의 실재였을까? 아니면 하나의 허상, 실재가 없는 추상이 아니었을까? 그리고 인간이 신을 살해한 게 사실이라면 그것은 인간이 도모한 위대한 사건이었을까, 혹은 인간의 실수였을까? 신의 죽음 이후 인간은 불행해졌을까? 아니면 신과 그의 계율이 만든 구속에서 풀려난 행운이었을까?

차라투스트라가 줄타기 광대를 만난 것은 군중이 모인 시장터다. 줄타기 광대는 위험을 담보한 재주로 밥벌이를 하는 사람이고, 중력의 영과 싸우면서 이쪽에서 저쪽으로 건너가는 존재다. 밧줄을 타기 위해서는 고도의 균형 감각과 잘 훈련된 기예가 필요하다. 줄타기의 위험을 잘 알면서도 "춤추면서 건너가는 존재"라는 점에서 줄타기 광대는 위버멘쉬를 닮았다. "그렇다면, 그것을 넘어 춤추고, 춤추면서 건너가는 존재가 있어야 하지 않겠는가."(니체, '차라투스트라는 이렇게 말했다') 춤추고 건너가는 행위에는 반드시 자기 극복의 의지와 용기가 필요한 법이다. 줄타기는 매 순간 피로와 무기력에 대한 저항이고, 존재를 위한 투쟁이다.

차라투스트라는 줄 타는 광대에 대해 말한다. 두 탑 사이에 걸쳐진 밧줄을 타고 위험하게 건너는 줄타기 광대는 비극적 운명을 타고난 자이다. 왜냐하면, 위험한 천직을 가졌기 때문이다. 갑자기 한 사내가 줄타기 광대를 쫓아오며 위협한다. "여기 두 탑 사이에서 무엇을 하고 있는 것이냐? 네가 있을 것은 저 탑 속이 아니더냐. 누군가가 너를 그 탑 속에 가두어야 했는데, 너는 지금 너보다 뛰어난 자의 길을 가로막고 있지 않느냐." 줄타기 광대는 위험한 줄을 타고 탑과 탑 사이를 건너다가 방해꾼과 구경꾼들 사이에서 죽음을 맞는다. 그것은 줄을 타고 건너는 일이 얼마나 힘들고 위험한가를 보여준다. 죽음은 줄타기 광대의 천직이다. "그만하라, 너는 위험을 너의 천직으로 삼아 왔고, 거기에 경멸할 만한 것은 없다. 이제 너의 천직으로 죽음을 맞았으니 : 그래서 나는 너를 내 손으로 묻어 줄 것이다." 이 줄타기 광대는 누구인가? 니힐리즘에 빠진 인간, 권태와 현기증을 느끼는 인간, 목적이 아니라 하나의 과정이요, 건너야 할 다리인 인간이다. 우리 모두는 "짐승과 초인 사이를 잇는 밧줄, 심연 위에 걸쳐 있는 하나의 밧줄"(「차라투스트라의 머리말」)을 건너가는 줄타기 광대들이다.

인간은 줄타기 광대이고, 그가 건너는 밧줄이다. 인간은 완성된 존재가 아니라 하나의 과정이고, 위버멘쉬로 다시 태어나기 위해 건너야 할 밧줄이다. 줄타기 광대는 밧줄 위에서 춤추고, 춤추면서 건너가는데, 그 줄타기에는 늘 위험이 도사리고 있다. 그 위험을 만든 것은 바로 중력의 영이다. 줄타기 광대는 그 중력의 영과 싸워서 이겨야 한다. 줄타기 광대는 밧줄 저 건너편에 있는 위버멘쉬를 바라본다. 인간은 위버멘쉬를 향해 가는 줄타기 광대이고, 그 수단인 밧줄이다.

줄타기 광대는 고독하고 불안한 존재다. 그의 고독과 불안은 위험한 외줄을 타는 동안 그 누구의 조력도 받을 수 없다는 데서 온다. 줄타기 광대는 제 안의 의지로 두려움을 물리치고 외줄의 이쪽에서 저쪽으로 건너간다. 우리 안의 두려움은 바로 줄타기 광대의 두려움과 같은 성질을 가졌다. 개별자의 윤리와 도덕, 정치와 종교의 신념을 압도하는 두려움은 우리 실존의 내부에서도 외부에서도 오지 않는다. 그것은 대상이 아니라 두려움 그 자체에서 발생한다. 두려움이란 다가오는 두려움에 존재를 개방한 자의 감정이고, 그것은 하나의 양상으로 '세계-내-존재'에서 파생한다. 불확실성에 사로잡힌 세계에 퍼진 두려움이 우리를 수시로 찌른다. 철학자 마르틴 하이데거는 "두려움은 이미 두려운 무언가가 다가올 수 있도록 세계를 발견한 것"이라고 말한다. 우리 모두는 각자의 두려움을 견디며 밧줄을 건너는 중이다.

이 밧줄에서 추락하면 우리는 나락으로 떨어진다. 우리는 두려움 안에서 두려움을 느낀다. 이때 두려움은 소름끼치도록 무서운 것, 즉 경악이고 전율을 일으키는 원인이다. 인간은 두려움에 빠지면 일시적으로 얼어붙는다. 그것은 벌거벗은 현실과의 마주침이고, 얼어붙음은 정신과 의지의 마비 현상이다. 줄타기 광대여, 너무 두려워하지 말라. 밧줄이 없다면 어떻게 위버멘쉬를 향해 건너갈 수 있을까? 분명 외줄을 타고 건너가는 일은 위험하다. 하지만 그 위험은 감수할 만한 가치가 있다. 그것은 더 큰 자아를 위한 도약이고, 미래로 날아가기 위한 현재의 준비인 것이다.

삶이라는 주사위 놀이

만물은 나타났다가 사라지고 다시 똑같은 것으로 되돌아온다. 영원한 반복, 그게 숨결을 받고 태어난 사람이 떠안은 불가피한 운명이다. 차라투스트라가 이 세상에 온 목적도 바로 이 동일한 것의 영원 회귀를 가르치기 위해서라고 했다. "'이제 나는 죽어 사라진다.'라고 당신은 말하리라, 그리고 한순간에 무(無)로 돌아가리라, 영혼이란 육체와 마찬가지로 죽는 것이다. 그러나 나를 얽어매고 있는 원인들의 매듭은 영원히 회귀하고—그것이 나를 다시 창조하리라! 나 자신이 영원 회귀의 여러 원인에 속해 있는 것이다.— 나는 되돌아오리라, 이 태양과 이 독수리와 이 뱀과 더불어—새 삶이나 혹은 보다 나은 삶이나 혹은 비슷한 삶으로가 아니라, 가장 큰 것이나 가장 작은 것에서 동일한 바로 이 삶으로 나는 영원히 되돌아오리라, 다시금 모든 사물에게 영원 회귀를 가르치기 위해서."(니체, 「회복기의 환자에 관하여」) 만물과 영혼이 나타났다 사라지고 되돌아온다는 이 말은 불교의 윤회설과 닮아있지 않은가? 그것은 닮아있지만 다르다.

니체는 서양 가치 체계와 형이상학의 기반이 되었던 기독교보다 불교가 "백배나 더 냉정하고 진실되고 객관적"인 종교라고 생각했다. 기독교보다 불교에 대해 더 우호적이었던 니체는 불교를 동양의 허무주의를 집약하고 있는 종교, 수동적 허무주의의 가장 오래되고 유명한 형식으로 이해했다. 그러면서 불교에서 서구 세계가 빠져 있는 수동적 허무주의를 넘어설 수 있는 능동적 허무주의의 가능성을 동시에 보았다. '허무'는 본질에서 무로 귀착되며, 그런 까닭에 불교가 "아시아적 평온과 관조"(『아침놀』)를 가졌음에도 불구하고 삶에의 능동적 의지, 생성에의 열망을 누르고 부정한다고 보았다. "불교는 노년의 인간을 위한, 쉽게 고통을 느끼는 호의적이고 부드럽고 지나치게 정신적으로 되어 버린 인간종을 위한 종교이다(유럽은 아직 불교를 받아들일 정도로 성숙하지 못하다)." 그러면서도 불교가 현실 도피적 허무주의라는 한계에 갇혀 있다고 통찰한 뒤에 불교를 "문명의 결말과 권태를 위한 종교"(『안티크리스트』)라고 말한다. 불교에서 윤회는 벗어나야 할 업(業)이고 고(苦)다. 윤회의 사슬을 끊고 자유롭게 될 때 비로소 해탈에 이른다. 니체의 영원 회귀는 해탈을 배제한다. 불교에서 업과 고에서의 해방으로 이해하는 열반조차도 현실 도피주의의 한 방식, 즉 "동양적 허무로 은둔함"(『즐거운 학문』)에 지나지 않는다고 보았다. 영원 회귀는 그 자체로 만물의 운명이고 목적이다. 돌아오는 것은 무엇인가? 오해하지 말자. 그것은 동일자의 회귀가 아니다. "되돌아옴 그 자체는 그것이 자신을 생성으로, 지나가는 것으로 긍정하는 한에서 존재를 구성"하고 "영원 회귀 속의 동일성은 되돌아오는 것의 속성을 가리키는 것이 아니라, 그와 반대로 차이 나는 것을 위해 되돌아오는 상태"(들뢰즈, 『니체와 철학』)를 가리킨다. 그것을 받아들이는 것, 긍정하는 게 아모르 파티(amor fati, 운명애)다.

삶은 끊임없이 되풀이한다. 주사위 놀이가 그렇듯이. 우리는 주사위 놀이에 대해 숙고할 필요가 있다. 시인이자 니체 철학 전공자인 진은영은 "영원 회귀는 우연을 강요하는 필연의 숨결이며 신들의 창조적 능력이 발휘되는 주사위 놀이이다. 주사위 놀이의 비유를 통해서 먼저 영원 회귀는 차이의 반복 운동이라는 사실이 밝혀진다."(『니체, 영원 회귀와 차이의 철학』)라고 말한다. 영원 회귀가 동일자의 도래가 아니라 지나가고 지나가야만 하는 것의 차이를 긍정하는 것, 차이의 반복적 돌아옴이라는 뜻이다. 이 돌아옴은 한 번이 아니라 여러 번이고, 똑같은 돌아옴의 반복이 아니라 차이의 반복이다. 주사위 던지기를 떠올리면 그 이해가 쉬워진다. 공중에 던져진 주사위는 매번 바닥으로 떨어진다. 주사위는 바닥이라는 '판'으로 매번 돌아오는데 그것은 매번 다른 숫자를 가리킨다. 간혹 똑같은 숫자를 가리킬 때도 있지만, 그보다는 다른 숫자를 가리킬 확률이 훨씬 높다. 주사위는 '판'으로 돌아올 때마다 다른 숫자를 가리킴으로써 차이의 반복 운동을 한다. 주사위 놀이에서 차이는 우연에 의해 만들어진다. 삶 역시 주사위 놀이와 마찬가지로 차이의 반복 운동을 하는데, 이는 삶이 우연에 작동한다는 증거다. 들뢰즈는 공중으로 던져지는 주사위들이 우연의 긍정이라면 '판' 위에 떨어지면서 만들어지는 숫자의 조합은 필연의 긍정이라고 말한다. "사람들이 한번 던지는 주사위들은 우연의 긍정이고, 그것들이 떨어지면서 형성하는 조합은 필연의 긍정이다."(들뢰즈, 앞의 책) 다시 말하면 우연을 긍정하는 한에서 그것은 필연으로 긍정되는 것이다. 주사위 놀이는 시작하기 전에 먼저 긍정이 필요하다. "언젠가 내가 신들과 더불어 대지라는 신성한 탁자 위에서 주사위 놀이를 했을 때, 대지가 요동하고 갈라지고, 화염의 강을 뱉어냈다면, 그 이유는 대지가 창조적인 새로운 말들과 신성한 주사위 소리에 의해서 흔들리는 신성한 탁자라는 점에서이다." (니체, 「일곱 봉인」) 하늘과 대지는 차라투스트라와 신들이 주사위 놀이를 할 때 썼던 신성한 탁자다. 신들이 이 신성한 탁자 위로 주사위를 던졌을 때, 주사위가 탁자 위로 떨어지는 순간 탁자는 요동하고 갈라진 이것은 우연의 생성으로 인해 생겨난 엄청난 힘이 만든 것이다. 그러니까 해저에서 엄청난 지진이 일어난 뒤에 이 여파로 바다가 요동치며 쓰나미를 만드는 격이다. 주사위가 던져질 때마다 탁자가 요동하고 갈라지는 일이 되풀이되는데, 이것은 주사위가 만든 변동이 아니다. 주사위에 의해 만들어진 우연의 힘들이 만든 변동이다. 주사위 놀이는 우연의 반복인데, 이 우연은 늘 새로운 생성을 낳는다. 우연이라는 방식을 빌어 새로운 생성을 허여(許與)한다는 점에서 우연은 신성하고 순결하다. "내 말은 내게 우연이 오도록 내버려 두라는 것이며, 그것은 어린애처럼 순결하다."(「올리브 동산에서」) 그리고 갈라진 틈들에서 화염이 솟구친다. 불은 뭔가를 익히고 끓이는 데 필요하다. 불은 악하지도 선하지도 않다. 그것은 영원 회귀 속의 운명을 익히고 끓이는 데 유용할 뿐이다. 놀이꾼들의 뜨거워진 손안에서 주사위들은 데워지고 익어간다. "나는 나의 솥 안에서 우연적인 모든 것을 끓인다. 그리고 그것은 바로 내가 그것[우연]으로 내 양식을 삼기 위해 그것에게 환영사를 할 정도까지 우연히 익을 때뿐이다. 그리고 정말, 여러 우연이 솥 안에서 내게 다가왔다."(「작아지는 덕에 관해서」)

사람들은 땅과 하늘이라는 다른 두 탁자 위에서 주사위 놀이를 한다. 차라투스트라는 동트는 하늘의 순수함과 깨끗함에 감복해서 이렇게 외친다. "오, 내 위에 있는 하늘, 순수하고 고귀한 하늘! 지금 내게는 바로 너의 순수성은 영원한 거미도, 이성의 거미줄도 존재하지 않는다는 것이. 너는 신성한 우연들이 춤추는 마룻바닥이며, 너는 주사위들과 놀이하는 신들을 위한 신성한 탁자이다."(『해뜨기 전에』) 차라투스트라는 신들과 더불어 대지라는 신성한 탁자 위에서 주사위 놀이를 하는 존재다. 대지가 주사위 놀이를 위해 펼쳐진 신성한 탁자라면, 하늘은 다시 그 주사위들이 떨어지는 "신성한 우연들이 춤추는 마룻바닥"이고, 주사위 놀이를 하는 "신들을 위한 신성한 탁자"다. 대지와 하늘이라는 두 탁자가 두 개의 세계를 의미하는 것은 아니다. "그것은 하나의 동일한 세계의 두 시간이고, 하나의 동일한 세계의 두 순간, 즉 정오와 자정, 주사위를 던지는 시간과 주사위가 떨어지는 시간이다."(들뢰즈, 『니체와 철학』, 62쪽) 주사위 놀이는 주사위를 한 번 던지는 것으로 끝나지 않는다. 주사위 놀이는 계속해서 반복하는 놀이다. 한 번 던져지는 주사위들이 우연의 긍정이고, 떨어지면서 만들어지는 조합은 필연의 긍정이다. 이 주사위 놀이에 대해 질 들뢰즈는 좀 더 부연해 설명한다.

"그것들의 수 때문에 동일한 조합을 재생산할 수 있는 여러 번의 주사위 던지기가 문제가 되는 것은 아니다. 그와 정반대로 생산된 조합의 수 때문에 있는 그대로 재생산할 수 있는 단 한 번의 주사위 던지기가 문제다. 어떤 조합의 반복을 낳는 것은 무수한 주사위 던지기가 아니고, 바로 조합의 수가 주사위 던지기의 반복을 낳는다. 사람들이 한 번 던지는 주사위들은 우연의 긍정이고, 그것들이 떨어지면서 형성하는 조합은 필연의 긍정이다. 존재가 생성에 의해서 긍정되는 것과 정확히 같은 의미로, 필연은 우연에 의해서 긍정되며, 하나는 다수에 의해서 긍정된다. 우연히 던져진 주사위들이 주사위 던지기를 한 번 더 하게 하는 12라는 승리의 조합을 필연적으로 낳지는 않는다고 말하는 것은 헛되다. 그것이 사실이긴 하지만, 단지 놀이하는 자가 먼저 우연을 긍정할 수 없기 때문일 뿐이다. 왜냐하면 하나가 다수를 제거하지도 부인하지도 못하는 것과 마찬가지로, 필연이 우연을 제거하지도 부인하지도 파괴하지도 못하기 때문이다. 니체는 우연을 다수, 단편들, 부분들, 혼돈—즉 사람들이 부딪치도록 만들면서 던지는 주사위들의 혼돈—과 동일시한다. 니체는 우연으로 긍정을 만든다. 하늘 그 자체는 '우연한 하늘'로, '결백한 하늘'로 불린다."(『니체와 철학』, 62~63쪽)

주사위는 여섯 개의 단면을 갖고 있고, 각각의 면들에는 각기 다른 여섯 개의 점이 새겨져 있다. 주사위는 우연이라는 하늘, 천진난만이라는 하늘, 뜻밖이라는 하늘, 자유분방이라는 하늘로 던져진다. 이 던져짐에 의해 나오는 숫자는 우연의 결과물이다. 니체는 이 주사위 놀이라는 은유를 통해 영원 회귀는 차이의 반복 운동이라는 그의 철학적 주제를 펼쳐 낸다. *

* 진은영은 이에 대해 이렇게 해설하고 있다. "영원 회귀라는 우연을 강요하는 필연의 숨결이며 신들의 창조적 능력이 발휘되는 주사위 놀이이다. 주사위 놀이의 비유를 통해서 먼저 영원 회귀는 차이의 반복 운동이라는 사실이 밝혀진다. 우리는 여섯 개의 숫자가 번갈아 나오는 주사위 놀이는 아무런 차이도 없는 동일한 숫자의 반복 놀이라고 생각한다. 그 결정된 반복에서 벗어날 수 없음을 주사위 눈의 확률(각각 1/6)이 증명해 주고 있다. 그러나 놀이의 관점에서 보면 주사위 놀이는 단지 여섯 개의 면만으로도 무수한 차이의 생산이 가능하다는 것을 보여준다."

주사위를 던져서 떨어졌을 때 나오는 숫자는 아무 필연성도 없는 단 한 번 우연에 의한 결과물이다. 우연이 쌓이면 확률이 나오고, 이 확률은 우연을 뚫고 필연에 가 닿는다. 실은 필연이란 우연 그 자체의 조합이다. 우연을 긍정하지 않는다면 주사위 놀이는 이어지지 않는다. 다시 주사위를 던지기 위해서는 먼저 우연을 긍정해야 한다. 니체는 무엇이라고 썼던가? 저 유명한 구절, 즉 "그것이 삶이었던가? 좋아! 그렇다면 다시 한 번!(Noch Ein Mal!)"(『차라투스트라는 이렇게 말했다』)을 처음 접했을 때의 감동을 잊을 수가 없다. 우리는 태어나는 순간부터 삶이라는 주사위를 던질 권한을 갖는다. 태어난 것은 우연이지만, 우연이라는 주사위 놀이를 위해서 하늘로 던지는 것은 "필연성의 손"이다. "우연의 주사위 통을 흔드는 필연성의 점철로 된 손이 무한한 시간에 걸쳐 주사위 놀이를 한다."(『아침놀』 130절) 우연의 힘을 타고 반복되는 삶과 주사위 놀이는 하나로 겹쳐진다. 운명은 우연을 타고 오며 우연 그 자체에 의해서 긍정되는 한에서 그것은 필연의 긍정으로 탈바꿈한다. 우연의 많은 조각들이 있다. 어떤 주사위 놀이꾼들은 여러 번의 주사위 던지기로 얻은 확률과 인과성에 기댄다. 차라투스트라는 주사위 놀이를 그렇게 해서는 안 된다고 말한다. 단 한 번에 모든 우연을 긍정하라! "그때만이 우연은 자신의 친구를 만나서 오고 그 친구가 다시 오도록 하는 친구이고 운명 자체가 영원 회귀 그 자체에게 보장하는 운명의 친

『니체, 영원 회귀와 차이의 철학』, 그린비, 2007. 174쪽

구이다."(『니체와 철학』, 67쪽)

왜 탁자가 요동하고 갈라지고, 갈라진 틈들은 불을 뱉어 냈던가? 다수와 우연을 끓이기 위함이다. 들뢰즈는 이렇게 설명한다. "차라투스트라가 말하듯이, 다수와 우연은 익히고 끓인 경우에만 좋은 것이다. 끓이고, 불을 지피는 것은 우연을 파괴하는 것도, 다수 뒤의 하나를 발견하는 것도 의미하지 않는다. 그와 반대로, 솥 안에서 끓어오르는 것은 놀이꾼의 손안에서 주사위들의 부딪침과 같고, 다수나 우연을 긍정으로 만드는 유일한 방식으로 보인다. 그때 던져진 주사위들이 주사위 던지기를 한 번 더 하게 하는 수를 만든다. 주사위 던지기를 한 번 더 하게 할 때 그 수는 우연에 다시 불을 지피고, 우연을 다시 익게 하는 불을 유지시킨다. 왜냐하면, 수는 존재, 하나, 필연성이지만 다수 그 자체를 긍정하는 하나이고, 생성 그 자체를 긍정하는 존재이며, 우연 그 자체를 긍정하는 운명이기 때문이다."(들뢰즈, 앞의 책) 우리의 삶은 신들의 주사위 놀이에 지나지 않는다. 주사위를 던졌을 때 나오는 숫자는 어떤 인과성에도 종속되지 않는다. 그 숫자는 발랄한 우연에 따를 뿐이다. 그것은 우연의 원리에 의해서 비롯되지만 불에 데워지고 익으면서 필연으로 긍정된다. 차이를 나타내는 우연성의 출현 자체와 그것의 영원한 회귀가 존재 생성의 원리이기 때문에 우연은 불가피하게 필연으로 긍정될 수밖에 없다.

지금 우리는 살아 있고 미래를 끌어당기며 살아나갈 것이다. 삶은 다시 한번, 그것이 아무리 치욕과 권태로 물들어 있다 하더라도 수없이 여러 번 살아야 하는 그 무엇이다. 주사위 놀이는 끝나지 않는다. 존재 하나하나는 이미 하늘 위에 던져져서 땅에 떨어진다. 주사위에 새겨진 숫자는 우리들의 차이로 실현된 영원히 반복되는 운명의 표상이다. 주사위 던지기로 결정된 운명 속에서 이성의 거미줄에 의해 포획되지 않는 우연은 춤춘다. "오, 내 위에 있는 하늘, 순수하고 고귀한 하늘! 지금은 내게 바로 너의 순수성은 영원한 거미도, 이성의 거미줄도 존재하지 않는다는 것이다. 너는 신성한 우연들이 춤추는 마룻바닥이며, 너는 주사위들과 놀이하는 신들을 위한 신성한 탁자니라……."(「해뜨기 전에」) 대지 위에 떨어진 당신의 주사위 숫자는 무엇인가? 우연을 환영하고 우연을 긍정하라! 왜냐하면 당신은 신성한 우연들이 춤추는 마룻바닥이며, 신들을 위한 신성한 탁자이기 때문이다.

아모르 파티(amor fati) : 운명을 사랑하라

봉오리는 모든 만물에 있다.* 봉오리는 꽃 피는 식물에게만 있는 게 아니다. 동물에게도 사람에게도 봉오리가 있고, 눈송이에게도 무덤에게도 있다. 봉오리는 밤에게도 있고, 밤 그늘을 밟으며 저 모퉁이로 사라지는 길고양이에게도 있다. 봉오리는 지금 막 태어나려는 자에게도 죽은 자에게도 있다. 봉오리는 길가에 뒹구는 돌에게도 우리가 마시는 한잔의 커피에도 있다. 봉오리는 죽어가는 개와 죽어가는 시계에도 있다. 봉오리는 모든 만물에, 모든 순간과 모든 장소에 있다. 봉오리는 사랑하는 자의 속눈썹이고, 태양의 장례식이며, 달의 죽음이다. 봉오리는 모든 죽어가는 자들의 마지막 숨이고, 다시 살아나는 라자로이며, 영원히 죽지 않는 불사조이다. 때로 우리는 봉오리 앞에서 "불사조여, 죽어다오! 불사조여, 죽어다오!"라

---

* 골웨이 킬넬의 시 「봉오리」의 첫 구절.

고 외친다. 봉오리는 아직 개화하지 않은 꽃의 순간, 이제까지 알려진 바 없는 세계의 비밀을 머금은 시간, 태초의 공허이고 암흑 물질이다. 그 비밀은 곧 드러난다. 빅뱅과 함께 수천억 개의 별들이 탄생했듯이. 봉오리는 빛과 우연 속에서 탄생하는 별의 순간이다. 그 봉오리를 한 철학자는 아모르 파티(amor fati)라고 명명한다. 우리가 운명애를 품고 있는 한 삶이 아무리 곤핍한 것일지라도 "이상들이 제조되는 공장들"(니체, 『도덕의 계보』)일 것이다.

우리가 이 세계에 왔다는 것, 그것은 우리 의지와 상관없는 일이다. 우리가 도착한 이 세계는 낡았고, 우리는 항상 늦게 도착한다. 일찍이 니체는 이 세계에 대해 이렇게 말했다. "이 세계는 한낱 꿈으로, 어떤 신이 꾸며 낸 허구로 보였다. 불만에 찬 신의 눈앞에 피어오르는 오색 연기로 보였다."(니체, 『차라투스트라는 이렇게 말했다』) 이 세계를 한낱 꿈, 신이 꾸며 낸 허구에 지나지 않는다. 그런 점에서 세계는 "영원히 불완전한 세계, 영원한 모순의 그림자, 그것도 불완전한 그림자인 세계."일 것이다. 우리는 이 세계에 살면서 저 너머에 있는 또 다른 세계를 꿈꾼다. 지복의 섬, 유토피아, 무릉도원이라는 이름으로 불린, 이 세계와는 다른 또 다른 세계. 찰나의 행복을 꿈꾼다. 봉오리는 저주받은 이 세상에 와서 우리가 꿈꾼 모든 것들의 표상이다. 봉오리는 모든 곤핍에 빠진 것들을 구원하는 힘, 어둠을 가르는 번갯불을 잉태한다. 그 번갯불이 품은 찰나의 행복, 사랑, 평화와 안녕들! 그 봉오리가 운명이라면, 삶을 꽃으로 피워 내는 일은 운명애다. 우리는 운명을 사랑해야 한다. 그게 삶의 거의 유일한 의무다.

나는 니체보다 더 제 운명을 사랑한 자를 알지 못한다. 그의 운명이 다른 사람보다 더 나았다고 말할 수는 없다. 사실을 말하자면 그는 누구보다도 더 불운했다. 하지만 그는 운명을 거부하거나 그 앞에서 겁을 잔뜩 먹고 도망가지 않았다. "진실로 나는 백 개나 되는 영혼을 가로질러 나의 길을 걸어왔으며 백 개나 되는 요람과 해산의 고통을 겪으며 나의 길을 걸어왔다."(니체, 『차라투스트라는 이렇게 말했다』) 그는 백 개나 되는 영혼을 가로질러 오고, 백 개나 되는 요람과 해산의 고통을 겪으면서도 그 운명을 껴안는다.

삶의 기쁨과 약동 속에서 죽음을 떠올리는 일도 쉽지 않다. 약동하는 삶은 죽음을 삼키고 피어나는 꽃이다. 죽음은 미래의 것, 오직 미래의 가능으로만 존재한다. 불가능의 가능, 누구도 피할 수 없는 실존 사건, 죽음은 그런 것이다. 하지만 이것은 살아서는 겪을 수 없는 사건이다. 그것은 미지고, 영원한 수수께끼다. 에마뉘엘 레비나스는 죽음을 "주체가 그 주인이 될 수 없는 사건"이라고 말한다. 죽음이 여기에 있을 때 당신은 여기 없다.

죽은 뒤에는 죽음을 의식하지 못한다. 그런 까닭에 한 주체가 삶과 죽음을 동시적 사건으로 겪는 것은 불가능한 일이다. 죽는 순간 우리는 미처 죽음의 경험을 건너뛰어 죽음으로 건너간다. 하지만 우리는 죽음이 불러오는 불안과 공포에 사로잡힌다. 죽음이 존재의 파괴여서가 아니라 죽음은 알 수 없음, 미지 그 자체이고, 궁극적으로 우리는 죽음 앞에서 수동적 존재인 까닭이다.

내 경험에 의하면 위기는 늘 겹쳐서 온다. 태풍의 눈처럼 커지는 위기와 불안에 우리 꿈은 깨진 전구가 되어 그 파편만 뒹구는 듯하다. 이 불투명한 전망 속에서 '고통에 눈먼 유랑자'인 듯 불안과 공포를 견디며 용기를 북돋우는 책을 찾아 읽었다. 그 책의 한 구절에 내 눈길이 멈췄는데, 주책 없이 눈물 한 방울이 솟았다. "춤추는 별이 되기 위해서는 그대 스스로의 내면에 혼돈을 가지고 있어야 한다."(니체, 『차라투스트라는 이렇게 말했다』) 춤추는 별이란 인생의 절정, 창조와 약동의 찰나, 기쁨으로 충만한 순간의 은유일 테다. 사람마다 가슴에 품은 춤추는 별은 다른 모습을 하고 있을 게 분명하다. 무명작가에겐 무명의 설움을 단박에 날릴 작품을 써내는 일이고, 소규모 사업 창업자에겐 사업이 번창하는 일이며, 취업 준비생에겐 그토록 갈망하던 기업의 정규직 직원으로 채용되는 일일 것이다.

우리는 저마다 제 안에 일정량의 혼돈을 품고 살며, 이걸 재료로 단 하나의 운명을 빚는다. 춤추는 별은 혼돈 속에 태어난다. 혼돈은 시공이 미분화 상태로 낮과 밤이 나뉘지 않은 카오스를 뜻한다. 이것은 무정형이고 무질서이며, 깊이를 헤아릴 수 없는 암흑을 품은 불가지와 유현의 세계다. 그리스 신화에서 하늘·땅·바다가 한 덩어리로 뒤엉켜 있던 태초를 카오스라고 말한다. 카오스에서 어둠의 신 에레보스와 밤의 여신 닉스가 태어나고, 둘이 교합하여 낮의 신 헤메라와 대기의 신 에이테르를 낳는다. 춤추는 별을 빚는 필요 성분은 피와 땀과 눈물일 것이다. 피와 땀과 눈물은 '중력의 영'과 싸우기 위해 우리가 지불하는 대가다. 중력의 영은 우리를 한사코 나락으로 밀어낸다. 이것은 "강제, 율법, 필요와 귀결, 목적과 의지", 즉 창조의 자유를 제약하는 사회의 편견과 통념들, 우리의 의지에 강제적으로 작동하는 제도와 관습들이다. 대지를 박차고 도약하는 자는 먼저 몸을 가볍게 만들어야 한다. 당신은 가벼워지기를 바라고 새가 되기를 바라는가? 그렇다면 무엇보다도 먼저 자기 자신을 사랑하지 않으면 안 된다. "이것이 삶이더냐? 좋다. 그렇다면 다시 한번!"을 외치며 생을 기꺼이 끌어안아야 한다. 그게 아모르 파티, 운명애를 품은 자가 길러야 할 덕이다.

니체는 일생을 고통 속에 살아 있지만 항상 살아 있음을 기뻐하고 생을 사랑한 사람이다. 그는 생명을 쇠잔으로 이끄는 일체를 거부하고 삶을 긍정한다. "매사에서, 큰일에서나 작은 일에서나, 언젠가 때가 되면 나는 단지 긍정하는 자가 되고자 한다." 긍정, 긍정, 긍정! 그리고 운명애(Amor fati)! 니체는 신이 죽었다고 선언한다. 신은 죽어야 하고, 그 죽음은 인간에 의한 살해 형식으로 이루어진다. 신의 죽음과 동시에 신적인 것을 중심축으로 구축된 유럽의 가치 체계들은 무너진다. 신의 죽음이 돌이킬 수 없게 유럽 문명에 황혼이 닥친다. 황혼은 긴 어둠을 예고한다. 니체는 허무주의의 그림자가 유럽을 뒤덮는 순간 그 그림자를 밟고 서 있게 될 것임을 알았다. 허무주의가 빗장을 열고 들어와 인간을 덮치자 예언자 니체는 허무주의의 그림자, 그 어둠이 잉태한 여명을 기다린다.

니체는 삶이 품은 어둠으로써 비극적 조건을 응시한다. 아우구스투스 황제가 죽는 순간, 자신의 삶이 "가면을 쓴 희극에 지나지 않았다"라고 고백할 때, 네로가 아우구스투스를 흉내 내며 "나는 배우로서 죽는다!"라고 했을 때, 니체는 그걸 배우의 허영에 지나지 않는다고 낮춰 본다. 반면 죽음 앞에서 침묵을 지킨 티베리우스 황제를 앞서의 인물들에 견줘 높이 평가하는데, 니체는 그가 감춘 말이 "삶이란 긴 죽음에 불과하다."라고 유추한다. 『비극의 탄생』에서 미다스 왕이 현자 살레노스에게 인간이 추구할 수 있는 최상의 것은 무엇인가, 라고 묻는다. "태어나지 말았어야 한다는 것, 존재하지 말았어야 한다는 것이다. 이미 태어났다면 어서 빨리 죽어

버리는 일이다." 신은 죽었지만, 삶은 되돌아온다. 이것이 진실이다! 존재는 유한한 시간을 사는데, 그 찰나가 곧 영원이다. 시간은 시작도 없고 끝도 없이 원환(圓環)을 돌며 끝없이 반복한다. 현재는 흘러 지나가는 순간들이 아니라 영원 그 자체다. 삶은 영원히 반복되는 궤도 위에 놓인다. 만물은 영원히 회귀하며, 우리도 그 회귀하는 무리 속에 있다. 죽음과 무 속에서 다시 삶과 운명을 받는다. "모든 순간은 바로 앞서 지나간 순간을 삼켜 버리며, 모든 탄생은 헤아릴 수 없는 존재들의 죽음이다." 우리의 살아 있음이 우리보다 앞선 존재들의 죽음을 통해서 가능성을 열어 가는 것이다.

신의 죽음을 선언하고, 서구 세계를 2천 년 동안 떠받쳐 온 가치의 전도를 시도한 철학자, 철학의 망치로 무수한 우상들을 깨며 '영원 회귀의 철학'을 준비한 철학자는 우리에게 '당신의 운명을 사랑하라!'라고 말한다. 나는 니체 철학 중 가장 중요한 아포리즘으로 아모르 파티, 즉 '네 운명을 사랑하라!'라는 것을 꼽겠다. 삶을 사랑하는 자는 제 운명을 피동의 굴레에 두지 않을 것이고, 운명의 불운함과 괴이함에 무릎을 꺾고 주저앉지 않고 늠름하게 맞설 것이다. 니체는 패배감에 주눅이 들어 잔뜩 웅크린 우리 어깨를 두드리면서 이렇게 말한다. "그대들은 아직 본 적이 없는가. 돛이 둥글게 부풀어 거센 바람에 펄럭거리면서 바다를 건너가는 것을. 그 돛처럼 정신의 거센 바람에 펄럭이면서, 나의 지혜는 바다를 건너간다."(니체,

『차라투스트라는 이렇게 말했다』) 돛을 올리고 저 바다를 건너라! 힘들다고 제자리에 주저앉을 수는 없다. 이게 운명이라면 받아들이자. 항상 운명에 대한 능동적인 대처를 주문하는 철학에서 니체의 '네 운명을 사랑하라!'라는 아포리즘이 생성되었을 테다. 제 운명을 사랑하는 자는 혼돈이나 불안에 주눅 들지 않는다. 성난 파고를 헤치고 전진하는 배처럼 돛을 펄럭거리며 주저함 없이 앞으로 나아갈 것이다.

환자이자 의사였던 철학자

사람은 몸을 갖고 태어난다. 이 문장은 다시 고쳐 써야 한다. 사람은 몸 그 자체다. 몸은 정신이나 자아를 담는 그릇이 아니다. 몸은 정신의 육화이고, 자아의 연장이다. 몸-신체는 세계로 나가는 도약대이자 세계와의 물리적 경계를 맞대고 있는 최전선이다. 몸은 고정불변의 사물이 아니라 살아 움직이는 그 무엇이고, 다양한 힘들의 각축장이며, 의지의 구현체이다. 이것의 기반 위에서, 혹은 내부에서 여러 힘들이 경쟁을 하고 협력과 투쟁을 한다. 그런 맥락에서 몸-신체는 힘과 의지의 장소, 도구적 이성이 발현하는 시작점이다.

니체는 몸, 혹은 신체의 출현을 처음으로 목격하고, 서구의 이성 중심의 세계관을 무너뜨린 최초의 철학자다. "신체란 무엇인가?" 들뢰즈는 니체의 신체론을 이렇게 정리한다. "신체를 정의하는 것은 지배하는 힘들과 지배받는 힘들 간의 관계이다. 힘의 모든 관계가 하나의 (화학, 생물학적, 사회적, 정치적) 신체를 구성한다. 모든 불균등한 두 힘은 그것들이 관계 속에 들어가자마자 하나의 신체를 구성한다. 그래서 신체는 항상 니체적 의미에서 우연의 산물이고, 가장 '놀라운' 것, 사실상 의식과 정신보다 훨씬 더 놀라운 것으로 보인다.'"

몸은 우리가 생이라는 것을 이루는 데 필요한 활동, 작용, 생성을 위한 도구이다. 사는 일은 곧 몸을 쓰는 일이라는 점에서 인간은 언제나 몸의 형태로 바깥을 향한 존재이다. 몸은 삶의 기획을 수행하는 도구이자 그 자체가 목적이다. 몸을 쓰는 일에는 '~질'이라는 접미사가 붙는다. 몸은 그 '~질'을 위해 동원되는 도구이자 수단이다. 몸은 심연을 품은 표면이다! 몸은 살이고 뼈, 내부의 장기들로 이루어진 실체이고, 그것이 작동하면서 일어나는 현상을 포괄한다. 몸은 목소리를 내고, 음식물을 씹고 소화시키며, 배설하고, 생식 활동을 한다. 몸은 움직이고 운동하며 삶을 증식하는 한에서 '몸-나'가 성립한다. 우리는 잘 때 몸으로 잠들고, 춤출 때 몸으로 춤은 춘다. 몸은 자기성을 빚지만 '텅 빈 몸'은 존재의 바깥도 아니고 안도 아니다. 그것은 존재의 거푸집이 아니라 생기를 품은 존재 그 자체다. 몸이 없

---

* 질 들뢰즈, 『니체와 철학』(이경신 옮김, 민음사, 2001, 87쪽)

다면 우리는 아무것도 아니다. 몸 하나하나는 세계의 작은 현존이다.

"육체는 하나의 거대한 이성이고, 하나의 의미로 받아들여진 다양성이다. 육체는 또한 평화이며 가축의 무리이자 양치기와 같다. 형제여, 그대가 정신이라고 부르는 그대의 작은 이성은 몸의 도구이며, 그대의 커다란 이성의 작은 도구이자 장난감이다. 이제 세계는 거대한 이성으로서의 육체를 긍정적으로 받아들이고, 그것의 복권을 받아들여야 한다." (니체, 『차라투스트라는 이렇게 말했다』)

질병이란 고갈이고 결핍이다. 건강은 이와는 반대다. 건강이란 신체의 역동이 제대로 작동하는 정상 상태다. 신체의 건강은 외부에 대처할 수 있는 활력의 잉여를 통해 드러나는데, 그 잉여는 생명력의 증대이고, 신진대사의 왕성함이며, 신체에서 생기는 부조화와 불균형을 이내 바로잡는 회복력에서 나타난다. 니체는 평생 숱한 질병들을 달고 살았다. 그가 앓았던 질병은 편두통, 마비증, 안질, 심한 근시, 우울증, 소화 장애, 구토 증세, 무기력증, 발작 따위다. 그의 생애는 각종 질병과의 투쟁이었다. 질병에서 오는 고통은 사람들이 상상하는 이상이었다. 차라리 살아서 고통을 당하느니 죽는 게 낫겠다는 생각이 저절로 떠오를 지경이었다. 이런 이유로 '질병이란 무엇인가?'라는 의문을 멈출 수가 없었다. 자신을 고통의 질곡으로 빠뜨리는 질병을 통해 삶을 바라보고, 삶에 대해 사유했던 니체는 질병이 우리 안에 잠들어 있던 건강에 대한 의지, 살고자 하는 의지를 날카롭게 일깨운다고 믿었다. 더 나아가 질병이 주는 가장 큰 선물이 바로 "사유로 인도하는 것"이라고 생각했다.

니체는 1880년 1월 초 자신의 주치의 오토 아이저(Otto Eiser) 박사에게 보낸 편지에서 갖가지 질병에 시달리는 것과 관련하여 "내 실존은 끔찍할 정도의 짐입니다."라고 쓴다. 그는 긍정의 철학자답게 병과 건강의 역학 관계를 철학의 과제로 삼았다. "병자의 광학으로부터 좀 더 건강한 개념들과 가치들을 바라본다든지, 그 역으로 풍부한 삶의 충만과 자기 확신으로부터 데카당스 본능의 은밀한 작업을 내려다본다는 것—이것은 가장 오랫동안 나의 연습이었고, 진정한 경험이었다."(『이 사람을 보라』) 건강과 질병에 대한 관점의 교차는 니체 철학에 넓게 스며들고 이것은 생철학의 기초적 토대에 대한 영감을 준다. 니체는 병들어 있는 것이 "삶을 위한, 더 풍부한 삶을 위한 효과적인 자극제"(『이 사람을 보라』, 334쪽)라는 걸 깨닫고 "병은 내 모든 습속을 바꿀 권리를 나에게 부여했다. 병은 나에게 망각을 허용했고 또 그것을 명령했다. 병은 나에게 조용히 누워 있을 것을, 여가를 가질 것과 기다림과 인내가 필요함을 일깨워 주었다."(『이 사람을 보라』)라고 질병의 유용론을 펼쳤다.

질병이 늘 나쁜 것만은 아니다. 질병은 우리에게 모든 습관을 뒤집을 수 있는 권리와 함께 늘어진 자세, 여가, 기다림과 인내에 대한 의무를 선물로 준다. 병이 병소(病巢)의 문제가 아니라 실존이라는 큰 틀에서 보아야 한다는 사실을 깨달았던 니체는 병들을 견디며 습속들을 바꾸며 그 안에서 망각과 더불어 풍부한 삶의 가능성을 엿보았다. 니체는 "내 건강에의 의지와 삶에의 의지를 나는 나의 철학으로 만들었다."(『이 사람을 보라』, 334쪽)라고 쓸 수 있는 유일한 사람이다. 병자이자 자신을 치유하는 철학적 의사였던 니체! "병 자체는 삶의 자극제가 될 수 있다. : 단지 우리는 이러한 자극을 이겨 낼 정도로 충분히 건강해야만 한다!"(『바그너의 경우』) 니체에게 질병이 아주 부정적인 것만은 아니었다. 니체는 자신의 질병을 두고 "가장 건강한 자만이 시도할 수 있는 모험"이라고 말한다.

질병은 햇볕으로 따뜻해진 바위에서 느긋하게 휴식을 취하는 도마뱀처럼 우리를 휴식으로 이끌고, 온갖 좋은 것과 나쁜 것들의 분별을 음미하도록 인도하며, 우리가 갖고 있으나 평소에 그 가치를 인식하지 못한 채 지나치는 생명의 기쁨과 의미를 일깨운다. 질병의 긍정적 효과는 뜻밖에도 인생에 대한 환멸과 권태에서 구출해 내는 데서 찾을 수 있다. 이것이 건강의 소진인 동시에 회생의 동력으로 가득 찬 심연이라면 질병을 부정적으로만 볼 것은 아니다. 질병이 품은 활기와 회생력에 대해 굳은 믿음을 갖고 있는 철학자만이 "질병은 촉발하는 힘이다. 그러나 이 활기를 위해서는 충분히 건강해야 한다."(니체, 『유고』)라고 쓸 수 있을 것이다.

니체는 어떤 날에는 밤이 지나면 더 이상 살아 있을 것 같지 않은 생각이들 정도로 심각한 고통에 사로잡혔지만, 또 한편으로 자신의 질병을 "염세주의에 대한 치료법으로 사용"(『인간적인 너무나 인간적인』 서문)했다는 고백을 내놓는다. 질병은 철학적 사유의 커다란 자극이고 매질(媒質)이다. "힘들게 위액을 토하게 하는 사흘 동안 지속되던 편두통의 고문에 시달리는 와중에―나는 변증론자의 탁월한 명석함을 갖추고 있었으며, 사물에 대해 아주 냉정하게 숙고했다. 그보다 양호한 상태였더라면 나는 그렇게 숙고하지 못했을 것이고, 그럴 수 있을 만큼 충분히 예리하지도 냉정하지도 못했을 것이다."(『이 사람을 보라』, 332쪽) 니체는 질병에 시달릴 때조차 결코 병적이지 않았을 뿐만 아니라 오히려 질병에 시달리는 순간보다 더 큰 기쁨을 느껴 본 적은 없었다고 말한다. 이 무시무시한 긍정주의라니! 질병에 굴복당한 자가 아니라 질병을 자유자재로 갖고 노는 여유를 보여 준 철학자는 질병과 치유 사이를 왕복 운동하면서도 질병으로부터 탈영토화된 상태, 질병을 횡단해서 위대한 건강으로 탈주를 시도했던 것이다. 위버멘쉬는 바로 그 위대한 건강의 표상이다.

니체는 왜 불교도가 아닌가?

부처를 이르는 말은 여럿이다. 붓다, 석가, 여래, 세존 등이 다 부처를 가리킨다. 부처가 탄생한 날을 기려 절집에서는 색색으로 물들인 연등을 내건다. 이맘때 파릇하게 돋은 나무들과 공중에 내걸린 연등은 잘 어울린다. 석가탄신일 즈음 연등을 볼 때마다 나는 생각한다. 나는 불교도가 아니지만, 온갖 갈애(渴愛)와 사리사욕에서 허덕이는 중생에게 붓다는 이념의 푯대이고, 어둠을 밝히는 하나의 등불이라고.

붓다가 태어나기 전 인도 각지에는 숱한 수행자들이 떠돌았다. 세속에서 부귀영화를 좇는 걸 그치고, 우주 만물이 생성된 원리와 그것이 움직이는 이치에 궁극적 물음을 던지며, 수행에 열중하는 이들을 '출가사문(出家沙門)'이라고 했다. 기원전 6세기경 북인도의 카필라바스투에서 왕자로 태

107

어난 싯다르타도 그 출가사문의 하나였을 것이다. 왕자가 태어나던 날, 몇 가지 길조가 나타났다. 땅에서 연꽃이 솟아올랐다. 아기는 그 연꽃에 올라 앉았다. 부왕은 점술가에게서 왕자가 집에 머물면 지혜로운 왕이 될 것이고, 출가하면 깨달음을 얻고 중생을 제도할 것이란 말을 듣는다.

왕자는 열네 살 때 마차를 타고 도성의 동문을 나서 산책을 하며 우연히 여러 사람을 만난다. 처음 노인을 만나고, 마부에게 물었다. 저 사람이 누구냐? 노인입니다. 나는 저런 운명을 피할 수 있겠느냐? 아직은 피하지 못하십니다. 다음으로 병자를 만난다. 이 사람은 누구냐? 병든 사람입니다. 나는 저런 운명을 피할 수 있겠느냐? 아직은 피하지 못하십니다. 그 다음으로 장례 행렬을 만난다. 저것은 무엇인가? 시체입니다. 나는 저런 운명을 피할 수 있겠느냐? 아직은 피하지 못하십니다. 마지막으로 탁발승을 만난다. 저 사람은 누구냐? 그는 수행자입니다. 그는 자제심, 근엄한 태도, 인내심, 존재에 대한 동정심을 품은 사람입니다. 저 사람은 훌륭하구나! 왕자는 감탄하면서 그 말을 세 번이나 외쳤다. 왕자는 부왕에게 산책에서의 일을 고하면서 자신이 생로병사의 고통에서 헤어나지 못했음을 느꼈다고 말한다. 부왕은 왕자가 출가할 것을 두려워하며 도성 주변에 '환락의 정원'을 지어 오관의 즐거움을 주는 일을 밤낮으로 벌이게 했다. 하지만 싯다르타는 때가 되자 도성을 떠나 출가를 한다.

싯다르타는 보리수 아래에서 명상과 수행을 거듭하고, 훗날 붓다로 알려지게 되며, 불교의 창시자로 우뚝 선다. 부처는 우주 만물의 근원과 그것의 섭리를 궁구한 끝에 완전한 깨달음을 얻는다. 그 깨달음의 요체는 무엇인가? 부처의 깨달음은 인생이 고(苦)라는 성찰, 고의 원인에 대한 성찰, 고를 소멸시키는 수단에 대한 성찰에 바탕을 둔다. 부처는 말한다. 태어나는 것도 고요, 병드는 것도 고요, 죽는 것도 고다. 근심, 슬픔, 괴로움, 걱정, 번뇌도 고다. 싫어하는 사람과 만나는 것도 고요, 사랑하는 사람과 헤어지는 것도 고다. 원하는 것을 얻지 못하는 것도 고다. 이 고를 유발하는 게 갈애다. 갈애는 흔히 욕구라고 부르는 것으로 생의 동력이자 인간을 속박하는 족쇄다. 모든 고가 이 갈애에서 비롯한다. 갈애를 어떻게 소멸시킬 수 있는가? 부처는 말한다. 고가 생기는 원인을 끊어 버리는 것이다. 욕망이 시들어서 소멸해 버린 곳에는 어디나 즐거움과 기쁨이 있다.

부처는 서른여섯 살부터 열반에 들 때까지 수제자들과 걸식을 하며 갠지스강 유역을 떠돈다. 계층을 가리지 않고 불법을 전하고, 세수 여든이 되었을 때 두 그루 사라나무 아래 사자(獅子)처럼 누운 상태로 열반에 든다. 부처는 완전한 깨달음을 얻어 어둠 속을 헤매는 인류에게 길을 밝혀 주는 등불이 되고, 중생을 구제하는 치유의 왕으로 살다 가셨다. 우리가 그토록 어렵다는 갈애의 강을 건너지는 못하더라도 부처의 가르침을 곰곰 되새기며 맑은 마음을 유지하고 살아야 할 것이다.

　니체가 불교를 어떻게 보았을까 하는 궁금증을 품은 것은 니체 철학이 불교와 겹쳐지는 바가 있다고 느꼈기 때문이다. 이 서양 철학자의 불교에 대한 이해가 심오한 깊이에 이르렀다고 말하기는 어렵다. 아마도 유럽 지식인들이 가진 평균적 이해를 넘어섰다고 판단하기는 힘들지만, 그 특유의 통찰을 통해 불교에 대한 직관적 이해를 보여 준다. 니체는 스스로를 가리켜 "유럽의 붓다"라고 했다. "나는 유럽의 붓다가 될 수도 있을 것이다. 말하자면 인도에 붓다가 있다면 유럽에는 니체가 있다고 말이다."* 니체는 이 낯선 동양의 종교가 끊임없이 무를 지향한다는 점에서 흥미를 느꼈다. 불교는 열반과 해탈의 종교다. 열반과 해탈은 무로 돌아감이다. 니체가 그 특유의 직관으로 불교를 동양적 허무를 설득하는 종교로 받아들인 것은 충분히 짐작할 만하다. 허무주의는 서양적 불교의 변주에 지나지 않는다. 이것은 불교가 피로한, 너무나도 피로한 종교라는 암시이다. "불교는 노년의 인간을 위한, 쉽게 고통을 느끼는 호의적이고 부드럽고 지나치게 정신적이 되어 버린 인간종을 위한 종교이다. (유럽은 아직도 불교를 받아들일 정도로 성숙되지 못하다.) 불교는 그런 자들을 평화와 명랑으로 복귀시키며, 정신적인 것에서는

---

* 니체, 『유고』(여기서는 야니스 콩스탕티니데스, 『유럽의 붓다』, 강희경 옮김, 열린책들, 11쪽)

섭생 요법으로, 육체적인 것에서는 특정한 단련으로 복귀시킨다. …… 불교는 문명의 종말을 위한, 지쳐버린 문명을 위한 종교이다."(니체, 『안티크리스트』) 니체는 불교에서 "문명의 종말을 위한, 지쳐 버린 문명을 위한 종교"를 보았고, 불교의 바탕에 깔린 무에의 동경에서 수동적 허무주의를 보았다.

"신은 죽었다."라는 선언은 우리가 기대하는 것보다 훨씬 더 큰 함의를 내포한다. 그것은 이 세계를 떠받치던 영원한 진리와 형이상학, 가치 체계가 뒤집어지는, 그리하여 이제껏 볼 수 없었던 새로운 세기의 도래에 대한 선언이다. 그럼에도 죽은 신을 계속 숭배하고 따르는 것은 우상 숭배에 지나지 않는다. 그것은 종식되어야 한다. 신을 대신하는 "보다 높은 인간들"이 왔기 때문이다. 위버멘쉬가 그 중심에 있다. 위버멘쉬는 신의 죽음 다음에, 즉 낡은 가치의 기반을 폭파시킨 뒤에 올 인간이다! 보다 높은 인간이란 오늘 어떻게 살아야 할지 몰라 방황하는 자들을 넘어선 존재들, 즉 웃는 사자들, 순진무구한 아이들, 새롭게 도래하는 아름다운 종족일 것이다. 들뢰즈는 그들에 대해 이렇게 언급한다.

"그들은 다수이고 다양하지만, 하나의 동일한 기도를 꾀한다. 즉 신이 죽은 후에 신적인 가치들을 인간적인 가치로 대체하는 것이다. 따라서 그들은 문화의 생성이라는 것을, 혹은 신의 자리를 인간이 차지하게 하려는 기도를 상징한다. 가치 평가의 원리는 동일한 채로 있고 가치 전환은 수행되지 않고 있기 때문에, 그들은 단적으로 니힐리즘에 속하며 차라투스트라 자체에 가깝기보다는 차라투스트라의 광대에 가깝다. 그들은 '실패한 자', '서툰 자'이며, 웃을 줄도 놀이할 줄도 모르고 춤출 줄도 모른다."

　신은 죽었다. 이제, 보다 높은 인간의 시대가 도래한 것이다. 위대한 사상에 자기를 비끄러매고 자기 자신을 구원하는 자들, 즉 위버멘쉬의 나타남은 하나의 당위이다. 니체는 새로운 가치의 도래를 영원 회귀의 철학에서 찾았다. "우리처럼 생각하는 자들에게는 모든 사물 자체가 춤춘다. 만물은 다가와서 손을 내밀고 웃다가는 달아난다. 그리고 다시 되돌아온다. 모든 것은 가고, 모든 것은 되돌아온다. 존재의 수레바퀴는 영원히 굴러간다. 모든 것은 죽고, 모든 것은 다시 꽃피어난다. 존재의 세월은 영원히 흘러간다."(니체, 『차라투스트라는 이렇게 말했다』) 니체는 이 영원 회귀 사상을 불교의 유럽적 형식으로 규정한다. "존재의 수레바퀴는 영원히 굴러간다."는 니체의 철학적 전언은 일견 불교에서 말하는 윤회설과 매우 닮아 있다. 이 윤회설은 해탈과 열반에 이르러 막을 내린다. 전혀 새로운 존재의 차원이 열리는 것이다. 이것과 견줄 수 있는 것이 위버멘쉬의 탄생이다. "모든 신은 죽었다. 이제 우리는 위버멘쉬가 살아나기를 바란다."(니체, 『차라투스트라는 이렇게

*　질 들뢰즈, 『들뢰즈의 니체』(박찬국 옮김, 철학과현실사, 2007, 72~73쪽.)

말했다』) 불교 수행의 목적은 업을 끊고 해탈하여 윤회의 굴레에서 영원히 해방되는 것이다. 위버멘쉬는 윤회의 굴레에서 벗어나 자유를 얻은 자, 먼저 와 있는 미래, 신이 아니면서도 인간 자체를 구원하는 자를 표상한다.

니체는 불교에 대해 우호적인 태도를 보였지만 불교도가 아닌 것은 분명한 사실이다. 붓다가 수행을 통해 해탈과 열반에 이르기를 바랐듯이 니체는 위버멘쉬를 열망한다. 열반은 무로 돌아감이다. 완전한 소멸이다. 열반에 든 자는 소멸로써 윤회에서 벗어난다. 신의 죽음을 전하러 왔다고 선언한 차라투스트라는 자기가 영원 회귀의 길에 서 있음을 깨달았다. "이제 죽자. 죽자. 한순간에 나는 무로 돌아가리라. …… 나는 더없이 큰 것에서나 더없이 작은 것에서나 동일한 생명으로 영원히 되돌아오는 것이다. 또 다시 만물에게 영원 회귀에 대해 가르치기 위해."(니체, 『차라투스트라는 이렇게 말했다』) 영원 회귀는 한 번 산 삶을 다시 한번, 수없이 반복하며 사는 것을 뜻한다. 이 영원 회귀의 사상은 허무주의가 가 닿은 한 극단이다. 이것은 불교의 윤회 사상과 얼마나 닮았는가! 위버멘쉬는 신의 죽음 뒤에 올 자, 즉 파괴 뒤에 돌아와 창조하는 자이다. 위버멘쉬에게 필요한 것은 누구인가? "창조하는 자가 찾고 있는 것은 친구다. 무리나 추종자가 아니다. 창조하는 자는 더불어 창조할 자, 새로운 가치를 새로운 판에 써넣을 친구를 찾는다."(니체, 『차라투스트라는 이렇게 말했다』 서문)

제3부

철학자에게 행복을 묻다

당신은 내게 행복하냐고 물었다. 그 물음에 바로 대답하지 못했다. 내가 행복한지 아닌지를 판단하기 어려웠기 때문이다. 그 판단을 하려면 먼저 행복이 무엇인지를 알아야 한다. 내가 욕망하는 것, 갈망하는 것을 다 손에 쥐는 게 행복인가? 일상의 안녕들이 지속하는 것, 가족과 화목하게 사는 것, 건강과 좋은 인간관계를 유지하는 것, 그런 것들이 안락한 삶의 조건이 될 수는 있을 테지만 행복의 전부는 아닐 것이다.

세계는 전쟁과 폭력, 가난과 기아 따위로 얼룩져 있다. 도시에서는 날마다 갖가지 범죄들이 일어나며 우리의 안녕과 생명을 위협한다. 세계 도처에서 홍수나 지진 같은 자연재해가 발생하고, 대기 오염과 기후 변화로 인해 지구의 미래는 암담하다. 인간은 늙고 병들며, 기력은 쇠잔해지고 세월이 지나면 사랑하는 사람들은 하나씩 떠나간다. 그런 조건에서 저 혼자만 희희낙락하며 살 수는 없다. 행복의 조건과 불행의 조건은 그 총량을 비교해 보면 큰 차이가 없어 보인다. 하지만 누구는 행복하다고 느끼고, 다른 누구는 불행하다고 느낀다. 그렇다면 행복은 개별자의 현실이나 조건의 문제가 아니라 어쩌면 정신 의학의 영역에 있는 건지도 모른다.

평온한 가을 아침이다. 어젯밤 공중에 떠 있던 달은 사라졌다. 간밤에는 잠을 잘 잤다. 덕분에 편두통은 없고, 팔과 다리는 멀쩡하다. 아침 식사는 간단하게 마쳤다. 지금 고양이 한 마리가 내 발 아래서 몸을 둥글게 만 채로 잠들고, 나는 창밖을 바라본다. 내가 보는 풍경 속에 나무 한 그루가 서 있고, 그 나무는 잎이 무성하다. 햇빛이 그 나무를 축복하고 있듯이 감싼다. 햇빛이 투과하는 나뭇잎은 아주 밝은 연두색이다. 나뭇잎은 투명하고 환한 빛으로 반짝일 때 내 안에 있는 근심의 부피가 그리 크지 않아 견딜 만하고, 나는 낙관적이 되어 세상은 대체로 살 만하다고 느낀다. 눈[雪]은 저 멀리 있고, 추위가 닥치려면 멀었다. 추위가 닥친다 해도 나는 걱정하지 않는다. 추울 때 입을 두툼한 스웨터가 있고, 발을 감싸는 보온 양말도 몇 켤레나 있으니까. 지금 이 찰나, 나는 암석과 바다가 있는 이 지구에 살아 있다. 어떤 비관도 난폭함도 나를 삼킬 수 없음에 안도한다. 나는 안전하고 낙관적이며 편안하다. 이것이 내 곁에는 잠든 고양이가 있고, 환한 햇빛에 물든 나무가 있는 가을 아침의 내 기분이다. 나는 안다. 이 세상에는 그 어디에서도 환영받지 못한 채 떠도는 난민 무리가 있고, "지구는 피살자들의 스크린이다."* 라고 말하는 시인이 있음을!

오랫동안 내가 누구인지를 스스로에게 물었다. 시와 철학에 빠진 것도 그 물음과 이어지는 바가 있다. 사람마다 나를 다르게 바라볼 게 분명하다. "물리학자에게 아이는 분자, 원자, 전자, 양자의 집합일 뿐이다. 생리학자에게 아이는 근육, 뼈, 신경의 불안정한 결합체다. 의사에게 아이는 붉게 달아오른 질병과 통증의 덩어리다. 심리학자에게는 유전과 환경의 무력한 수신자이며 허기와 사랑으로 통제 가능한 조건 반응의 집합체다. 이 희한한 유기체가 갖게 될 거의 모든 생각은 망상일 것이며 거의 모든 인식은 편견일 것이다."** 다행스럽게도 나는 내가 누구인지를, 내가 계속해서 살아야 할 이유도 안다. 나는 월트 휘트먼의 시를 읽고, 집과 가까운 동네를 산책하는 것을 즐기며, 단골로 다니는 동네 카페에서 차를 마신다. "달[月]은 창밖으로 내던져지는 껍질이고, 태양은 전기 오렌지다."*** 같은 시구(詩句)를 읽을 때 그 경이로운 발상에 놀란다. 가끔 위원회에서 소집하는 회의에 참석하고, 노동을 해서 먹고 살 만큼 돈을 번다. 세금과 국민

---

* 아도니스, 『너의 낯섦은 나의 낯섦』(김능우 옮김, 민음사, 2020, 102쪽.)

** 월 듀란트, 『내가 왜 계속해서 살아야 합니까』(신소희 옮김, 유유, 2020, 37쪽.)

*** 아도니스, 앞의 책, 110쪽.

의료 보험료와 기타 공과금을 연체하지 않는다. 다행이다. 나는 남천나무를 비롯한 식물 몇 그루를 기르고, 타인의 안녕과 기쁨에도 관심을 기울일 만한 여분의 힘이 있다. 나는 기후 변화를 걱정하고, 전 세계에 퍼지는 전염병을 걱정하고, 갑자기 치솟은 집값이 폭락할 것을 걱정한다. 하지만 오늘 아침 내 혈압은 정상이고, 식후 혈당도 안정적이다.

니체의 책을 꽤 여러 달 동안 집중해서 읽고 있는 중이다. 나는 "그대의 사상과 감수성 뒤에 강력한 지배자가 있다. 그대는 모르는 그 현자의 이름은 '본래의 나'다. 그대의 육체 안에 그가 살고 있다. 그대의 육체가 바로 그 사람이다."(니체, 『차라투스트라는 이렇게 말했다』)와 같은 사유에 동의한다. 나는 정신과 신체가 분리되는 게 아니라 하나라는 생각의 연장선에서 니체의 몸-철학을 읽을 때 감탄한다. 나, 혹은 자아라는 것은 허상이 아닐까? "우리의 개체적 동일성을 구성하는 것으로 간주되는 우리의 자아는 실상 잡다한 작용들의 집합일 뿐이다. 열렬히 애써서 얻어진 모방의 결과일 뿐이란 말이다. 우리 안에 본래적이며 개인적으로 존재하는 것이라고 믿는 것은 사실 우리의 할아버지들과 아버지들이 느끼고, 바라고, 생각했던 것의 창백한 반영일 뿐이다.""" 삶의 생성적 주체는 자아가 아니라 신체다!

**** 야니스 콩스탕티니데스, 『유럽의 붓다, 니체』(열린책들, 139쪽.)

우리는 신체에 굽이치는 힘의 상호 작용 속에서 살아 있음의 감각은 생생해진다. 우리는 신체로서 느낌과 감정들, 미묘한 기분의 움직임을 감지한다. 행복은 신체에 여분의 힘이 있을 때만 가능하다. 숨 쉬고, 먹고, 잠자고, 움직일 때 우리 신체의 필요보다 조금 더 넘치는 힘, 여분의 힘이 필요한 것이다! 우리는 그 여분의 힘을 활력의 뿌리로 삼으며 그 상태를 건강이라고 부른다. 니체는 『안티 크리스트』에서 이렇게 쓴다. "좋은 것이란 무엇인가?—힘의 느낌, 힘에의 의지, 인간 안에서 힘 그 자체를 증대시키는 모든 것." 그리고 이어서 쓴다. "나쁜 것은 무엇인가?—약함에서 유래하는 모든 것." 좋은 것과 나쁜 것이 갈라지는 것은 힘의 느낌과 증대, 그 차이에서 비롯한다. 자기 안의 힘이 증대한다는 느낌은 좋은 삶의 근거다. 반면 약함, 기력의 쇠진은 나쁜 삶에 빨려 들어가는 조건이다. 약해지는 것은 힘의 고갈이고 이것은 곧 죽음에 더 가까이 가는 것이다. 니체는 자기 안에 힘이 증가한다는 느낌 속에서 행복을 실감한다고 고백한다. "행복이란 무엇인가?—힘이 증가된다는 느낌, 저항이 극복되었다는 느낌." 니체는 신체를 깔보는 자들을 경멸한다. 니체가 그랬듯이 오늘 아침 내 신체의 건강함이 행복의 기초적 토대임을 나는 역시 느낀다.

당신은 내게 행복하냐고 물었지만 그 물음에 대답할 수 없다. 시와 철학이 행복에 이르는 길을 내놓지는 않지만, 행복에 대한 감각을 더 풍부하게 만든다고 믿는다. 내가 만난 행복한 이들은 한결같이 고요하고, 타인을 향한 감사와 경외감으로 넘치는 사람들이었다. 반면 불행한 이들은 늘 딱딱하고 화를 내며 타인의 보람에 대해 냉소적인 모습이었다. 그들 속은 시끄럽고, 까칠하고, 세상을 향한 불만과 짜증으로 가득 차 있는 듯 보였다. 롤프 도벨리는 『불행 피하기 기술』에서 "좋은 삶은 대단한 행복을 추구하는 데 있지 않고, 멍청함이나 어리석음, 유행 따르기를 피함으로써 이루어진다. 무언가를 더 많이 하는 것이 삶을 풍성하게 만드는 것이 아니라, '하지 않는 것, 절제하는 것'이 삶을 풍성하게 만든다."라고 말한다. 우리가 오늘보다 내일이 더 행복해지려면 행복 강박증에 눌리지 않고, 어리석음과 유행을 좇지 않으려고 애써야 한다. 행복한 사람들은 대체로 자신의 인생에 무엇을 더하는 대신 덜어내려고 애쓰며 내재적 가치를 좇는다. 내재적 가치란 돈을 많이 버는 게 아니라 우정과 사랑, 자아의 충만감, 영혼의 성장, 가족과의 친밀함, 자기가 속한 집단에서의 좋은 관계와 밀접한 그 무엇이다.

행복을 손에 넣으려고 안간힘을 쓰지만, 그 시도는 자주 원하는 결과를 얻지 못한다. 정치가들은 지상 낙원을 만들겠다고 공약을 하지만 이는 가당치도 않다. 정치가 행복을 약속하는 순간 현실은 지옥으로 가는 지름길이 열린다고 말한 것은 칼 포퍼다. 그는 『열린 사회와 그 적들』에서 "지상

낙원을 세우려는 시도는 언제나 지옥으로 안내한다."라고 단언한다. 정치가들은 상품, 소비, 부가 행복의 척도인 걸로 오도하면서 국내총생산의 수치를 행복의 지표로 내놓는다. 그러나 국내 총생산의 수치가 국내 총 행복의 측정치로 환원되는 일은 없다. 정치가들은 행복을 단 하나의 실체, 단하나의 형상으로 잘못 인식하고 있다. 행복은 개별자가 감당하는 실존 조건들, 즉 건강, 직업, 환경, 소득, 교육 등 복합적인 것으로 이루어진 토대위에서 수백만 개의 형상으로 존재한다. 최대 다수가 최대의 행복을 누릴수 있다는 '멋진 신세계'는 허상이고 신기루다. 정치가 단 한 번도 행복을 빚어낸 시대는 없었다. 그나마 좋은 정치는 우리를 최악의 불행을 피해 차선의 불행으로 인도한다. 역사는 늘 '나쁜 정치'가 대규모의 불행을 만들어온 세계에 퍼뜨렸다고 일러준다.

행복은 재물을 쌓은 뒤 그것을 꽉 움켜쥐는 일이 아니라 나누고 베푸는 덕성과 이타성의 실천에서 오는 즐거움에서 찾을 수 있다. 행복한 사람은 기쁨이 넘쳐서 행복한 게 아니라 행복해서 기쁨이 넘치는 것이다. 행복은 다양한 찰나와 경험 속에서 번쩍이며 나타난다. 행복은 유한한 삶에서 겪는 무한의 경험이다. 행복은 정서적 충만의 순환이고, 기쁨과 지복의 믿음에서 가능해진다. 찰나에서 영원을 보는 것, 그 불가능의 가능성을 엿보는게 행복이다. 행복이 불가능성에서 향유되는 것이라면, 행복은 손에 쥘 수 없는 신기루에 지나지 않을지도 모른다. 행복은 무한과 같이 인간이 촉지할 수 없는 어떤 것이다. 무한은 유한성에 갇힌 인간에게는 실현될 수 없는 불가능한 것으로 애초에 형태도 실체도 없다. 무한이 우리 경험 저편에 환영처럼 떠 있는 것이라면 그걸 손에 쥐려는 노력은 헛된 것이다. 행복은 이내 사라지는 것이어서 만지거나 손아귀에 쥘 수가 없다. 행복에 이르는 길은 더디고 어렵지만, 불행이 닥치는 데는 몇 초도 걸리지 않는다. 행복은 말이 끄는 마차의 속도처럼 더디고, 불행의 속도는 빛과 같은 광속이다.

내 머리와 팔다리는 멀쩡하고, 나는 원하는 방식으로 삶을 산다. 가끔 택시를 타고 "내가 행복했던 곳으로 가주세요"(박지웅 시, '택시')라고 말하고 싶을 때가 있다. 내가 단 한 번이라도 행복했던 그곳은 어디인가? 분명한 사실은 그곳이 장소가 아니라는 점이다. 그곳은 이미 지나가 사라진 시절, 영원히 가 닿을 수 있는 무한을 달리 호명하는 이름이 아닐까? 무한이란 직접적인 촉지가 불가능한 추상, 분할할 수 없는 전체, 진리가 작동하는 이데아의 찰나다. 우리는 저 무한의 끝에서 와서 무한의 끝으로 돌아간다. 30대 초반 집을 나와 서울의 한 서민 아파트에 월세를 얻어 살았다. 그 서민 아파트에서 지내는 동안 나는 난방도 않고, 밥도 끓이지 않으며 보냈다. 아파트에서는 잠만 자고 아침에 일어나 출판사로 출근했다가 밤늦게 만취해 택시를 타고 돌아오는 날이 잦았다. 어느 날인가는 만취해서 택시를 탔는데, '개포동'이란 지명이 떠오르지 않았다. 물론 나는 택시기사에게 "내가 행복했던 곳으로 가주세요"라고 말하지는 않았다.

많은 이들이 과거의 경험을 행복이 넘치던 것으로 윤색한다. 그들은 "옛날엔 참 좋았어."라고 하지만 그게 사실일까? 행복한 과거란 시간의 작용으로 역경과 불행의 직접성이 닳으면서 생기는 망각의 달콤함에 취한 결과일 것이다. 그것은 기억의 윤색, 즉 거짓 기억 증후군(false memory)의 결과물이다. 서울 강남의 외곽에 있는 서민 아파트에서 혼자 살던 시절, 나는 행복하지 못했다. 막 30대로 진입한 나는 가족과 떨어져 사는 내내 외롭고 불행했다. 직원들과 합심해 열심히 일한 덕분에 출판사는 번창했지만 나는 행복하지 않았다.

나는 왜 불행했을까? 누리는 모든 것이 내 것이 아니어서 불행했다. 입에 넣는 밥이 부끄럽고, 햇빛 아래 걷는 게 부끄러워서, 어여쁜 내 아이들과 떨어져 지내는 게 견딜 수 없어서 슬프고 불행했다. 아내와의 사이에는 불신의 벽이 높고, 그 내상은 깊었다. 나는 불행의 밥을 먹고, 불행의 잠을 잤다. 어쩌다가 한 계절에 하루 정도만 아이들을 불러 함께 지냈다. 나는 동네 공중목욕탕에 가서 아이들의 등과 팔다리에 비누칠을 해줄 때 행복했다. 목욕탕을 나와서는 아이들을 고깃집으로 데려가 밥을 먹였다. 이제 아이들은 성장해서 제 살길을 찾아 뿔뿔이 흩어져 떠났다.

행복해지려면 얼마나 더 불행을 견뎌야 할까? 그 대답은 내게 없다. 아는 것은 벚꽃이 지고 왔던 봄은 떠난다는 것, 곧 여름이 오고 우리는 여름의 눈부신 햇살 아래서 눈을 가늘게 뜨고 녹음 우거진 숲과 반점처럼 땅에 드리운 그늘을 바라볼 수 있다는 것뿐이다. 땀 젖은 몸을 씻은 뒤 잘 익은 복숭아를 깨물 때 단 복숭아즙이 입가를 적신 채 흘러내린다. 우리는 여름 과일의 풍미와 향기를 듬뿍 맛보며 행복감에 취할 것이다. 그렇건만 봄날의 화사한 꽃들, 여름의 빛과 영광은 얼마나 빨리 사라지는가? 행복이 대상의 소유가 아니라 경험의 향유에서 가능해지는 것이라면, 지금 이 순간의 행복을 꼭 잡으시라. 지금 이 순간 당신이 행복하지 않다면 그 어디에도 행복은 없다. 모란, 작약들이 벌이는 꽃 잔치와 사방에서 번쩍이는 여름의 눈 부신 빛, 그리고 의욕으로 충만하게 만드는 온화한 가을 햇빛이 흘러가는 찰나에 잡지 못한 행복은 어디에도 없을 테니까.

인생은 비극인가, 희극인가?

희극 배우 찰리 채플린이 남긴 "인생은 가까이 보면 비극이지만, 멀리서 보면 희극이다."라는 말은 인생이 숨긴 아이러니를 보여 준다. 대배우는 그냥 되는 게 아닌가 보다. 나는 이 말을 인생이 희비극으로 뒤엉킨 덩어리이고, 보는 방식에 따라 달라진다고 받아들였다. 나는 어린 시절 카뮈라는 프랑스 작가에 열광했는데, 그의 가난과 불행을, 허무와 부조리한 삶에 대한 감각들, "인간의 엄청난 무질서와 늘 변함없는 바다의 항구성", 그리고 긴 고독과 침잠의 시간을 내 생애 기억과 동일시하며 위로를 받았다. 프랑스 식민지인 알제리에서 지독히도 가난한 프랑스 이주민 노동자의 자식으로 태어난 카뮈의 정서에 가난과 질병이 드리운 그늘과 멜랑콜리에 대해 쓸 때 내 마음은 예민하게 반응하곤 했다. 스무 살 무렵, 나는 아직 커피의 쓴맛이나 담배의 매캐한 연기를 겪어 보지 못할 만큼 숫된 청년이었는데, 그때 이미 불행과 그 무게에 허덕였던 것이다.

내 안의 '나'는 하나가 아니라 여럿이고, 그렇다면 인생은 다중적이고 복합적일 수밖에 없다. 한 심리학자는 인간은 경험하는 자기(experiencing self)와 기억하는 자기(remembering self), 즉 두 개의 자기로 산다고 말한다. 스무 살 때 의사 단체가 발행 주체인 주간 신문 기자 시험에 응시했는데, 서울 시내의 한 공립 중학교로 시험을 치렀다. 구름 떼같이 모여든 응시생 틈에 끼여 국사와 영어와 상식과 논문 시험을 치렀다. 초여름이었던가? 시험이 끝난 뒤 흰 구름이 두둥실 떠가는 하늘을 머리에 이고 천천히 운동장을 가로질러 나오는데, 운동장에 쏟아지던 햇빛은 왜 그리도 하얗던가! 머리 위에는 태양이 빛나고, 빛으로 들끓는 운동장은 낯설었다. 그 찰나 '삶은 빛 속에서 이루어진다!'는 것과 '인간은 불행하다.'라는 각성이 전류처럼 몸을 뚫고 지나갔다. 그 강렬한 기억이 뇌에 각인된 채 남아 있다. 백수로 빈둥거리며 시립 도서관이나 기웃거리던 시절이다. 일자리가 간절해서 학력을 따지지 않는 기자 시험을 봤는데, 준비가 덜 된 탓에 낙방했다.

책을 끼고 방황하던 그 시절, 월급이 꼬박꼬박 나오는 직장, 몸 뉘여 잠들 수 있는 나만의 작은 공간, 작가 등단… 그게 꿈의 전부였는데, 내 처지에서는 요원한 것이었다. 방황은 몇 해 더 지속되었다. 마침내 등단의 꿈을 이루고 출판사 편집부의 말단 직원으로 취직을 하고, 달마다 꼬박꼬박 월급을 받는 직장을 얻었다. 스무 살 때 갈망하던 것을 거머쥐었지만 세상은 여전히 삭막하고 삶은 팍팍했다. '이렇게 살아도 되나?' 하는 회의에서 벗어나지 못한 채 나는 여전히 불행했다.

심리학자 에릭 클링거의 "인간의 뇌는 목적 없는 삶을 견딜 수 없다."라는 말에 공감한다. 인간이 생존과 번식을 넘어 의미를 좇는 존재라는 것은 많은 철학자들이 말한 바다. 의미를 탐구하는 철학이나 윤리학이 그토록 번성한 이유이기도 할 테다. 군대에서 병사에게 땅에 정방형의 구덩이를 파게 한 뒤 완성하면 다시 메꾸는 벌을 내린다. 다음 날 그 무의미한 행동을 반복시키는 것인데, 많은 병사들이 그 벌을 고통스러워한다고 한다. 의미 없는 행동으로 이루어진 시간들, 의미가 배제된 행위로 이루어진 삶이란 이미 죽은 삶이기 때문이다. 의미가 담보된다면 고통도 견디고, 심지어 제 생명마저 바치는 게 인간이다. 행복하고 싶다면 물질이 아니라 의미로 풍부한 삶을 살아야 한다. 의미로 가득한 삶만이 인생의 비극을 희극으로 바꿀 수 있는 힘이 될 것이다.

인생의 여러 고비를 거쳐 노년의 초입에 서 있다. 담배는 피지 않지만 커피의 쓴맛에서 인생의 비극과 희극의 기미를 가늠하며 여기까지 떠밀려

왔다. 사람으로서 알 수 없는 것들을 모른 채 인생을 꾸리는 것은 부끄러운 일이다. 나는 영원의 가장자리를 맴돌며 겨우 늙고 죽는 일의 두려움에 대한 한 점의 실감만이 있을 뿐이다. 근면한 동료와 함께 일하는 즐거움, 내일도 이 세계가 질서와 조화 속에서 온전하리라는 신뢰, 여름에는 달콤한 복숭아와 자두를 맘껏 먹을 수 있으리라는 설렘 속에서 희망과 기대는 부푼다. 의미의 실체는 이런 설렘과 기대, 낙관과 긍정의 기분을 성분들로 이루어진 만족감이다. 굳이 불행해지고자 애쓰지는 않겠지만 그렇다고 행복을 안달복달 구걸하지도 않을 것이다. 다만 인생의 무게를 감당하면서 의미의 존재가 되기 위해 한 걸음씩 나아가고자 한다.

살아보니, 생은 평등하지 않다. 어디에나 불평등이 편재한다는 게 이 세계가 품은 진실이다. 니체는 간명하게 "사람들은 평등하지 않다."라고 말한다. 나는 내게 주어진 생의 불우한 조건들을 납득하기 힘들었다. 젊은 시절을 불우한 조건들, 딱히 대상이 없는 분노와 적대감에 삼켜지지 않기 위해 싸우느라 허비했다. 내가 누린 평화는 작고, 그 나머지 시간은 온통 소란스러웠다. 니체의 책을 읽다가 "사람들은 활과 화살이 옆에 있을 때에만 말없이 조용히 앉아 있을 수 있다. 그렇지 않으면 수다를 떨고 다투게 된다."라는 구절에 전율을 느끼고, 내 안의 어린 짐승이 무언가에 깊이 찔린 것처럼 통증을 실감했다.

사람들은 천 개나 되는 교량과 작은 판자 다리를 건너 미래를 향해 돌진해야 한다. 그리고 그들 사이에 더 많은 전투가 벌어지고 더 많은 불평등이 조성되어야 한다. 나의 위대한 사랑이 내게 이렇게 말하도록 하고 있다! 사람들은 자신의 적의 속에서 형상과 유령을 만들어 내는 그런 자가 되어야 한다. 그리고 그 형상과 유령을 동원하여 서로에 대항하여 최선의 전투를 벌여야 한다! 선과 악, 풍요와 빈곤, 숭고함과 치열함, 그리고 가치의 모든 명칭들. 이것들은 무기가 되어야 하며, 생은 항상 자기 자신을 극복하지 않으면 안 된다는 것을 말해 주는 표지, 달그락거리는 표지가 되어야 한다! 생 자체는 기둥과 계단의 도움으로 자신을 높이 세우려 한다. 생은 먼 곳을, 행복을 머금은 아름다움을 내다보고 싶어 한다. 그러기 위해 생은 높이 오를 필요가 있는 것이다. 높이 오를 필요가 있기에, 생은 계단을, 계단과 오르는 자들이 범하는 모순을 필요로 한다. 생은 오르기를 원하며 오르면서 자신을 극복하기를 원한다. (니체, 『차라투스트라는 이렇게 말했다』)

니체는 제대로 살기 위해, 그리고 더 높이 상승하기 위해, 그리고 더 높이 상승하기 위해 "최선의 전투를 벌여야 한다."라고 말한다. 내 안의 사유가 깊이를 얻기 위해서는 먼저 사유의 유격전이 필요한 법이다. 내 불우함을 넘어서는 유일한 방법은 승리하는 법을 익히는 것이었다. 내가 싸워야 할 적이란 무엇인가? 아무나 적이 되어서는 안 된다. 하찮은 적을 가진 자는 하찮은 존재가 될 수밖에 없다. 니체는 "적을 갖되, 증오할 만한 가치가 있는 적만을 가져야 한다."라고 말한다.

"생은 높이 오를 필요가 있다."라고 말한 니체는 깊이에 집착한 심연의 철학자가 아니라 높이에 대한 사유를 한 철학자다. 높이는 존재의 향상과 자기 극복의 선물이다. 높이는 정신의 상승을 가리키는 것이고, 무한 긍정에 이르는 푯대이며, 미래의 다른 이름이기도 할 것이다. 생의 높이에 도달한 자는 아주 소수다. 사람은 "천 개나 되는 교량과 작은 판자 다리를 건너서" 미래를 향해 나아간다.

남녘의 바다에서

겨울나기를 하느라 지친 마음을 위로하고 기분 전환을 하려고 나선 목
포 여행이다. 해안가 숙소에 도착해서 보니 남녘의 바다가 한눈에 들어왔
다. 가없이 펼쳐진 저 바다! 예전이나 지금이나 바다는 나를 들뜨게 한다.
바다는 숭고하다. 바다 앞에 서면 그 숭고함과 더불어 바다가 환기하는 무
한함으로 나도 모르게 겸손해진다. 그게 꼭 나만의 경험은 아닌 것 같다.
"끝없이 펼쳐진 것처럼 보이는 바다 앞에서 우리 인간은 도대체 어떤 존재
일까? 이 무한한 세계에서 우리를 확실하게 떠받들어 줄 버팀목은 무엇일
까? 아니, 도대체 무한함이라는 게 무엇이며 과연 세계는 무한한가?"* 바다
의 무한함에 견줄 때 우리 자신은 너무나도 작은 존재다. 그 바다 앞에서
궁극의 물음을 던지는 것은 자연스럽다.

---

* 군터 숄츠, 『바다의 철학』(김희상 옮김, 이유출판, 2020, 198쪽)

사는 게 힘들 때 바다로 달려와서 고갈된 생의 의지를 충전시키곤 했다. 바다 앞에 서면 자꾸 살고 싶어진다. 폴 발레리가 '해변의 묘지'에 나오는 저 유명한 "바람이 분다. … 살아 봐야겠다!"고 노래했듯이 바다는 늘 새로운 생에의 의지를 북돋우는 곳이다. "바람이 인다! … 살려고 애써야 한다!/세찬 마파람은 내 책을 펼치고 또한 닫으며,/물결은 분말로 부서져 바위로부터 굳세게 뛰쳐나온다./날아가거라, 온통 눈부신 책장들이여!/부숴라, 파도여! 뛰노는 물살로 부숴 버려라/돛배가 먹이를 쪼고 있던 이 조용한 지붕을!" 평론가 김현이 번역한 『해변의 묘지』를 표지가 닳도록 읽어서 어떤 부분은 외울 지경이다.

내륙에서 태어나고 성장한 사람인 내가 바다를 처음 본 것은 17세 때였다. 미래에 내가 어떤 존재가 될지 몰라 불안하던 그때 나는 바다가 보고 싶었다. 모란을 보아도 모란의 아름다움을 모르고, 당근을 먹는 노새에게 노새만의 기쁨이 있다는 걸 모르고, 시간의 무상함과 영원의 향기로움도 모르던 그 시절, 불안 속에서 내가 너무 일찍 세상에 왔다는 것을, 그리고 나의 때는 아직 오지 않았다는 사실을 깨달았다. 나는 가출해서 동해안의 작은 항구로 도망갔다. 먼 바다에 오징어잡이 배들이 밤새 밝히고 있는 집어등을 바라보거나 생선 비린내가 진동하는 새벽의 어판장을 돌아다녔다. 낮엔 바닷가 언덕에 올라 눈이 시도록 바다를 바라보다가 저녁 무렵 마을로 내려왔다. 저 바다, 내 팔뚝 안에서 은빛 물고기처럼 펄떡거리던 바다! 바다는 괴롭고 쓸쓸하던 소년을 품어 주던 도피처이자 은신처였다.

　재난 앞에서 무력한 자는 절망한다. 절망은 저를 압도하는 것에게 무릎을 꿇는 일이다. 압도적 재난이나 실패 앞에서 그 결과를 바꿀 수 없다는 무력감에 투항한다. 그 투항이 곧 절망이다. 목가적 삶을 꿈꾸는 어린 독서가에 지나지 않았던 나는 일찍 괴물 같은 세상의 폭력에 노출되었다. 고등학교 교련 시간에 집총을 거부하며 예비역 군인에게 개처럼 두드려 맞고 정규 교육 과정에서 이탈했다. 17세 소년의 절망에 대해 설명하는 것은 쉽지 않은 일이다. 나는 절망한 자, 패배자, 포기하고 좌절하며 무력감에 물든 자다. 염세주의는 절망과 패배의 유력한 증거다. 자기 자신이 되는 것에서 실패한 자는 아무것도 아닌 자로 머문다. 진짜로 절망한 자는 신을 부정하고, 자기 자신을 부정한다. 모든 것을 부정한 자만이 자기 자신에게로 가는 다리를 폭파하고 미래로 나아가는 길을 잃어버린 자라고 말할 수 있다.

　자기 자신이 된다는 것, 온전한 자기로 산다는 것은 무엇일까? 그것은 얼마나 힘든 일일까? 삶은 자기 자신에게로 이르는 길이다. 그것은 자기의 척도로 세상을 재고, 자기의 의지로 제 삶을 세우는 일이다. 그걸 위해서는 세상과 투쟁해야 한다. 그것은 힘든 길이다. 니체는 누구보다도 먼저 '자기 자신이 된다는 것'에 대해 사유한 사람이다. "'너 자신이 되어라!' 이 말의 진정한 의미는 언제나 소수만이 깨닫는다. 더구나 이들 깨달은 소수 중에서도 더욱 한정된, 극히 일부만이 모든 진실을 깨달을 수 있다."(니체, 『인간적인, 너무나 인간적인』)

나는 니체의 철학을 반평생 끼고 살았다. 공포와 세계의 부조리에 짓눌려 의기소침해 있던 청년기에 『차라투스트라는 이렇게 말했다』를 우연히 헌책방에서 구해서 읽고 난 뒤 불에 덴 듯 놀랐다. 그때 나는 변변히 이룬 것도 없이, 막연히 작가를 꿈꾸는 문학도였다. 가진 것이라곤 새벽의 슬픔, 몇 권의 책, 습작 노트, 낡은 타자기 한 대, 지독한 가난, 바흐의 음악, 무지, 정신의 나약함… 뿐이었던 시절이었다. 주어진 시간은 무진장이었지만 그 대부분을 무위도식하며 흘려보냈다. 누구의 지시를 받지 않고 내 마음대로 쓸 수 있는 그 시간은 자유가 아니라 형벌이었다. 나는 수형자처럼 내게 주어진 자유의 시간을 견디고 있었다.

아버지의 무능은 뼈에 사무쳤다. 지적 오만에 빠져 있던 사춘기 때 아버지를 향한 증오와 반항심으로 충만한 채로 방황했다. 그 시절 내 삶의 동력은 증오와 반항심이었는데, 증오와 반항심에 기댄 생이란 조악할 수밖에 없음을 그때는 몰랐다. 나는 긍정도 모르고, 스스로를 사랑할 줄도 모른 채 한동안 음악 감상실과 시립 도서관을 떠돌던 그 시절『차라투스트라는 이렇게 말했다』를 읽고 내 잠든 이성이 깨어나는 경험을 했다. (이 시절의 이야기는 뒤에서 좀 더 자세하게 쓸 것이다.) 청년 니체가 쇼펜하우어의『의지와 표상으로서의 세계』를 읽고 영향을 받았던 것과 비슷한 일이 내게도 일어났다. 니체가 젊은 시절 바그너의 음악과 쇼펜하우어의 염세주의 철학에 영향을 받은 것으로 유명하다. 니체가 쇼펜하우어의 철학에서 늘 우울한 청년 시절을 떠올린다고 적었듯이 나 역시 니체와 함께 늘 우울했던 내 청년 시절을 떠올린다. 아무튼 제목에 이끌려 손에 넣고 큰 기대 없이 읽은 그 책이 내게 준 충격은 설명할 길이 없었다.

『차라투스트라는 이렇게 말했다』의 모든 구절에 나는 예민하게 반응했다. 이를테면 "존재는 죄악이다."(니체, 『차라투스트라는 이렇게 말했다』)라는 구절을 읽던 새벽, 나는 책상에 엎드려 울었다. 왜 울었는지 딱히 설명할 길은 없다. 감전되는 듯한 충격 때문이었을까? 그 책을 다 이해했다고는 말하지 못하겠지만 그때 내 의식에 각인된 니체의 영향이 그토록 오래 지속될 수 있을 거라고는 예상하지 못했다. 20대 후반 출판사를 박차고 나와 출판사를 차린 것도 새롭게 '니체 전집'을 만들기 위해서였다. 출판사를 창업하고 얼마 지나지 않아서 '니체 전집'의 발간 작업에 착수했다. '니체 전집' 10권을 완간하는데 5년쯤 걸렸다. 일본어 중역본이 대다수였던 그 당시 30대 번역가들이 번역해서 펴낸 '니체 전집'에 젊은 독자들이 먼저 반응을 보였다.

돌이켜보면, 내가 구한 것은 자유이고, 진리이며, 길이었다. 니체는 내게 길을 제시했던가? 그런 것은 아니었다. 니체는 길을 묻는 자들에게 길을 가르쳐 주지 않는다고 말한다. "'이것이 나의 길이다. 그대들의 길은 어디에 있는가?' 나는 그들에게 길을 가르쳐 주지 않았다. 왜냐하면, 길은 존재하지 않기 때문이다."(『차라투스트라는 이렇게 말했다』) 오직 두려움을 가진 자들만이 길을 묻는다. 나는 두려웠다. 니체는 왜 길은 존재하지 않는다고 했을까? 인생은 하나의 길이 아니던가? 니체에게는 니체의 길이, 우리 모두에게는 저마다의 길이 있다. 산 자에겐 산 자의 길이, 죽은 자에겐 죽은 자의 길이 있다.

니체는 하나의 철학이 아니라 철학의 모든 것이었다. 『차라투스트라는 이렇게 말했다』는 거대한 거울이었다. 그 거울 앞에서 왜소하고 비쩍 마른 내 전신상을 보았다. 소름이 끼치도록 비루한 내 몰골을 보고 나는 충격을 받았다. 나는 니체라는 거울을 통해 너무나 많은 것이 결여된 인간을 보았다. 모든 것이 결여된 인간, 그건 바로 나를 가리키는 게 아닌가! 온몸이 하나의 커다란 눈, 하나의 커다란 입인 인간이라니! 나는 나 자신을 정면으로 응시하려고 애썼다. 자기 자신에 대한 정직한 인식은 정신의 몰락을 딛고 도약으로 이끄는 계기를 만든다. 나는 도약대를 발판 삼아 저 높은 미래로 날아갈 것이다. 중요한 것은 나만의 척도로 스스로의 삶을 사는 것이다. 나를 만든 것은 내가 먹은 음식들, 타인에게서 받은 사랑, 그리고 니체의 가르침들이다.

목포에 머무르며 나는 겨우내 잃었던 입맛을 되찾고, 기대와 설렘으로 심장이 힘차게 뛰는 것을 느낀다. 남녘은 이미 봄기운이 물씬하다. 공기는 오븐에서 덥힌 것처럼 따뜻하고, 바람결은 부드러웠다. 『해변의 묘지』를 읽으려고 혼자 프랑스어를 공부하던 나는 시인이 되었다. 내 안의 영혼이 지닌, 창조의 욕구 때문이었다. 바닷가를 걸으며 폴 발레리의 시구를 곱씹고, 니체가 가르쳐 준 '나로 산다는 것'의 의미를 다시 한번 생각했다. 겨울은 전송하고 봄을 맞으려고 남녘 바다를 찾은 것은 잘한 일이다. 목포의 한 해안가에서 만난 벚나무 가지마다 꽃눈은 도톰하고, 남녘의 공기는 깊이 들이마실 때마다 싱그러운 미나리 향이 섞여 있는 듯했다.

궁극의 물음

하얀 화염이 펄럭이던 여름에서 돌연 가을의 서늘함이 선물처럼 주어진다. 가을 낮은 따스하고, 밤의 냉기는 서늘하다. 장롱에서 긴 소매 옷을 꺼내 입으며, 하나의 심장, 하나의 위, 하나의 췌장을 갖고 견디는 나는 "누가 죽어가나 보다/차마 다 감을 수 없는 눈/반만 뜬 채/이 저녁/누가 죽어가나 보다"란 김춘수의 시구절을 나지막이 중얼거린다. 계절의 변화가 내 뇌하수체에 새로운 호르몬 분비를 자극한 탓이다. 파주의 하늘엔 새 떼가 몰려가고, 해 질 녘 어둠이 그 풍경을 지우면 지상의 수풀에서 여리고 날카롭게 우는 풀벌레들 노래만 쓸쓸하게 울려 퍼진다. 이 호젓한 시각, 라흐마니노프 피아노 협주곡 2번 전곡을 들은 뒤, 하늘 높이 뜬 달 아래 그림자를 밟고 서면 나는 무더위와 사나운 물것들을 이기고 살아남은 스스로에게 보상으로 아늑한 휴식을 주고 싶다. 지금 이 찰나, 언젠가 생명 없는 원소로 해체되어 사라질 그 순간까지 우리 안에서 들끓는 생에 대한 의지는 우리의 의무이기 때문이다.

가을밤에 화집을 들춰 보는 건 내 취미 중 하나다. 폴 고갱(Eugène Henri Paul Gauguin, 1848.06.07.~1903.05.08.)의 화집에서 「우리는 어디에서 왔으며 누구이고 어디로 가는가」란 그림을 들여다본다. 프랑스 파리에서 증권 회사 중개인으로 중산층 생활을 꾸리며 취미로 인상파 화가들의 그림을 수집하던 고갱은 돌연 전업 화가로 변신해서 주변을 놀라게 한다. 고갱은 타이티 섬에서 원주민 여성과 결혼하고 그림에 전념하는데, 이 그림은 그 시절에 그린 대표작이다. 고갱은 이 한 작품에 인류의 과거와 현재와 미래를 다 담아내려는 야심을 드러낸다. 이 그림에 붙은 화제(畫題)는 모든 인간이 가슴에 품은 궁극의 물음일 테다. 인간의 기원을 탐색하고, 인간 조건을 주의 깊이 성찰해 온 진화 생물학자 에드워드 윌슨도 『지구의 정복자』라는 저서에 이 똑같은 문구를 부제로 달았다.

'우리는 어디에서 왔으며, 누구이고, 어디로 가는가?'라는 물음은 과연 가을밤의 화두로 삼을 만하다. 신경 과학, 생물학, 유전학 등이 밝혀낸 바에 따르면, 인간이란 "거대한 초유기체 지구에 기생하여 살아가는 하나의 잡다한 종"에 속하고, 이 생물체는 "미생물 세포들과 사람 세포들이 반 침

투성이 틈 속에 한데 엉겨 살아가는 존재"다. ˙ 지구 역사 45억 년 동안 일어
난 사건 중 가장 놀라운 건, 이 호모 사피엔스의 출현일 테다. 30만 년 전
영장류에서 진화한 존재로 나타난 현생 인류는 미미한 동물군 중 하나에
불과했다. 빠르지도 않고, 힘도 세지 않은 인간은 더 사납고 빠르고 힘센
맹수들 속에서 살아남았다. 인간은 그 종들을 제치고 하늘과 땅, 바다를
거머쥐고 지구 구석구석을 휘젓는 존재로 두각을 드러낸다. 기원전 1천 년
1천만 명에 도달한 지구 인구는 2천 년 뒤 3억에 이르고, 5백 년이 더 흐른
레오나르도 다빈치가 살던 르네상스 시대에는 5억으로 늘었다. 다시 5백
년 뒤인 20세기 중반 25억에 도달하고, 지구 인구는 눈부신 속도로 증식하
여 2022년 현재는 약 80억에 이른다. 지구가 생육하고 번성한 인류로 가득
찬 유일한 별이 된 것은 기적이다. 인류는 어떻게 지구 일부는 야생 상태
로 보존하고, 나머지를 자연경관으로 가꾸며 그 운명을 쥐락펴락하는 거
대 집단이 되었을까?

박물학자이자 뛰어난 에세이스트인 다이앤 애커먼은 지구에 처음 나타
났을 때 미미한 집단이던 인류가 빙하기 이후 지구의 정복자로 등극하는
1만 년의 역사를 솜씨 좋게 압축한다. 지표면 75퍼센트를 장악한 인류가
'휴먼 에이지'를 연 것을 우연으로 볼 수는 없다. 인류는 변덕스럽고 가혹

˙ 다이앤 애커먼, 『휴먼 에이지』(김명남 옮김, 문학동네, 2017, 406쪽)

한 기후와 거친 야생에 맞서서 살아남았으며 "손재주, 지략, 융통성, 꾀, 협동"(다이앤 에커먼, 앞의 책, 19쪽)을 배우고 그 바탕 위에서 농업, 문자, 과학, 국가를 발명하면서 번영의 토대를 쌓았다. 인류는 이 대륙에서 저 대륙으로 이동하고, 바다를 가로질러 교역을 확장하고 문화를 전파하며 '인류세'를 연 것이다. 인간은 얼마나 경이로운 존재인가!

다시 생각해 보자. 과연 인간은 위대한 업적을 근거로 동물보다 우월한 종이라고 말할 수 있는가? 철학자 존 그레이의 생각은 부정적이다. 동물들은 태어나 짝을 찾고 음식을 구하고 죽음을 맞는, 전적으로 우연에 지배당하는 무리다. 반면 인간은 자유로우며 이성을 가진 인격체라고 믿고, 우리 삶과 행동이 의식적 선택의 결과라고 확신한다. 이런 차이에 근거해서 동물보다 인간이 더 뛰어난 존재라는 확증 편향(Confirmation bias)을 강화한다. 이게 진실일까? 반휴머니즘 철학자인 존 그레이는 『하찮은 인간, 호모 라피엔스』에서 우리 삶이 이성적 선택의 결과물이 아니라 아무 의미도 없이 쪼개진 꿈과 욕망의 조각들에 지나지 않는다는 결론에 근거해 인간이 추구(芻狗, 풀로 엮은 개)같이 하찮은 존재, 즉 "변화하는 환경과 무작위로 상호작용을 하는 유전자 조합에 불과하다."라고 단정 짓는다.

인류는 지구에서 누린 짧은 역사에도 불구하고 최상위 포식자라는 생태적 지위를 거머쥐었지만, 마냥 승리감에 도취해 있을 수만은 없다. 난폭한 운전자 같은 인류가 번성한 것은 숙주인 지구에 만성적 감염의 과부하와 생물 대멸종의 위기를 불러온 촉매제가 되었다. 지구에 생태 위기를 몰고 온 주범은 인간이다. 자연을 훼손한 결과로 환경 오염, 기후 변화, 해양 온도의 상승, 극지방 빙하의 녹음, 다양한 생물종의 사라짐이라는 재앙의 연쇄를 불러들인 것이다. 신종 바이러스 감염병의 대유행도 어쩌면 온갖 쓰레기와 더불어 미세 플라스틱, 환경 호르몬, 탄소 배출 등으로 지구 생태계의 자기 회복력을 망친 인간을 향한 가이아의 무서운 복수이자 역습일지도 모른다. 인간은 자연에게 말기 암세포같이 넓게 퍼진 유해한 병원체에 지나지 않는다.

한 치 앞조차 가늠할 수 없는 운명의 변곡점 앞에 인류세의 종말이 멀지 않았다는 징후들이 동시다발적으로 나타난다. 우리는 자연이라는 거울 앞에서 제 모습을 비춰 봐야 한다. 인간종 중심주의는 물론이거니와 컴퓨터, 유전 공학, 나노 기술 따위를 기반으로 하는 기술과 과학이 인간의 난제를 다 해결할 것이라는 맹신에서 깨어나야 한다. 지구는 인간 전유물이 아니라 모든 생물종들과 함께 공유하며 사는 행성임을 잊지 말자. 그 망각에 우리 스스로를 방치한다면, 인류세의 종말은 더 빠르게 닥칠 것이다. 지금 우리 모두와 먼 미래에 이 지구에 올 인류를 위해, 겸손하게, 우리는 궁극

의 물음 앞에 서야 한다. '우리는 어디에서 왔으며, 누구이고, 어디로 가는가?'

　태어나고, 살다가, 죽는 게 사람의 일이다. 사람은 사람으로 태어나서 사람의 일을 하다가 죽는다. 삶은 흐름이고, 수행이며, 운동이다. 어느 날, 거울을 보다가 나는 흠칫, 놀란다. 나는 늙는구나. 이 노화는 돌이킬 수 없다. 아도니스란 시인은 "얼굴들은 세월을 직조한다."라고 썼다. 한때 나도 젊었었다. 분자적 단위에서 보자면 인간 개체는 파괴와 재생의 굴레에 속해 있다. 어제의 나와 오늘의 나는 다른 존재다. 시간의 흐름 속에 덧없이 늙는 존재에겐 오직 기억만이 자기의 자기 됨을 주장할 수 있는 자기 동일성의 유일한 근거다. 기억의 연속성이 끊기면 그는 살아 있어도 살아 있다고 말할 수 없다.

　나는 많은 것을 보며 산다. 바람에 덜컹대는 문, 비 오기 직전 땅에 붙을 듯이 저공비행을 하는 제비, 옥상 빨랫줄에 널린 빨래들, 노을 진 저녁 하늘, 상공에서 보는 납작한 지붕들, 땅바닥을 기는 개미의 행렬, 잠자리를 잡아채는 사마귀, 물웅덩이 부근에 군집을 이룬 여뀌…… 나는 보는 것을 믿는다. 눈에 비친 대상을 실제로 안다는 뜻이다. 본다는 것은 시지각의 인식을 통해 대상을 분별하는 행위지만 본다고 다 보는 게 아니다. 인간의 눈은 너무 작거나 너무 큰 것은 광학 기기의 도움 없이는 보지 못한다. 빗방울 하나하나는 다르지만, 눈은 그 차이를 알아채지 못한다. 광학과 렌즈의 연마 기술이 발달하기 전인 3, 4세기 전만 해도 본다는 능력의 한계는 또렷했다. 광학 기술에 대한 이해가 괄목할 정도로 넓어진 18세기 이후 인간은 보는 것의 한계를 넘어서서 볼 수 없는 것까지 보는 능력을 키운다.

나는 살기 위해 다양한 음식들을 씹고 삼킨다. 우리 몸을 구성하는 원소들은 외부에서 들여온 것들, 즉 씹고 삼켜서 먹은 것들로 이루어진다. 우리는 우리가 먹은 것의 총합이다. 우리 몸은 단백질을 합성하지 못한다. 식물은 광합성을 통해 필요한 영양분을 스스로 만들지만, 동물이나 인간에겐 광합성 능력이 없다. 인간은 생명 유지에 필요한 단백질을 외부에서 들일 수밖에 없다. "다른 정보를 보유한 단백질은 신체의 '외부'에만 머무를 수 있다.'" 외부에서 들인 단백질은 체내에서 분해하고 흡수해야 한다. 우리 신체에 속하는 위의 내부가 신체의 '외부'라는 사실에 사람들은 놀란다. 입에서 항문까지 이어진 소화관은 몸의 외부다. 체내에 들어온 단백질은 다른 개체의 단백질 정보를 분해해서 아미노산 단위로 쪼개고 그 정보를 체내에 재배열한다. 먹는다는 것은 씹고 부순 외부 물질을 위와 장에서 소화 효소를 섞어 분해하고 흡수하는 전 과정이다. 몸이란 이 과정에 최적

---

* 후쿠오카 신이치, 『동적 평형』(김소연 옮김, 은행나무, 61쪽)

화된 생화학적 메커니즘을 가진 그 무엇이다.

우리는 눈으로 보고, 코로 냄새를 맡고, 귀로 듣고, 혀로 맛을 감각한다. 삶은 오감의 향연 속에서 이루어진 기억의 연속성을 기반으로 한다. 생명 활동이란 분자의 교환 과정에 다름 아니다. 인간의 생명 활동을 위한 지각, 감정, 사고, 행동을 지휘하는 건 뇌인데, 뇌는 진화의 비약 속에서 크게 발달한다. 100만 년 전 호모 에렉투스가 불을 다루면서 그 첫 계기를 맞는다. "불의 발견, 이동성 증가, 시력의 향상"* 이 뇌의 발달을 자극하는 촉매제였다. 평균적으로 1.4킬로그램의 무게를 가진 뇌는 서로 촉수를 뻗고 있는 신경세포들, 즉 뉴런과 시냅스(연결망)로 이루어진다. 이 연결망 사이로 전기신호가 흐른다. 모든 사람이 똑같은 신경회로를 갖고 있지는 않다. 경험과 학습의 질과 양이 신경회로의 차이를 만들기 때문이다. 책을 읽는 사람은 '책 읽는 뇌'라는 복잡한 신경회로를 갖는데 반면에 책과 담을 쌓은 사람은 원시인 같이 외부 자극에만 반응하는 단순화된 신경회로에서 더 나아가지 못한다.

뇌가 없다면 사람은 그저 단백질 덩어리에 지나지 않을 것이다. 사람은 단백질로 구성된 생명체 안에 다량의 피, 뼈, 신경조직, 뇌와 미량의 호르

---

* 앤드루 젠킨스, 『식욕의 과학』(제효영 옮김, 현암사, 200쪽.)

몬을 갖고 산다. 호르몬은 감정과 기분을 결정한다. 산다는 것은 실로 엄청난 사건이다. 60조나 되는 세포와 체내 미생물의 협업으로 이루어진다. 산다는 것은 몸을 기반으로 생명 활동을 이어간다는 뜻이다. 분자생물학자인 후쿠오카 신이치에 따르면 우리는 "동적인 평형 상태에 있는 시스템"을 기반으로 살아간다. 몸은 하나의 내부로서 바깥에 있는 환경과 물리적 교섭을 하며 상호 순환의 고리를 이룬다. 다시 거울을 보며 묻는다. 나는 누구인가? 이것은 궁극의 물음이다. 궁극의 물음 앞에 서는 것이 바로 철학 함이다. 나는 먹고 자고 사랑하는 자, 언제나 생각의 바깥에 있는 자, 내 신체 안에서 여행하는 자다. 아, 지금 나와 당신은 잘살고 있는가?

차라투스트라는 왜 고향을 떠났을까?

누구에게나 고향이란 자궁이고, 동굴이며, 언젠가 돌아갈 제 마음의 둥지다. 고향은 개체 발생의 시원이지만 등지고 더 너른 세계로 떠나야 할 장소이다. 누구나 고향에서 태어나지만, 그곳에서 일생을 마치는 사람은 드물다. 대개는 뿌리를 잃은 채 떠도는 실향민이 우리 안에 새겨진 정체성이다. 고향을 떠나기 전까지 우리는 자신에 대해 모르는 것이 많다. "연기 자욱한 평원 위로 밤이 내리는 걸 내가 좋아한다는 것을 나는 몰랐었다."* 고향은 제 삶의 가장 평온했던 기억들, 꿈과 동경을 뒤섞으며 발효시킨 것, 우리가 통상 '추억'이라고 부르는 정서 자본의 한 부분이다.

정체되어 있는 탓에 답답한 고향을 박차고 떠나는 것은 청년들이다. 탈

---

* 나짐 히크메트의 시 「내가 사랑한다는 걸 몰랐던 것들」의 한 구절.

주 욕망을 부추김에 더 좋은 환경과 삶, 더 나은 직업을 거머쥐려던 청년들의 기대는 좌절되기 일쑤다. 고향을 떠난 청년들이 마주치는 시련은 자기 극복의 지난함과 연관되는 것이다. 자기 극복은 새로운 환경이 요구하는 것이기도 하고, 자기 안의 필연적 요청이기도 할 것이다. 이것은 제 안의 항구성인 자기다움을 해체하고 그것을 넘어서서 새로운 자기다움을 강화하는 과정이다. 그 이전의 자기다움을 해체하고 새로운 자기다움으로 취한다는 점에서 그것은 혁신적 모험이다. 그 고통은 생물들이 겪는 탈피의 고통과 닮았다고 할 수 있다.

누구에게나 고향은 덧없이 사라진 과거, 그 부재가 빚는 그리움 속에서 기억의 왜곡을 낳는 원체험이다. 고향-찾기는 존재의 근원, 즉 피안으로의 안착이지만 고향이 지리적 장소로는 남을지언정 어느덧 무릉도원은 사라지고 없다. 고향은 동경의 땅, 마음속 유토피아로만 남아 노스탤지어를 낳는다. 노스탤지어는 1678년 스위스의 의학도 요하네스 호퍼가 장소 애착의 욕구가 좌절된 사람이 겪는 우울증, 불면증, 의욕 상실, 식욕 감퇴와 같은 증후를 설명하기 위해 만든 개념이다. 노스탤지어는 "두려움과 불안, 방향 상실이 지배하는 시대에 나타나는 증상"** 이다. 욕구 불만의 누적이 낳은 달콤하고 쓰라린 이 마음의 병은 상실의 징후이자 과거 기억을 아름

** 다니엘 레티히, 『추억에 관한 모든 것』(김종인 옮김, 황소자리, 2016.)

답게 윤색해서 삶의 고달픔을 견디게 하는 정신의 한 치유책이다.

범박하게 말하자면 니체의 『차라투스트라는 이렇게 말했다』를 고향을 등지고 떠난 자의 서사를 보여준다. 첫 시작은 이렇다. "차라투스트라는 그의 나이 서른이 되던 해에 고향과 고향의 호수를 떠나 산속으로 들어갔다." 차라투스트라는 고향을 떠나 산속 동굴로 들어간다. 아침마다 떠오른 해가 그의 동굴에 빛을 비추었는데, 그는 동굴에서 독수리와 뱀과 더불어 그 햇빛을 기다렸고 그 풍요에 감사했다. 그곳에서 "자신의 정신과 고독을 즐기면서 보내기를 십 년". 차라투스트라는 어느 날 동이 틀 무렵 잠에서 깨어나자 동굴 속 칩거 생활을 마감하고 세상 속으로 내려가야 할 때가 왔음을 깨닫는다. 마침내 차라투스트라는 혼자서 산에서 내려온다. 『차라투스트라는 이렇게 말했다』는 고향을 등지고 떠난 자, 즉 출향과 귀향 사이의 서사를 중심으로 펼쳐지는 책이다.

차라투스트라가 고향을 떠나 동굴에서 보낸 그 시간은 온전히 자기 극복의 시간이었다. 그리고 홀연히 한 '소식'을 듣고, 하산을 결심한다. 차라투스트라는 고향이 아니라 사람들이 붐비는 저잣거리로 내려가 군중 앞에서 외친다. "나 너희에게 초인을 가르치노라. 인간은 극복되어야 할 그 무엇이다. 너희들은 너희 자신을 극복하기 위해 무엇을 했는가?"(니체, 『차라투스트라는 이렇게 말했다』) 차라투스트라는 우매한 군중에게 '초인이 되는 법'을 가르치기 위해 하산한 것이다. "너희들은 벌레에서 인간에 이르는 길을 걸어왔다. 그러나 너희들은 아직도 많은 점에서 벌레다. 너희들은 한때 원숭이였다. 그리고 인간은 여전히 그 어떤 원숭이보다도 더 철저한 원숭이다."(니체, 『차라투스트라는 이렇게 말했다』) 노동의 속박에서 벗어나지 못한 인간이란 벌레이고, 원숭이의 어리석음을 벗지 못한다. 그들이 누리는 한 줌의 행복이란 그저 "궁핍함이요, 추함이며 자기만족에 불과한 것"에 지나지 않는다. 우리에게 진짜 필요한 것은 무엇인가? 인간은 극복되어야만 하는 그 무엇이기에 무엇보다도 자기 극복에의 의지가 필요하다. 차라투스트라는 더없이 높은 곳에 솟아오르는 기쁨의 샘물을 보고, "이곳이야말로 우리들의 높은 경지이자 고향이다."(니체, 『차라투스트라는 이렇게 말했다』)라고 외친다. 차라투스트라가 찾은 또 다른 고향은 잡것들이 감히 얼씬거리지 못하는 높은 경지, 기쁨이 샘솟는 곳, 미래의 보금자리다. 우리는 언제 그 고향을 찾을 것인가?

고향은 선조들의 오래된 땅이고, 태어나고 자란 풍경, 원초적 입맛과 취향을 빚는 장소다. 그것은 "깊숙하고도 고요한 애착의 장소"* 이다. 참된 삶의 바탕이고, 지각적 통합성을 만들며, 정서의 중심을 관통하는 근원이

---

* 이-푸 투안, 『공간과 장소』(윤영호 옮김, 사이, 2020.)

다. 어린아이는 고향에서 은신처, 놀이와 모험의 자리, 새 둥지 등을 찾아내며 명민한 지리학자로 자라난다. 도시가 철거와 파손, 지역의 새로운 배열과 분할이 일어나는 중립 공간이라면 고향은 영속성을 품은 생명체와 같은 유기체적 장소다. 고향이 자연과 주체의 상호 교섭 속에서 장소 경험을 심화시키며 민담, 전설, 신화를 낳는 장소인데 반해 도시는 인위적인 경관들로 구축된 유동하는 공간이다. 도시는 삶의 축적된 경험들, 즉 상상, 감성, 기억들의 투사로 만들어진 장소성을 지우며 무장소화(placelessness)를 지향한다. 아울러 그 부조리함으로 장소에 거주하며 빚는 실존의 질서와 의미화를 일그러뜨린다. "고향은 존재의 추상화를 배격한다."ᐧ 고향은 개별적 실존의 생생함을 부여하지만 도시는 개별자를 원자 단위로 쪼개고 헐벗은 익명성 속에 가둔다는 뜻이다. 고향 말은 시골의 옛말, 표준어의 구박을 받는 토박이말이고 사투리인데, 그것은 "햇살과 진흙이 묻어 있고, 생기와 부패의 냄새가 배어 있는 모국어"(에밀 시오랑)다. 고향 말은 모성의 언어, 관용과 화해의 언어다. 그에 반해 도시 말은 제 잇속이 먼저인 거래의 말들, 교활한 투기의 언어, 사람을 소외시키는 상업과 무역의 언어다.

고향은 장소 정체성과 심미적 이성을 주조하기에 실존의 근거이자 그 심연이다. 고향의 제일의적 조건은 보상 없이 주체에게 주어지는 증여와

ᐧ 전광식, 『고향』(문학과지성사, 1999.)

환대다. 우리가 고향 회귀를 꿈꾸는 이유는 바로 그것 때문이다. 도시는 고향의 죽음, 고향의 무덤이다. 도시는 거짓과 기망, 수량과 금리, 약육강식과 배신, 이해타산에 따른 합종연횡(合縱連橫), 목적 지향적 관계로 엮이는 곳이다. 길 잃은 자와 무위도식하는 자들, 자기 착취로 소진된 자들, 언행이 얄망궂고 되바라진 이들, 삐끼와 여리꾼, 사기꾼과 모리배가 날뛰는 곳이 도시다. 도시에 태어난 자에게 고향은 영영 허락되지 않는 사치다.

20세기 한반도인은 거스를 수 없는 이촌향도(離村向都)의 흐름 속에서 불가피하게 고향 상실자로 살았다. 많은 이들이 외세의 피침과 전쟁 피란, 산업화-도시화가 부추긴 대규모 탈농과 도시 이주의 대유행, 근대 이후 커진 유동성 속에서 고향에서 뿌리 뽑힌 채 떠밀려 나왔다. 여름이면 옥수수를 찌고, 초겨울 저녁엔 배춧국 끓이던 어머니가 돌아가시고, 형제들은 뿔뿔이 흩어져 제 밥벌이에 바쁘다. 변한 건 고향이 아니라 타향을 떠돌다가 돌아온 내 마음이다. 어쨌든 고향에 돌아와도 산꿩이 알 품고 뻐꾸기 제철에 우는 고향은 없으니, 고향 상실의 낙담과 피로감은 오로지 고향을 떠난 자의 숙명이다.

제 뜻이건 남의 뜻이건 고향을 잃은 자는 바깥으로 내쳐진 자, 정처 없이 떠도는 유목민으로 낙인찍힌 자다. 그들은 실향민의 운명을 받아들일 수밖에 없다. 실향민에게 중요한 실존 기획은 귀향 서사의 완성이다. 오디세우스는 이타카로 귀환하려고 스무 해를 헤매다가 고향으로 돌아오는데, 이는 모든 귀향 서사의 원형이다. 실향민들은 '언젠가 고향으로 돌아가리라!'라고 하지만 그것은 가망 없는 꿈, 존재의 허망한 몸짓이다. 왜 그토록 고향 회귀가 힘들까? 고향 회귀가 이곳에서 저곳으로 가는 장소 이동이 아니라 이 시간에서 저 시간으로 나아가는 시간 여행인 까닭이다. 시간은 지나감이고 파도 같은 찰나의 일어남이다. 고향은 지나가고 돌이킬 수 없는 과거로 퇴적한 실존 사건이다. 고향 회귀는 이미 실패가 예정된 불가역적인 시간 여행, 사라진 저 너머로의 불가능한 시간 여행이다.

사는 게 왜 이래?

    니체는 일곱 겹의 고독이라는 고치에 칩거하며 『차라투스트라는 이렇게 말했다』를 썼다. 차라투스트라는 '만인'의 책이자 그 '누구를 위한 것도 아닌' 책이다. '차라투스트라'는 대중이 쉽게 받아들일 수 있는 책이 아닌 까닭이다. 니체는 제 책을 이해할 수 있는 아름다운 영혼이 도래하는데 50년, 혹은 100년이 필요하다고 단언했다. 왜 니체 철학이 대중에게 가 닿는 데 그만한 시간이 소요되는 것일까? 그가 정말 완벽한 책을 썼기 때문이다. 니체는 자기의 완벽한 독자가 되려면 정신에 아주 작은 결함이 있어도 안 되고, 소화 불량을 겪어서도 안 되며, 신경이 약해서도 안 된다고 말한다. 자기 독자의 조건으로 "비겁이나 불결, 내장 속에 들어 있는 비밀스런 복수심" 따위가 없어야 한다고 했다. 그가 상상한 위대한 독자란 "항상 용기와 호기심이 어우러진 하나의 괴물"이고, "순종적이면서도 교활하고 또한 조심스러운" 존재였다. 니체가 그랬듯이 그의 독자들도 "타고난 모험가요 발견자"여야만 했다. 니체는 그런 위대한 독자를 기다리는 데 충분한 세월이 소요된다는 사실을 깨닫고, "최소한 300년을 기다리지 못한다면 내 책이 무슨 의미가 있겠는가?"라고 말한다. 하늘을 찌를 듯한 이 오만함이라니!

서른이 되던 해에 돌연 고향을 등진 차라투스트라는 산속 동굴에서 10년을 칩거한다. 입산과 하산 사이에는 10년이란 세월이 가로놓여 있다. 그동안 자신의 정신과 고독을 즐기던 차라투스트라는 어느 순간 전 존재를 덮친 변화를 겪는다. 그것은 에피파니의 현현 속에서 일어난 불가역적인 찰나의 덮침이다. 그는 죽은 나자로가 부활하듯이 낡은 존재를 벗고 새로 태어나는데, 그것은 혁신과 우주적 개안이 일으킨 자기 안의 혁명이고 존재의 갱신이었을 것이다. "어느 날 아침 동이 트자 그는 잠자리에서 일어났다." 그날 아침은 다른 날과 달랐다. 태양은 더 빛나고, 가슴은 벅찬 환희로 가득 차오른다. 차라투스트라는 더는 동굴 속에 머물 이유가 없음을 깨닫고 하산을 서두른다.

"너 위대한 천체여! 네가 비추어 줄 그런 것들이 존재하지 않는다면 무엇이 너의 행복이겠느냐! 너는 지난 십 년 동안 여기 내 동굴을 찾아 올라와 비추어 주었다. 내가, 그리고 나의 독수리와 뱀이 없었더라면 너는 필경 너의 빛과 그 빛의 여정에 지쳤으리라.

우리는 아침마다 너를 기다렸고, 너의 그 넘치는 풍요를 받아들이고는 그에 감사하여 너를 축복해 왔다. 보라! 나는 너무 많은 꿀을 모은 꿀벌이 그러하듯 나의 지혜에 싫증이 나 있다. 이제는 그 지혜를 갈구하여 내민 손들이 있어야겠다. 나는 베풀어 주고 나누어 주고 싶다. 사람들 가운데서 지혜롭다는 자들이 새삼스레 자신들의 어리석음을 기뻐하고, 가난한 자들이 새삼스레 자신들의 넉넉함을 기뻐할 때까지". (니체, 『차라투스트라는 이렇게 말했다』)

차라투스트라는 본디 페르시아의 예언가 '조르아스터'를 가리킨다. 차라투스트라는 망치를 들고 철학의 우상들을 깨뜨리는 니체 자신의 분신으로 호명되었다. 영원 회귀의 철학과 아모르 파티-운명애의 사상을 세상에 퍼뜨리기 위하여. "가장 불행한 오류인 도덕을 창조"했다는 차라투스트라는 현재 속에서 미래를 내다보는 예언자이고, 이제까지의 가치 체계를 뒤집는 지혜를 깨달은 자다. 차라투스트라는 비 오기 전 어둡고 두꺼운 구름장을 뚫고 나와서 번쩍이는 번개요 천지를 뒤집어엎을 듯 요란하게 울리는 우레다. 그 번갯불로 전하고자 하는 것은 인간의 미래다. "너무 많은 꿀을 모은 꿀벌"이 그러하듯 그 지혜의 말을 사람들에게 베풀고 나누어 주기를 원한다.

　흥미로운 것은 차라투스트라가 서른이 되던 해에 고향을 등지고 동굴 속으로 들어가 십여 년 동안 정신과 고독을 즐겼다고 고백하는 대목이다. 니체 철학에 고향 상실자의 슬픔과 불행이 녹아 있다는 사실을 간과해서는 안 된다. 삶의 슬픔과 불행, 일체의 비극을 넘어서서 제 운명에 대한 대긍정에 도달한 니체는 말한다. "아모르 파티, 당신의 운명을 사랑하라"라고! 그가 제 몸을 의탁한 '동굴'은 진짜 동굴이 아니다. 그것은 사람들과의 교류를 끊고 홀로 고립한 채 고독에 칩거했다는 뜻이다. '동굴'로 날마다 뜨는 해와 밤에 떠오르는 숱한 별들, 그리고 '독수리와 뱀'이 찾아왔다. 그들만이 차라투스트라의 진정한 벗이었다. 차라투스트라는 그 최소한의 벗들을 사귀며 십여 년을 버텼다.

　내가 '차라투스트라'를 처음 읽은 것은 제도권에서 이탈한 채 떠도는 부랑 청년 시절이다. 한 줌의 지혜도 얻지 못한 '우둔한 소'에 지나지 않았던 나는 가난과 지적인 남루함을 부끄러워하며, 아무런 갈망도 없이 의기소침에 빠진 채 '르네상스'나 '필하모니' '전원' '크로이체' 같은 음악 감상실 문턱이 닳도록 들락거렸다. 무엇을 하며 살아야 하나? 햇빛이 반짝거리는 어느 날 거리를 걷다가 돌연 이렇게 살아서는 안 되겠다는 생각이 들었다. 누군가의 소개로 중학교에 다니는 한 소녀의 가정 교사를 하게 되었다. 벌이가 없던 내게 고정 수입이 생긴 것이다. 나는 한 달 치 가정 교사 급여를 받아 영어 학원에 가서 수강 신청을 하고, 영어 시사 주간지를 강독하는 수업에 참여했다. 수강생은 유학을 준비하는 대학생이거나 이민을 떠나려는 성인들이었는데, 강의 속도를 따라가기가 벅찼지만 빠지지 않고 꾸역꾸역 나갔다. 소녀가 학교에서 돌아오는 오후에는 소녀의 집에서 소녀의 뒤처진 영어와 수학 공부를 도왔다. 소녀의 집은 2층 양옥이었다. 소녀의 집에서 길을 건너면 고궁이 있고, 바로 옆집은 '앙드레 김 의상실'이었다. 양옥 2층에서 내려다보면, 가끔 '앙드레 김 의상실'을 찾은 연예인의 얼굴도 눈에 띄었다. 소녀는 피아노를 배우고 있었는데, 피아노 교습에도 학업에도 별로 흥미를 못 느끼는 눈치였다.

어느 날 시장 근처를 지나가다가 헌책방에 들렀다. 그 헌책방에서 『차라투스트라는 이렇게 말했다』라는 책을 손에 넣었다. 니체라는 철학자의 이름은 귀동냥으로 알았지만, 그의 책을 읽은 적은 없었다. 니체 철학에 대한 기초 학습도 없이 읽은 '차라투스트라'는 도무지 무슨 소리인지 알아들을 수가 없었다. '참, 이상한 책이군!' 하고 심드렁한 채로 책을 넘기다가 번쩍 눈이 크게 떠졌다. 들숨과 날숨이 빨라지고, 심장이 북을 치듯 둥

둥 울렸다. "책벌레가 되지 말라. 책을 뒤적거리지 않으면 생각이 떠오르지 않는 그런 사람이 되지 말라. 그는 스스로 생각할 줄 모르는 독서가에 불과하다. 책벌레는 박학다식하지만 자기 고유의 사상은 만들지 못한다. 위대하고 위험한 사상은 독서만으로 만족하는 것이 아니라 삶을 결정하고 느끼는 것에서 출발한다." 책벌레가 되지 말라! 아, 이것은 내게 하는 충고이군! 이 책 저 책 가리지 않고 읽는 동안 내 머릿속은 잡학으로 채워지고 있었던 것인가? 불현듯 좀스런 책벌레가 되는 길에 들어서 있는 내 모습이 떠올랐다. 작은 벌레가 살 속에 머리를 박고 흡혈을 하듯이. 사흘 밤을 꼬박 새우며 '차라투스트라'를 다 읽었다. 창밖이 환해지는 새벽녘 그 책의 마지막 장을 덮는 순간 벅찬 기쁨이 가슴을 채웠다. '유레카!'라고 소리 지르고 싶은 욕구를 겨우 누르고 아직 어두운 새벽 거리로 나왔다. 추운 겨울이었던가? 매운 바람이 부는 거리의 한 모퉁이에서 벌겋게 타오르는 모닥불 주변에 옹기종기 모여 추위를 피하는 사람들을 보았다. 아마도 거리의 청소부들인 듯했다. 나는 그들을 지나쳐 걸어갔다.

그 뒤로『우상의 황혼』,『반시대적 고찰』,『비극의 탄생』따위를 읽다가 '차라투스트라'를 다시 찾아 읽곤 했다. 내게 '차라투스트라'가 준 선물은 갈망과 용기다. 차라투스트라는 말한다. "어느 때고 너희들이 원하는 것을 행하라. 그러나 너희들은 그에 앞서 원할 줄 아는 자들이 되어야 한다." 무언가를

'원할 줄 아는 자'가 되어야 한다. 나는 작가가 되고 싶었다. 내 주위에는 나를 작가로 끌어 줄 단 한 사람도 없었다. 나는 혼자 시립 도서관에 기웃거리며 이 책 저 책을 남독하며 푸른 노트에 글을 끼적이었는데, 그게 제대로 된 글인지를 가늠할 수가 없었다. 다시 차라투스트라는 말한다. "나는 차디찬 영혼, 당나귀, 눈먼 자, 술 취한 자를 두고 담대하다고 말하지 않는다. 오히려 두려움을 아는 자, 그러면서도 그 두려움을 제어하는 자, 긍지를 갖고 심연을 바라보는 자가 용기 있는 자였다." 내게도 나를 극복할 용기가 있었던가? 나는 할 수 있는 게 아무것도 없다는 생각에 적나라한 생존 경쟁에 나서려는 의지조차도 없었다. 나는 선량하지도 사악하지도 않았다. 지금 돌이켜 보면, 내게 있던 건 한 줌의 자기 연민과 무력감뿐이었다. 이렇게 살아서는 안 된다는 날카로운 자각이 내 안에 잠든 용기를 일깨웠다. 가자, 세상으로 가서 부딪쳐 보자. 자, 저 알 수 없는 나의 미래를 향해 날아가자.

야생 늑대로 살아라

우리 내면에는 숱한 동물이 우글거린다. 니체는 인간 내부에 숨어 있는 동물에 이끌려 동물 은유라는 틀 속에서 사람의 본성을 통찰한다. 다음 구절을 보라. "맹수들에 대한 공포는 오랫동안 인간의 마음속에 소중히 간직되어 왔다. 그 맹수에는 인간이 자신의 내부에 숨긴 채 두려워하고 있는 동물의 종류들까지도 포함된다. 차라투스트라는 그 동물을 '내부에 있는 짐승'이라고 부른다."(「학문에 대하여」, 『차라투스트라는 이렇게 말했다』)

'인간이란 무엇인가'라는 물음 이전에 '동물이란 무엇인가'라는 물음이 선행되어야 한다. 인간과 동물은 차이를 긍정하는 한에서 한 형제다. 동물은 차이로 인해 "비인간"으로 분류되고, 인간적인 것들의 결핍을 통해서만 긍정되는 그 무엇이다. 인간적인 것의 결핍과 부재로 드러나는 동물들, 그들은 인간의 열등한 형제다. 그들이 열등한 것은 인간들의 전유물이라고 할 수 있는 직립 보행, 말과 도구의 사용, 커다란 뇌, 자기 인식적 사고, 영혼과 정신의 부재 탓이다. 동물은 아주 오랫동안을 인류와 더불어 살아왔을 뿐만 아니라 인류의 무의식 속에 살아 있는 원형 상징이다.

인간과 동물의 차이는 '노동'에서도 드러난다. 인간은 살기 위해 노동을 하고, 노동을 자기실현의 방법적 수단으로 삼는다. 인간은 노동으로 사물을 변화시키고, 그것을 생존의 필요에 부응하도록 인간화시킨다. 동물에게는 그런 뜻에서의 노동이 아예 존재하지 않는다. 동물의 경우 오로지 본성에서 나오는 욕구를 채우려는 관습적 행동이 노동을 대체한다. "동물의 노동은 먹이 탐색과 경우에 따라서는 관찰된 종에 따라 언제나 한결같도록 예정된 계획의 수립, 즉 개체의 생존, 종의 생존, 배와 성기의 충족으로 제한된다."* 동물은 자연을 먹이 사슬의 계열에 따라 비열한 방식으로 탈취할 뿐 그것을 소유하거나 가공하지는 않는다. 그들은 탈취한 것을 소유하거나 가공하는 대신에 즉시 먹어 버린다. 동물들의 강렬함은 주린 위(胃)의 명령에 따를 때 나타난다. 사냥을 수고와 피로를 봉급으로 교환하는 노동의 범주에 둘 수는 없다. 동물에게는 본성의 충족으로 제한된 형태의 먹이 탐색만이 있을 뿐이다. 인간의 노동은 자연물의 탈취가 아니라 잉여의 교

* 아르멜 르 브라 쇼파르, 『철학자들의 동물원』(문신원 옮김, 동문선, 2004, 69쪽)

환이고, 잉여의 교환을 통해 사회와 교섭하고 관계를 맺는 행위다. 동물에게 노동이 없는 것은 생존의 잉여, 힘의 잉여가 없기 때문이다. 동물이라는 심상-거울에 비춰 보면 우리 안에서 움직이는 본능, 무의식, 리비도 감정을 드러내며, 우리가 어떤 사람인가를 알려 준다.

"동물은 항상 모든 문화가 가진 상징체계에서 가장 손에 넣기 쉽고 힘이 세고 중요한 근거였다. 인간이 지닌 성질 가운데 어떤 동물의 형태로 나타내지 못하는 것은 거의 없기 때문에, 동물만큼 다양한 범위의 도상학을 제공하는 연원은 달리 없었다. 종교의 뒤를 이어 심리학도 본능, 무의식, 리비도, 감정 등의 본질적인 상징성을 동물에 부여했다."*

인간 역시 정도의 차이는 있지만, 내면에서 으르렁거리는 수성(獸性)을 갖고 있다. 사람은 '내부에 있는 짐승'을 기르는 한에서 "아직도 완성되지 않은 동물"인 동시에 "초월적 동물"이다. 니체는 이렇게 적는다. "초월한 동물 : 우리 내면의 맹수는 기만당하기를 바라고 있다. 도덕이란 그 맹수에게 잡아 찢기지 않으려는 방편적인 거짓말이다. 도덕의 가장(假裝)에 놓인 오류가 없다면 인간은 동물에 머물렀으리라. 그러나 인간은 스스로를 보다 높은 그 어떤 것으로 여김으로써 엄격한 규율을 스스로에게 짐 지웠다."(『인간적인,

---

* 잭 트레시더, 『상징 이야기』(김병화 옮김, 도솔, 2007)

너무나 인간적인』2, 64) 도덕의 가장(假裝)에 놓인 오류? 이것이 동물이 갖지 못한, 인간만이 갖고 있는 인간과 동물 사이의 경계선이 되는 그 잉여일까?

동물은 일이 없는 노동을 통해 축적되는 잉여의 개념을 모른다. 동물에게 일이 없는 노동이란 아예 존재하지 않는다. 동물에게 빈둥거림은 있지만, 여가란 것은 없는 것도 같은 맥락에서다. 여가는 노동과 짝을 이룰 때만 그 의미가 발현되는 것이다. 그럼에도 인간은 동물성이란 잣대를 통해서 제 정체에 대해 말할 수 있다. "인간으로서 인간의 정체는 동물의 정의를 상당히 넘어서는 동물성의 특성을 통해서 대부분 결정된다."** 사람은 모든 동물을 다 합해 놓은 것보다 더 동물적이다. 하지만 그 동물성을 도약대 삼아 더 높은 존재의 위상을 획득한다. "왜냐하면, 인간은 그 어느 다른 동물보다 더 병들고, 불안정하며, 변덕스럽고, 불완전하다. 거기에는 의심의 여지가 없다. 인간은 병든 동물이다. 이것은 어디에서 오는가? 틀림없이 인간은 다른 모든 동물들이 합쳐진 것보다 더 대담하고, 더 새로운 것들을 행하고, 더 과감하고, 더 운명에 도전해 왔다. 그 자신에 대한 커다란 실험 기구인 인간은 최후의 지배권을 위해서 동물, 자연, 신들과 투쟁하는 자, 불만을 터뜨리는 자, 그리고 지칠 줄 모르는 자이다."(니체, 『선악을 넘어서』, 367) 사람은 동물보다 더 병든 존재다. 게다가 불안정하고, 변덕스러우며, 더러는 더 잔혹

** 도미니크 르스텔, 『동물성』(김승철 옮김, 동문선, 2001, 8쪽)

하다. 자기 자신을 실험 도구로 쓴다는 점에서 사람은 동물과 다르다. 사람은 예속이 아니라 자유를, 노예의 도덕이 아니라 주인의 도덕을, 그리고 자신에 대한 최후의 지배권을 찾기 위해 동물, 자연, 신들과 투쟁한다. 그 투쟁의 동력은 기꺼이 자기 자신이 되는 것, 즉 제 운명에 대한 사랑에서 나온다.

동물 상징은 인간이 스스로를 비춰 보는 마음-거울이다. 동양의 철학자 장자도 이 마음-거울에 대해 말한다. "지인(至人)의 마음 씀씀이는 거울과도 같다. 삼라만상을 거절하지도 않고 영합하지도 않으니까. 사심 없이 있는 그대로를 비추어 줄 따름이므로 삼라만상을 초월하여 상처받는 일은 없다."(『장자』) 삼라만상을 "있는 그대로" 비추는 거울! 그 마음-거울에 비추어 보면 사람의 참모습이 드러난다. 마음-거울이 비추는 것은 외면 형상이 아니라 내면 본질이다. 『차라투스트라는 이렇게 말했다』에는 무수한 동물들이 등장한다. 낙타, 사자, 원숭이, 파리, 거머리, 타조, 독수리, 당나귀, 고양이, 불개, 독거미, 독파리, 물소, 돼지……. 가히 니체의 철학적 동물원이라고 부를 수 있을 지경이다. 니체의 동물원은 동물들의 기예를 보여 주는 곳이거나 동물의 생태를 관찰하는 장소가 아니다. 차라리 욕망의 타락과 의지의 착란으로 얼룩진 동물-인간 심리학의 드라마를 상영하는 철학 극장이다.

동물은 핵과 미토콘드리아의 수준에서 사람과 한 계열이다. 그것은 사람과 가까이에 있고 언제나 최소주의 속에서 삶을 일구는 생명체로 연민을 자아내고 온전히 해명되지 않은 세계의 철저한 가난이며 형이상학적 빈곤이다. 우리는 동물들이 지적인 영혼을 가진 사람보다 열등한 개체라고 믿는다. 동물은 자기 인식적 사유를 못 하고 이성적 성찰이 아예 불가능한 지대에 존재하고, 오로지 본능과 충동에 의해 움직이는 하나의 동체(動體)라고 생각한다. 그에 반해 사람은 "뇌의 용적·직립 보행·언어와 성찰"* 이라는 점에서 동물과는 다른 위상을 가진 존재로 받아들인다.

동물은 무리 속에서 거주하고 사람은 사회 속에서 거주한다. 동물은 본능과 충동에 의해 제 존재를 지탱하는 반면에 사람은 정치·경제적으로, 혹은 시적인 것 안에서 제 존재를 지탱한다. 사람과 동물은 상호 간에 환원 불가능한 영역에 속하고, 두 계열의 경계에는 넘어갈 수 없는 높은 문턱이 있다. 그러나 동물들은 꿈과 무의식, 신화와 민담들에서 사람과의 내적 상동성으로, 혹은 관계들의 등가성이라는 맥락에서 새 의미를 부여받으며, 인간 내면을 비춰 주는 빛으로 새롭게 발견되는 그 무엇이다.

니체는 다양한 동물 은유를 통해, 역설적으로 사람의 내면에 깃든 동물

---

* 도미니크 르스텔, 『동물성』(김승철 옮김, 동문선, 2001, 20쪽)

성을 적시하고 그것에 형이상학적 빛을 비춘다. 인간을 가로지르는 니체의 형이상학에서 사람과 동물의 닮음보다 다름과 차이가 두드러진다. 질 들뢰즈/펠릭스 가타리가 말한 "한 유사성들의 계열화를 차이들의 구조화로, 항들의 동일화를 관계들의 동등성으로, 상상력의 변신(metamorphoses)을 개념 내부에서의 은유(metaphores)로, 자연-문화의 거대한 연속성을 자연과 문화 간에 유사성 없는 대응 관계를 배분하는 깊은 단층으로, 나아가 기원적 모델의 모방을 모델 없는 최초의 미메시스 그 자체로 대신"* 한다는 사실을 이해할 수 있다.

"늑대가 개의 증오에 시달리듯 자유로운 정신과 쇠사슬에 묶인 자, 숭배하지 않는 자, 숲속에 사는 자들은 대중의 증오에 시달린다."(니체, 『차라투스트라는 이렇게 말했다』)

개가 아니라 늑대-되기를 하라. 개들은 사육되지만, 늑대들은 야생에서 방목된 채로 살아간다. 늑대들은 다른 계통에서 오며(즉 길들여지기를 거부하고), 가족 제도나 국가 장치에 포획되기를 거부한다. "개들에게 미움받는 늑대처럼 민중에게 미움받는 자, 그런 자야말로 자유로운 정신이며 속박을 거부하는 자, 그 누구도 경배하지 않는 자, 숲속에 사는 자다"(니체, 『차라

---

* 질 들뢰즈/펠릭스 가타리, 『천 개의 고원』(김재인 옮김, 새물결, 2001, 450쪽)

투스트라는 이렇게 말했다』) 늑대-되기란 무엇인가? 늑대들은 개들의 지층을 끊고 달아남으로써 비로소 늑대로 생성된다. 개는 집에 속하고, 늑대는 숲에 속한다. 개는 문명의 소산이고, 늑대는 피와 살육이라는 야만 속에서 증식하는 자연이다. 늑대들은 개들에게 결핍된 것을 욕망함으로써, 즉 속박을 거부하고 자유의 도주선을 탐함으로써, 늑대-되기에 이른다. 늑대는 개와 다른 거리를 가짐으로써, 개와 다른 강렬함으로써, 개와 다른 속도를 가짐으로써 탈영토화에 성공한다. "도주선 또는 탈영토화의 선, 늑대-되기, 탈영토화된 강렬함의 비인간-되기, 이것이 바로 다양체다."** 사자는 낙타에서 탈영토화된 강렬함의 다른 이름이다. 사자는 완전한가? 아니다. 사자는 백수(百獸)의 왕으로 군림하지만 아직은 결핍이 많은 상태로 굳어진 존재다.

사람은 개나 늑대가 아니고, 어떤 경우에도 퇴행 속에서 동물로 돌아갈 수 없다. 하지만 '짐승보다 못한 놈!'이 될 수는 있을 테다. 어떤 동물도 진화를 거쳐 사람이 되는 일도 없다. 사람과 동물 사이에는 종을 가르는 벽이 엄연하다. 그럼에도 사람과 동물은 한 형제다. 한쪽은 잉여로, 한쪽은 결핍으로 규정된다고 하더라도! 사람과 동물은 그 정치적·사회적·위상학적·해부학적 힘의 양과 질의 맥락에서 다른 위상을 갖고, 다른 층위에 배

** 질 들뢰즈/펠릭스 가타리, 앞의 책, 71쪽.

치되는 존재인 것이다. 사람과 동물은 의미 생성의 블록에서 서로의 성분을 섞고 스미며 혼재되는 존재다. 중요한 것은 무엇인가? 사람과 동물 사이에 있는 "차이들을 정돈해서 관계들의 일치에 이를 수 있도록 하는 것이 중요한 것이다. 왜냐하면, 동물은 나름대로 변별적 관계나 종차의 대립에 따라 분배되며, 마찬가지로 인간은 해당 집단에 따라 분배되기 때문이다."* 니체는 사람을 동물로 환원시키는 대신 두 계열의 차이의 토대 위에서 사람을 동물-되기의 맥락 속에 재배치하며 존재 생성의 철학을 가동한다. 동물-되기의 맥락 안에서 사람은 징후적 다양체로 생성될 수가 있는 것이다.

---

* 질 들뢰즈/펠릭스 가타리, 앞의 책, 449쪽.

철학자는 왜 독수리를 반겼을까?

니체가 "내적 세계의 탐험자이자 항해하는 자, 즉 인간"이라는 철학적 자각에 이르렀을 즈음, 자신의 대리인인 차라투스트라를 거리로 내보낸다. 차라투스트라는 "다양한 눈과 양심으로 높은 곳으로부터 모든 먼 곳을, 깊은 곳으로부터 모든 높은 것을, 구석으로부터 모든 드넓은 곳을 조망"하는 철학자다. (니체, 『선악의 저편』) 그는 스스로 "비판자이자 회의주의자이며 독단론자이며 역사가이고, 그 밖에 시인이며 수집가이고 여행자이며 수수께끼를 푸는 자다. 또한 도덕가, 예견하는 자, '자유 정신'이고, 거의 모든 유형의 인간"이었다. 차라투스트라는 철학자라는 자각 이후 보통의 인간들이 사는 거리로 내려온 것이다. 가장 높은 곳에 올랐다가 다시 가장 낮은 시장 한복판으로 내려온 그는 어떤 자인가?

"진정한 철학자는 명령하는 자며 입법자다. 그들은 '이렇게 되어야 한다!'라고 말한다. 그들은 우선 인간이 어디로 가야 하고 어떤 목적을 가져야 할지를 규정하며, 그러한 작업을 하면서 그들은 과거를 정리해 온 모든 사람과 모든 철학적 노동자들의 준비 작업을 자신의 뜻대로 사용한다. 그들은 창조적인 손으로 미래를 붙잡는다. 그리고 이제까지 존재해 왔던 것과 또 현재 존재하는 모든 것들은 그들을 위한 수단, 도구, 망치가 된다. 그들의 '지식'은 창조이며, 그들의 창조는 하나의 입법이며, 그들의 진리에의 의지는 힘에의 의지다. 오늘날 그러한 철학자들이 존재하는가? 일찍이 이러한 철학자들이 존재했던가? 이러한 철학자들이 존재해야만 하지 않을까?" (니체, 『선악의 저편』)

니체는 이제까지 있던 철학자와는 다른 철학자의 자격을 따지고 묻는다. 창조는 하나의 입법이고, 진리에의 의지를 힘에의 의지로 전환시키는 철학자! 일찍이 이러한 철학자들이 있었던가? 이 물음은 자기 자신에게로 향하는 것이다. 니체는 다른 철학자들과 다른 존재방식을 찾는 모험을 해 왔다. 그는 도약과 상승을 위해 가벼움과 명랑성을 추구한다. 그는 더이상 영혼에 납덩이가 가라앉은 무거운 자가 아니다. 그는 자유 정신, 어린아이—즉 새로운 시작, 스스로의 힘으로 돌아가는 바퀴, 최초의 운동, 거룩한 긍정을 가진, 뼛속까지 비워서 가벼워진 새, 춤추는 자에 이르렀다. "무거운 것 모두가 가볍게 되고, 신체 모두가 춤추는 자가 되며, 정신이 모두가 새가 되는 것, 그것이 내게 알파이자 오메가라면. 진정, 그것이야말로 내게는 알파이자 오메가렸다!"(『일곱 개의 봉인』) 니체는 자신을 돌아보는 눈으로 다른 인간을 본다. 그리고 무리 지어 있는 인간들의 혐오스러운 모습에 욕지기를 느낀다. 많은 인간들은 아직 원숭이이자 벌레의 삶을 살고 있었던 것이다. 원숭이는 난쟁이이고 광대다. 거리에는 차라투스트라를 우스꽝스럽게 흉내 내는 인간도 나타난다. 사람들은 그를 "차라투스트라의 원숭이"라고 불렀다.

인간에게 원숭이는 일종의 웃음거리 아니면 일종의 견디기 힘든 부끄러움이 아닌가. 초인에게는 사람이 그렇다. 일종의 웃음거리 아니면 일종의 견디기 힘든 부끄러움일 뿐이다. 너희들은 벌레에서 인간에 이르는 길을 걸어왔다. 하지만 너희 안의 많은 것들이 아직도 벌레다. 너희들은 한때 원숭이였다. 그리고 인간은 여전히 그 어떤 원숭이보다 더 철저한 원숭이다. 너희들 가운데 더없이 지혜로운 자라 할지라도 역시 식물과 유령의 불화이자 혼혈아에 불과하다. 그렇다고 나 너희들에게 다시 유령이나 식물로 되돌아가도록 분부하고 있는 것인가? 보라, 나는 너희들에게 초인을 가르치노라! 초인이 이 대지의 뜻이다. 너희들의 의지로 하여금 말하도록 하라. 초인이 대지의 뜻이 되어야 한다고! (니체, 「차라투스트라의 머리말」)

'원숭이'는 동물의 성분을 더 많이 가진 인간 무리를 가리킨다. "벌레에서 인간에 이르는 길" 중간쯤에서 길을 잃은 채로 어리둥절해 하는 무리! "너희 안의 많은 것들이 아직도 벌레"인 그 무리가 할 줄 아는 것은 사람을 흉내 내며 웃기는 광대 노릇이다. "원숭이보다 더 철저한 원숭이"들은 그런 이유로 시장의 웃음거리로 전락한다.

원숭이는 스스로 자유 의지도, 생의 약동도 가질 수 없다. 그것은 본래의 자기를 잃어버린 사육 동물이다. 부끄러움을 모르는 원숭이는 백 년 후의 미래도 볼 수 없고, 영원 회귀에 대해서도 알지 못한다. 고작해야 인간을 우스꽝스럽게 흉내 내고 그 대가로 끼니와 잠자리를 보장받을 뿐이다. 그 웃음은 분명 경멸이거나 조롱하는 웃음이다. 초인에게는 인간이 바로 원숭이다. 원숭이들 가운데 가장 똑똑한 자라 할지라도 "식물과 유령의 불화이자 혼혈아"에 지나지 않는다.

인간은 동물이 되려고 애쓰는 이상한 동물이다. "인간은 자신이 동물이 아니라고 교육받았고, 그 결과 동물이 되려고 노력 중이다."(니체, 『즐거운 학문』) 동물, 아주 오래된 야만. 그게 인간의 관점이고 인식이다. 그레고르 잠자. 그의 변신은 인간이 마주칠 엄청난 비극에 대한 전조(前兆)를 말해 준다. "공포를 통해 우리는 가축이 되었고, 군중이 되었고, 인간이 되었고,

병든 짐승이 되었고, 기독교도가 되었다."(니체, 『안티크리스트』) 카프카의 그레고르 잠자가 변신을 겪은 것은 정신이 아니라 몸이다. 그는 몸으로써 유죄를 선고받는다. 그의 변형된 몸은 죄에 대해 귀책사유라는 무거운 짐을 짊어진다. 인간은 신체를 통해서 발견되고, 혹은 발견되어질 수밖에 없는 현전이다. 머리와 심장, 그리고 생식기와 항문으로 이루어진 신체. 우리는 신체를 통하지 않고는 실존을 확인할 수 없다. 신체는 하나의 장소이자, 장소 속에서 일어나는 사건 그 자체다. 에마뉘엘 레비나스도 비슷한 생각을 적은 바 있다. "장소는 기하학적 공간이기에 앞서, 또는 하이데거적 세계의 구체적 환경(ambiance)이기에 앞서 하나의 기반이다. 이런 점에서 신체는 의식의 출현 자체이다. 그 어떤 식으로도 신체는 사물이 아니다. 영혼이 신체 안에 거주하기 때문일 뿐 아니라, 신체의 존재는 명사의 질서가 아니라 사건의 질서에 속하기 때문이다. 신체가 어떤 자리에 놓인다기보다는, 신체가 바로 자리이다. 신체는 미리 주어진 공간에 위치하지 않는다. 신체는 익명적 존재 속에서 위치화의 사실 자체로부터 출현(irruption)한다."(레비나스, 『존재에서 존재자로』, 119쪽) 신체는 반쯤은 동물이고, 반쯤은 형이상학으로 뭉쳐진 그 무엇이다. 그것은 해석되지 않고, 느껴진다.

니체는 유난히 독수리를 반긴다. 그것은 독수리가 높은 벼랑에 둥지를 틀고, 빛이 넘치는 하늘 위에서 창공을 지배하는 왕의 자태를 뽐내는 강한 존재이기 때문이다. 독수리는 『차라투스트라는 이렇게 말했다』의 서두에 나타난다. 10년 동안 고독을 벗 삼아 수행하던 차라투스트라는 동굴에서 나서자마자 하늘을 나는 독수리를 보았다. 독수리는 저 혼자가 아니었다. 독수리의 목을 태양 아래 가장 현명한 동물이라는 뱀 한 마리가 둥글게 감고 있었다.

"그때 그는 무슨 일인가 싶어 하늘을 올려다보았다. 날카로운 새 울음소리가 들렸기 때문이다. 보라! 독수리 한 마리가 커다란 원을 그리며 하늘을 날고 있었고 뱀 한 마리가 거기 매달려 있는 것이 아닌가. 그런데 뱀은 독수리의 먹이가 아니라 벗인 듯했다. 목을 감은 채 의지하고 있는 것으로 보아 그렇다."(니체, 『차라투스트라는 이렇게 말했다』)

독수리는 고고한 동물이다. 독수리는 군집 생활을 마다하고 저 혼자 살며 높은 허공을 나는 크고 강한 새다. 니체는 독수리가 두려움을 아는 자, 그러면서도 그 두려움을 제어하는 자, 긍지를 갖고 심연을 바라보는 자라고 그 용기와 지혜를 예찬한다. "독수리의 눈으로 심연을 응시하고 있는 자, 독수리의 발톱으로 심연을 움켜잡고 있는 자, 그런 자가 용기 있는 자렸다."(니체, 『차라투스트라는 이렇게 말했다』) 독수리는 무지몽매를 떨치고 창공 높이 솟구치며 자유를 누리며 무한 자유를 누리고, 명랑한 감각과 기쁨을 제 것으로 만든다. 저 까마득한 아래 지상에는 네발 달린 짐승들과 사람들이 평평한 땅에 몸을 붙이고 산다. 독수리는 고공에서 내려다본다. 독수리가 하늘에서 원을 그리며 날면서 본 것은 무엇인가? 그것은 땅에서 자라는 꽃들 위에서 잉잉거리는 꿀벌들이다. 종일 꽃을 다니며 부지런히 꿀을 모아 집으로 돌아가는 꿀벌은 하찮은 노동과 그 보람을 즐거워하는 인간에 대한 은유다. 인간은 땅을 벗어나지 못하는 꿀벌 이상의 존재가 아니다. 꿀벌과 독수리는 다르다. 독수리는 강하고, 높이를 사랑하는 지혜로운 동물이다. 독수리는 높이의 현격한 차이로 땅에 발을 딛고 사는 인간들과 비교되는 고결한 존재의 표상이다.

비둘기 떼와 웃는 사자

차라투스트라는 어떻게 산속에서 홀로 10년을 버틸 수 있었을까? 차라투스트라는 덧없는 행복의 망상을 꿈꾸는 자도 아니요, 죽음의 도약으로 피로감에 빠진 자도 아니다. 그는 광인이자 예언자, 창조하는 자, 수수께끼를 푸는 자, 누구보다 앞서 온 자, 초인의 도래를 예고하는 자다. 차라투스트라는 자신이 구름에서 떨어지는 빗방울이고, 번갯불이라고 한다. 차라투스트라는 주인공이 아니라 주인공보다 앞서 무대에 올라 주인공의 출연을 알리는 예언자다. 차라투스트라는 너무 일찍 세상에 나온 자, 그래서 '나의 때는 아직 오지 않았다.'고 고백한다. 그에게는 천둥과 번개가 그렇듯이 시간이 필요하다.

차라투스트라는 동굴에서 나와 군중을 만나 그들의 우매함을 깨우는 계몽에 나선다. 차라투스트라는 군중에게 "너희들의 신은 이미 죽었다!"라고 했지만 군중은 늙은 신을 떠날 생각이 없다. 우매한 군중이 죽은 신을 떠나보내지 못한 이유는 무엇인가? 미처 변화를 받아들일 준비를 하지 않은 탓이다. 신의 죽음 뒤에 올 "위대한 정오"를 맞으려면 "최후의 의지"를 갖고, 그림자가 가장 짧아지고 오류가 사라진 시각에 홀연 나타날 인간을 넘어선 인간, 즉 위버멘쉬를 맞을 준비를 해야만 했다. 하지만 어리석음에 빠져 죽은 신을 섬기는 군중은 차라투스트라의 외침을 듣지 않았다.

차라투스트라는 무엇을 기다렸던 것일까? "나는 지금 기다린다. 나의 시간이 되었음을 알리는 징조가 가장 먼저 나에게로 반드시 올 것이므로,— 그것은 비둘기 떼와 함께 오는 웃는 사자."(니체, 『차라투스트라는 이렇게 말했다』) 니체가 기다린 것은 "비둘기 떼와 함께 오는 웃는 사자"다. 포효하고 분노하는 사자가 아니라 웃는 사자라니! 웃음을 머금고 등장한 사자는 어떤 동물이던가? 사자는 포효하는 맹수이고, 용맹하게 장애를 뚫고 나가는 개척자, 정신과 신체가 강건한 존재의 표상이다. 여기서 우리는 니체가 말한 '정신의 세 가지 변신에 대하여'를 주목할 필요가 있다.

당신은 기억할 것이다. 처음 낙타가 되고, 낙타에서 사자, 마침내 사자에서 어린아이가 되는 정신의 변신 이야기를! 낙타는 모든 명령에 잘 순응한다. 명령을 거스르는 법이 없다. 왜냐하면, 낙타는 세상의 온갖 규범과 도덕적 구속에서 자유롭지 않기 때문이다. 이를테면 낙타는 법을 잘 지키는 선량한 시민이다. 노예 도덕에 굴종하느라 끝내 제 삶의 주인이 되지 못하는 까닭에 자신에게 명령을 내릴 주인을 기다리는 존재, 가장 무거운 것을 열망하는 존재! 니체가 낙타를 높이 평가하지 않는 것은 그 스스로 하고자 하는 의지, 자유를 쟁취하고 스스로 사막의 주인이 되려는 의지가 결핍되어 있기 때문이다.

"외롭기 짝이 없는 저 사막에서 두 번째 변화가 일어난다. 여기에서 낙타는 사자로 변하는 것이다. 사자가 된 낙타는 이제 자유를 쟁취하여 그 자신이 사막의 주인이 되고자 한다. 사자는 여기에서 그가 섬겨 온 마지막 주인을 찾아 나선다. 그는 주인에게 그리고 그가 믿어 온 마지막 신에게 대적하려 하며, 승리를 쟁취하기 위해 그 거대한 용과 일전을 벌이려 한다. 정신이 더이상 주인 또는 신이라고 부르기를 마다하는 그 거대한 용의 정체는 무엇인가? "너는 마땅히 해야 한다." 그것이 그 거대한 용의 이름이다. 그러나 사장의 정신은 이에 맞서 "나는 하고자 한다."라고 말한다."(니체, 『차라투스트라는 이렇게 말했다』)

사자가 어떤 규범이나 의무에 순응하지 않고 늘 '아니오!'라고 말한다.

그것은 사자가 누구의 명령도 듣지 않고 누구로부터 규정되지 않는 자, 오직 자유를 원하는 자이기 때문이다. "굶주리고, 난폭하고, 고독하고, 신을 부정하는" 사자! "나를 내버려 두라. 나는 누구의 명령도 받고 싶지 않고, 나는 자유를 원한다."(니체, 『차라투스트라는 이렇게 말했다』)라고 사자는 외친다. "형제들이여, 자유를 얻으려면, 그리고 의무에 대해서도 신성한 '아니오'를 말할 수 있으려면, 우선 사자가 되어야 한다."(니체, 『차라투스트라는 이렇게 말했다』) 사자의 부정 정신은 현실에 굴종하는 노예 정신보다 더 높은 차원에 있다. 사자는 "자유를 창조하고 의무 앞에서 신성하게 아니라고 말하는" 자이고, 자기 안의 증오와 분노를 승화시켜 창조의 동력으로 쓰는 자다. 사자는 낙타보다 한 단계가 더 도약을 이루고, 정신 변화의 마지막 단계인 어린아이에 한층 더 가까이 간다.

사자는 "나는 하고자 한다(Ich will)."라는 능동적 의지에 제 삶을 비끄러매는 자들이다. 이것은 "나는 더는 하지 않겠다."라는 말로 싸우겠다는 선언이다. 사자는 강한 동물이다. 약자의 선량함은 위선이다. 칸트는 "나쁜 짓을 하려 해도 할 수조차 없게 된 건 견딜 수 없는 일이다."라고 했다. 나약한 자는 쉽게 허무주의, 그리고 낙담과 고통에 무릎을 꿇는다. 그들은 나쁜 짓을 하려 해도 차마 용기를 낼 수 없어서 포기한다. 이런 나약한 자의 착함이란 위선이고, 비굴이며, 나약함 그 자체에 지나지 않는다. 존재의 약함이란 병리적 불능 상태에 있는 존재들은 사자의 부류에 들 수가 없다. "착한 사람들은 약하다. 나쁜 사람이 될 수 없을 만큼 강하지 않기 때문에 그들은 착한 사람인 것이다."(니체, 『권력에의 의지』) 절대로 자신의 나약함을 무기 삼지 말라. 나약하다는 것은 나쁜 사람이 될 수 없을 만큼 강하지 않다는 뜻이다. 니체에 따르면 타인의 동정과 연민을 구하는 약함은 퇴락이고 타락이다. 사자처럼 강해져라. 그것은 노예 도덕에 굴종하기보다는 노예 도덕을 극복하는 존재가 되고자 함이다.

사자처럼 포효하는 존재가 되라! 낙타가 타자의 도덕과 명령들에 대해 '예'라고 했다면 사자는 '아니요'라고 한다. 사자가 '아니요'라고 말하는 것은 타자의 요구나 명령에 앞서 자기의 의지를 드러내기 위함이다. 사자는 그토록 강한 짐승이다. 사자는 거대한 용에서 발화되는 "너는 해야만 한다."라는 도덕과 의무의 강령들, 그 사슬들을 끊고 자유를 갈망하며 앞으로 나아간다. 사자는 "너는 해야만 한다."라고 명령하는 용에게 "나를 내버려 두라. 나는 그 누구의 명령도 듣지 않고 오직 자신의 욕망을 따르고자 한다."라고 맞선다. 용은 세계를 지배하는 법이고 도덕, 유일한 가치 척도이다. 용의 명령은 완강하다. "모든 가치는 창조되었고, 이 창조된 일체의 가치, 그것이 바로 나다. 따라서 '나는 하고자 한다.' 따위의 말은 용납될 수 없다." 우리가 노예의 도덕에서 벗어나 자유롭게 살고자 한다면 용과 맞서는 사자가 되어야 한다. 세상과 싸워 세상을 바꾸려는 혁명가들은 납득할 수 없는 현실에 대해 포효하며, 그 포효는 '아니요'라는 부정 정신의 외침이다.

니체의 철학은 잔혹할 만큼 강렬하다. 허약한 자들과 패배한 자들에 대해 한 치의 망설임도 없이 단호하게 말한다. "허약한 자들과 패배자들은 사라져야 한다. 이것이 우리가 지닌 인류애의 첫 번째 원칙이다."(니체, 『반그리스도』) 니체는 왜 약자와 패배자에게 그토록 단호한가? 그것은 약자들이 세상의 부조리와 폭력에 맞서기보다는 타협하고 안주하기 때문이다. 약한 자들은 자신만의 안녕, 자신만의 행복, 자신의 안전에 집착한다. 일견 착하게 보이지만 그들은 나약함 때문에 가해자로 둔갑한다. 세상에 해악을 끼치는 부류는 선량함으로 위장한 약자들이다. '착한 사람'으로 위장한 약자들은 아무 자각도 없이 세상에 해악을 끼친다. "나쁜 사람들이 어떤 해악을 끼치든, 착한 사람들이 끼치는 해악이 가장 해롭다!"(니체, 『차라투스트라는 이렇게 말했다』)

어떻게 사자처럼 용맹하고 더 강해질 수 있는가? 많은 사람이 무엇을 잘하는지도, 무엇을 해야 할지도 모른 채 살아간다. 사람들이 자기 내면에 숨은 힘과 용기에 대해 모르는 경우가 흔하다. 자기 내면을 고요히 들여다

보는 성찰의 능력이 없는 자들은 자기다운 삶을 발명하지 못한다. 기껏해야 관습적인 것들에 매인 채 피동적으로 살아갈 뿐이다. 자, 우리 안에 무엇이 있는가? "우리는 모두 우리 내면에 숨겨진 정원과 농장을 가지고 있다."(니체, 『즐거운 학문』) "내면에 숨겨진 정원과 농장"이란 우리의 힘과 용기를, 생의 에너지를 키울 수 있는 기반이다. 우리는 저마다 제 안에 엄청난 에너지를 분출할 수 있는 정원과 농장을, 그보다 더 큰 화산을 가지고 있다. 그걸 모를 뿐이다. 제 안에 정원과 농장이 있다는 사실을 모르고, 화산이 있다는 사실을 모른다면 그 속에 숨은 에너지를 쓸 엄두조차 내지 못할 것이다.

국가는 어느 경우에 우상이 되는가?

니체는 늘 소란을 피우고 사건을 일으키는 말썽쟁이인 개를 새로운 우상인 국가에 대한 은유로 차용한다. 도무지 고요한 시간 속에 머물 줄 모르고, 하찮은 존재이면서도 대단한 능력을 가진 듯이 연기를 피우고 불을 뿜는 개들. 국가는 "위선에 찬 개"다. 이 거짓의 존재들은 불을 뿜으며 멍! 멍! 짖는다. 왜 개들은 요란하게 울부짖기를 좋아하는가? 그것은 사람들을 속이기 위함이다. 니체는 "사물의 배 속 깊은 곳에서 우러나오는 말을 하고 있다는 것을 사람들이 믿도록 하기 위해"라고 말한다. 자, 니체가 말하는 '개'를 보라.

"너와 마찬가지로 국가도 위선에 찬 개의 일종이다. 국가 또한 너처럼 연기와 울부짖어 가며 말하기를 좋아한다. 그 또한 너처럼 사물의 배 속

깊은 곳에서 우러나오는 말을 하고 있다는 것을 사람들이 믿도록 하기 위해. …… 이 말에 불개는 더이상 내 이야기를 듣고 있을 수가 없었던 모양이다. 그는 수치심에서 꼬리를 내리고는 기어드는 소리로 멍! 멍! 짖어 댔다. 그러고는 자기의 동굴로 기어들어 가고 말았다.”(니체, 『차라투스트라는 이렇게 말했다』)

개들은 낯선 자가 접근해 올 때 짖는다. 불안과 공포 때문이다. 더는 내 가까이에 오지 마! 개들은 그렇게 외친다. 낯선 것은 무섭다. 낯선 존재일 때 개들은 더 필사적으로 짖는다. 개들은 제 심장이라도 토해낼 듯 맹렬하게 짖다가 자기의 동굴로 슬그머니 기어들어 간다. 그들은 용맹한 것처럼 보이지만 내심 겁에 질려 있다. 그래서 맞서 싸우지 못하고 뒷걸음을 쳐 숨는 것이다. 그게 개의 생리다.

국가를 위한다고 말하는 자들은 위선에 차 있다. 위선과 위장에 능한 자들은 항상 개의 생리를 흉내 낸다. 개들은 자주 멍! 멍! 짖는다. 멀리서 바람이 불어도 개들은 짖어 댄다. 정치가들이 머무는 자리는 늘 소란스럽다. 그들이 개들처럼 잘 짖어 대기 때문이다. 그들이 하는 말은 믿을 바가 못 된다. 그들은 대중을 속이기 위해 늘 가짜 연기를 피우고, 불을 내뿜는다.

나는 1970년대 초반 실업계 고등학교를 다녔다. 학교는 규율이 엄격한 군대나 다름없었다. 그 당시 전국 남녀 고등학생은 의무적으로 실시하는 군사 훈련을 받았다. 고등학생은 제식 훈련과 목총을 어깨에 메고 군사 훈련을 받았는데, 나는 교련복을 입지 않고, 집총 훈련도 거부했다. 그 결과로 돌아온 것은 폭력이었다. 1학년 때는 예비역 군인인 교련 교사가 적당히 눈감아 주곤 했는데, 2학년에 올라가서 만난 교련 교사는 잔혹하고 집요했다. "이건 총이 아니야! 그저 나무토막이라고!" 그는 목총을 강제로 안겼지만 나는 그것을 받지 않았다. 목총은 운동장에 뒹굴었다. "전쟁이 일어나 네 어머니와 누이의 생명이 위태로워도 총을 들고 적과 싸우지 않으려느냐?" "그렇다면 너는 국가의 반역자다! 너는 이 나라에서 살 자격이 없는 놈이다." 반공을 국시로 삼은 국가에서 나는 아주 작은 반역자였다. 그는 늘 손에 들고 다니는 지휘봉으로 나를 마구 가격했다. 5월 어느 날, 나는 매질을 당했다. 조롱과 모욕의 말들. 이어지는 매질. 아무 생각도 감정도 없는 고깃덩이에 퍼부어지던 폭력. 나는 어떤 고통도 느끼지 못한 채 '왜 인간은 인간에게 폭력을 쓰는가' 하는 생각에 사로잡혔다. 국가는 폭력으로 내가 거부하는 규율을 강요했다. 나는 책가방을 들고 운동장을 가로질러 바깥으로 나왔다. 나는 그 뒤로 학교에 돌아가지 않았다. 나는 정규 교육 과정 바깥으로 튕겨져 나왔다. 그저 시와 음악을 사랑하는 목가적인 인간으로 은행원이 되어 살고 싶었을 뿐이었는데 국가의 폭력이 그것을 꺾었다.

나는 세 번에 걸쳐 국가로부터 내쳐짐을 당했다. 한 번은 청소년기에, 두 번은 성인이 되어서 국가 폭력을 겪었다. 내가 국가라는 우상을 거부한 것은 나의 내면에 나쁜 경험의 낙인이 찍혔기 때문이다. 니체는 국가를 "냉혹한 괴물 가운데서도 가장 냉혹한 괴물"이라고 말한다. 국가가 냉혹할 뿐만 아니라 위선과 거짓으로 가득 차 있는 괴물임을 꿰뚫어 보았던 것이다. 국가는 국민의 생명과 재산을 보호할 의무가 있지만, 국가가 우선하는 것은 국가 자체의 생존과 지속이다.

국민에게 독배를 돌리는 괴물! 니체는 왜 국가에 대해 이토록 부정적인 인식을 갖게 되었는지 딱히 알 수는 없다. 국가가 항상 국민을 기만한다고 믿었기 때문일까? 아마도 그럴지도 모른다. 니체는 분노에 차서 국가의 기만과 거짓을 폭로한다. "국가는 매사에 거짓스럽다."라는 문장엔 날 선 분노가 깃들어 있다. 국가라는 것은 "배 속의 내장조차도" 거짓스럽다. 국가는 갖가지 명목으로 국민의 재산과 노동력을 빼앗아간다. 매사에 물어뜯기를 좋아하는 국가는 국민을 뜯어먹고 고혈을 빨아 제 몸뚱이의 살을 찌운다고 말할 수 있을 것이다. 내 안에 국가에 대한 부정적인 인식이 싹튼 데는 어쩌면 니체 철학의 영향도 있을 것이다.

국가라는 우상이 거머쥔 권력이 폭력의 정당화에 기반을 두고 있는 한에서 나는 국가의 말과 거짓된 약속("광주에서 민간인 학살은 없었다.", "대학 등록금을 반값으로 내리겠다.", "부동산 문제를 반드시 해결하겠다!" 등등)을 믿지 않는다. 국가가 달라질 수 있을까? 그럴 가능성은 거의 없다. 국가는 폭력 주체인 한에서 도덕과 정의의 면류관을 쓴 우상이다. "좋은 사람 나쁜 사람 가리지 않고 모든 백성이 독배를 들어 죽어 가는 곳, 그곳을 나는 국가라고 부른다. 좋은 사람 나쁜 사람 가리지 않고 모든 백성이 자기 자신을 상실하는 곳, 그곳을 나는 국가라고 부른다. 그리고 모든 사람이 서서히 자신의 목숨을 끊어 가면서 '생'은 그런 것이라고 말하는 곳, 그곳을 나는 국가라고 부른다."(니체, 『차라투스트라는 이렇게 말했다』) 니체는 국가가 감춘 추악함과 기만성을, 거짓말과 가면으로 가린 비루함을 폭로한다.

영토, 국민, 주권을 토대로 이루어진 상상의 동맹체에서 국민은 노동과 납세와 병역의 중요 자원이다. 국민을 포획하고, 그 자원을 부당한 방식으로 전유하는 국가는 니체의 명명대로 '우상'이고, 성경 묵시록에서 말하는 '짐승'이며, 프랑스 철학자 들뢰즈/가타리에 따르면 '전쟁-기계'에 지나지 않는다. "국가는 선과 악이라는 말을 다 동원해 가며 사람들을 기만한다. 국가가 무슨 말을 하든 그것은 거짓말이다. 그리고 국가가 무엇을 소유하든 그것은 그가 부당하게 취득한 장물에 불과하다."(니체, 『차라투스트라는 이렇게 말했다』) 이것은 치안을 핑계 삼아 무고한 자를 붙잡아 고문을 하고("네 죄를 자백하라!"), 무자비한 짐승같이 노동 소득을 세금 따위로 착취하며("국가 때문에 돈을 벌었으니 국가에게 세금을 바쳐라!"), 베트남전같이 우리와 상관없는 전쟁에 청년들을 동원한다("네 피와 생명을 국가 경제를 살찌울 달러와 맞바꿔 오라!").

우리는 이 우상이 무고한 국민을 상대로 얼마나 자주 폭력을 쓰는가를 보아 왔다. 국가는 정말 거대해서 한 걸음 떨어진 자리에서 바라보아야만 그 실체가 드러난다. 국가는 우상이고 괴물이다. 이것에서 탈주선을 타고 멀리 달아나기. 우매한 애국주의를 조망할 수 있는 언덕에 서서 국가 권력이라는 우상이 무너진 자리를 보라! "형제들이여, 국가가 무너지고 있는 저쪽을 보라! 무지개와 초인에 이르는 다리가 보이지 않느냐?"(니체, 『차라투스트라는 이렇게 말했다』)라고, 국가라는 우상이 무너진 자리에 무지개와 초인으로 향하는 다리가 놓여 있다. 그 다리를 넘어가는 일이 당신의 숭고한 의무가 될 것인가?

세상이 당신과 함께 웃을 때

금빛 햇살이 누리에 퍼질 때 섬진강 물은 빛을 뒤채며 흐르고, 지리산은 의연하게 솟아 있다. 고요하던 담양 대숲과 진주 강변 대숲, 울산 태화강 십리대숲이 지저귀는 새들로 술렁거린다. 보라, 동해안 간절곶 위로 씻긴 듯 말간 새날의 첫해가 불끈 솟는다. '고난의 행군' 같은 날들은 지나가리라. 어제와는 작별하자. 오늘의 해가 뜨고 오늘의 새가 노래하는 땅 위에서 누구를 위해 새해 첫해가 뜨느냐고 묻지 마시라. 어린 자식을 교목(喬木)처럼 키우며 저마다 생업에 충실한 이들에게 평화로운 시절이 돌아오리라. 해가 뜨고 달이 솟는 것을 즐거워하자. 사랑하고, 마시고, 기도하며 살아가자. 누구나 태어나면 일곱 겹의 삶을 살아야 한다. 희망은 멀리에 있지 않다. 우리가 살아서 숨 쉬는 것, 그게 희망이다. 우리의 삶이 시와 음악을 잉태한다면, 희망은 우리를 미래로 데려다줄 것이다.

이제껏 겪지 못한 이상한 환란들과 앞날이 가늠되지 않는 혼돈의 세월을 가로질러 달려왔다. 나침반도, 지도도 없이 우리는 용케도 길 잃지 않고 잘 왔구나! 우리는 단단한 씨앗처럼 시련과 수고를 견디고 살아남았다. 지금 낮은 지붕 아래 슬픔과 모욕을 모르는 아이들은 꿈속을 헤맨다. 아이들은 꿈을 꾸며 키가 부쩍 자라고, 어른들은 근심 속에서 미지의 땅에 불시착한 이들이 구조를 기다리듯 내일을 기다린다. 어머니는 새벽에 깨어 보채는 아기에게 젖을 물리고, 제빵사들은 빵을 굽고, 의사는 위중한 환자의 병상을 지키고, 시인은 단 한 구절을 쓰기 위해 고뇌에 빠지고, 천문학자는 새로 나타난 별의 궤적을 좇느라 바쁘다. 섣달그믐 한밤중에 태어난 송아지는 힘겹게 네 발로 땅을 딛고 일어서서 씩씩하게 제 어미젖을 빤다. "우리는 목청 높여 노래하고, 빈속에 약과 술을 먹고/울적한 노래로 마음을 모질게 다졌다."(아틸라 요제프) 우리가 이를 악물고 모질게 마음을 다지며 혼돈의 세월을 견딘 것은 지켜야 할 사랑이 있고, 보듬어야 할 마음들이 있었기 때문이다.

바이러스 전염병이라는 재난은 예고도 없이 들이닥쳤다. 일상의 작은 안녕과 평화는 깨지고, 우리는 낯선 세계 속에서 길을 잃었다. 학교도, 공연장도, 도서관도 문을 닫았다. 폐업한 가게들이 빠져나간 상가는 공실들이 생기며 썰렁했다. 해외여행도 불가능했다. 카페에서 친구를 만나 담소를 나눌 수도 없었다. 택배 노동자는 하루 16시간씩 노동에 내몰리다 목숨을 잃고, 펄펄 끓는 쇳물에 추락한 철강 노동자는 찰나에 그 존엄한 삶의 작은 흔적조차 없이 사라졌다. 부동산 투기꾼들이 메뚜기 떼처럼 날뛸 때 아파트 매매가는 입이 떡 벌어질 만큼 솟구쳤다. 이 지옥 같은 소동 속에서도 정치는 편을 갈라 말꼬리를 붙잡고 분열과 정쟁을 일삼았다. 언제 끝날지 가늠조차 할 수가 없는 바이러스 전염병의 대유행은 우리의 안녕과 소소한 꿈을 불안으로 집어삼켰다. 뼈와 가죽만 남은 개가 돌아오듯이 우리는 한 번도 겪지 못한 재난의 한 해를 견디며 걸어왔다.

우리는 나쁜 별에 불시착한 불운한 사람들일까? 왜 세상은 각박해지고, 삶은 팍팍해질까? 태어남 자체가 비극이고 불편한 것이다. 나는 음식을 의심하고, 소소한 기쁨을 의심하고, 이웃의 다정한 말과 미소를 의심했다. 우리는 너무 많은 책, 너무 많은 음식, 너무 많은 친구, 너무 많은 약속에 둘러싸여 살았다. 우리는 없어서 불행한 게 아니라 너무 넘쳐서 불행했다. 풍요 속 가난이 마음을 병들게 한다는 사실을 나는 깨닫는다. 나는 가장 작고 단순하게 살고 싶다. 세 끼의 식사, 보온 양말, 햇빛, 의자. 그것만으로 행복할 수 없을까? 오, 우리는 언제쯤 "웅덩이에 비친 해의 잔영만으로도 충분"(페소아)하다고 말할 수 있을까?

사랑하는 사람들아, 이 고통의 날들 또한 지나가리니, 부디 살아 있으라. 죽지 말고, 끝까지 살아 있으라. 가장 무서운 것은 아무 일도 일어나지 않고, 아무도 오지 않는 것이다. 그때 기다림은 우리 인생을 낭비하는 헛된 광대놀음에 지나지 않지만, 인생의 태반은 기다림으로 이루어진다. 철학자 앙리 베르그송은 기다림이 내 마음대로 연장하거나 단축할 수 없는 시간을 경험하는 것이라고 말한다. 시간이 간다고 하지만, 정작 가는 것은 사람들이다. 다만 시간은 한 공간에 균질한 빛처럼 뿌려질 따름이다. 지혜로운 이들은 기다림의 시간을 내적 성장의 계기로 바꾼다. 빠른 성과와 결과를 요구하는 시대에는 기다림이 아무 쓸모가 없는 지체에 불과하게 보인다. 모든 게 빛의 속도로 처리되는 오늘날 기다림은 지루함과 불편을 낳는 원인이 될 뿐이다. 사람들은 참고 기다릴 줄 모른다. 그러나 우정과 포도주가 그렇듯이, 가장 좋은 것들은 항상 기다림을 통해서만 얻을 수 있다. 슬픔이 기쁨으로 변하고, 그리움이 즐거움으로 바뀌는 고요한 시절을 기다려야 한다.

저무는 한 해를 회고하며 허망함에 진저리를 치는 까닭은 내가 정말 뜨겁게 살지 못한 까닭이다. 새해를 맞을 때마다 여러 일을 도모하고 펼쳤으나 아무것도 끝내지 못한 채 한 해의 끝에 닿기 일쑤였다. 누군가와의 약속을 지키지 못했고, 중요한 마음의 다짐들은 작심삼일로 끝났다. 우리는

'절반의 생'을 살았던 건 아닐까? 절반의 인생, 절반의 사랑, 절반의 희망에 목숨을 건 듯이 산 건 잘못된 일이다. 절반만 사는 것은 온전한 삶에 한참 못 미치는 삶이다. 한 시인은 이렇게 노래한다. "절반의 삶은 그대가 살지 않은 삶이고/그대가 하지 않은 말이고/그대가 뒤로 미룬 미소이며/그대가 느끼지 않은 사랑이고/그대가 알지 못한 우정이다./(중략)/절반의 삶은 그 대가 동시에 여러 장소에 있는 것이다./절반의 물은 목마름을 해결하지 못 하고/절반의 식사는 배고픔을 충족시키지 못한다./절반만 간 길은 어디에 도 이르지 못하며/절반의 생각은 어떤 결과도 만들지 못한다."(칼릴 지브란, 「절반의 생」) 절반의 정의, 절반의 실천, 절반의 생각만으로 만족한 듯이 미소 를 지은 건 정직하지 못한 태도다. 그건 허세이고, 가짜 미소이며, 공허한 몸짓이었다.

다시 생각해 봐도 지난해는 참 이상했다. 집 밖에서는 항상 마스크를 쓰 고, 사람을 피해야만 했다. 제야의 타종식이 취소되고, 타종식 때 몰리던 인파도 없었다. 우리는 격리된 장소에 머물고, 사회 활동은 비대면 방식으 로 바꾸도록 권고받았다. 우리의 작은 즐거움들이 불가능해졌을 때 비로 소 그게 귀하고 아름다운 사치라는 걸 깨달았다. 나는 월트 휘트먼의 시집 『풀잎』이나 헝가리 국민 시인 아틸라 요제프의 시집 『일곱 번째 사람』을 읽 으며 고통의 날들을 견뎌냈다. 다시 도서관에서 책을 읽고, 마스크를 쓰지 않은 채 거리를 활보하고, 먼 곳으로 떠나는 여행 가방을 꾸리고, 카페에서 벗들과 담소를 나누고 싶다.

해 뜨기 직전이 가장 어두운 법이다. 지금은 영도 이하로 떨어져 천지가 얼어붙은 밤, 그림자와 유령들도 잠들고 들판엔 삭풍만 부는 밤이다. 존재가 영도(零度)로 돌아가는 밤들. 새벽 거리를 비루먹은 개처럼 떠도는 단 한 사람이 있다면, 길고양이 한 마리라도 동사한다면 그건 우리의 탓이다. 우리가 얻은 따뜻한 밥과 편안한 잠자리는 다른 누군가 누릴 것을 빼앗은 것인지도 모른다. 가는 길이 다르고 삶은 따로 있지만 우리는 혼자가 아니다. 우리는 인류라는 대륙에서 떨어져 나온 작은 조각이다. 차가운 재 속의 숨은 불씨를 살려내듯 희망을 살려내자. 샤워를 하고, 면도를 할 때 라디오에서 흘러나오는 노래라도 흥얼거리자. 먼 데 있는 친구의 안부를 묻고, 앵두나무에 꽃 피면 앵두나무에 꽃 피었다고 서툰 시라도 적어 보내자. 야경꾼처럼 밤을 도와 책을 읽고, 가난과 고통에 신음하는 이들을 위해 기도하고, 오늘보다 내일이 더 행복한 사람이 되겠다고 다짐하자.

묵은 달력을 내리고 새해 달력을 걸자. 언 땅이 녹은 양지에 복수초가 먼저 피어나 새봄의 도래를 알리겠지. 매화, 애기동백, 유채꽃, 산수유꽃이 다투어 피고, 벌들이 잉잉대며 꿀을 모으는 동안 우리도 바쁘겠지. 한 여름엔 붉은 보석같이 속이 꽉 찬 수박을 베어 먹으며 더위를 견디겠지. 늦가을 내장산에 번지는 절정의 단풍은 이 세상의 것이 아닌 듯 곱고, 폭설 내린 뒤 한라산의 설경은 시리도록 아름답겠지. 지리산 노고단 너머 능선을 따라 지친 걸음을 옮기다가 서편 하늘에 걸친 장밋빛 황혼은 가슴이 벅차오를 만큼 장엄하겠지. 임진강 변에 나갔다 돌아온 날은 동지였다. 한 해 중 가장 밤이 긴 날 저녁 팥죽 한 그릇으로 위를 채우며 위로를 받았다. 아무리 힘들어도 사람들은 새집을 짓고, 아기들이 태어나고, 새 노래들이 나와 세상에 퍼진다.

"내 형제들이여, 그대들의 가슴을 펴라. 활짝, 더 활짝! 그리고 다리도 잊지 마라! 너희들의 다리도 올리려무나. 그대들 훌륭한 무용가요. 그대들이 물구나무를 선다면 더욱 좋으리라! 웃는 자의 이 왕관, 장미꽃으로 엮은 이 왕관, 나는 스스로 이 왕관을 머리에 썼노라. 그리고 나 자신이 내 웃음을 신성한 것으로 말하노라…. 무용가 차라투스트라, 날갯짓으로 하는 체하는 경쾌한 차라투스트라, 온갖 새들에게 눈짓하며 날 준비를 마치고 각오하는 자, 행복하고 마음이 가벼운 자, 웃고 있는 예언자 차라투스트라, …높이뛰기와 넓이뛰기를 좋아하는 자, 나 자신이 이 왕관을 내 머리에 얹었노라! 웃는 자의 이 왕관, 장미꽃으로 엮은 이 왕관, 형제들이여 이 왕관을 그대들에게 던져 주노라! 나는 웃음을 신성하다고 말하노라. 보다 높은 인간들이여, 내게 배울지어다—웃음을."(니체, 『차라투스트라는 이렇게 말했다』)

형제들이여, 가슴을 펴라. 우리에겐 살아야 할 이유가 있고, 희망을 노래해야 할 까닭이 있다. 버티고 살아온 날의 힘이 앞으로 남은 날을 살아갈 동력이 될 것이니, 자, 발꿈치를 들고 고개를 쳐들어 저 먼 곳을 바라보자. 비록 발이 시궁창을 딛고 있어도 저 높은 창공에서 반짝이는 별을 바라보자. 언젠가 만날 가슴 벅찬 희망의 날들을 기다리자. 겨울 새벽마다 마당을 쓰는 늙은 아버지가 있고, 아침마다 자식들의 옷을 다리미질하는 어머니가 있다. 저 먼 곳에서 봄은 오고 있다. 씨앗과 둥근 뿌리들이 땅 밑에서 움틀 준비를 하고, 한겨울에도 나무들은 새로운 잎눈을 키운다. 겨울이 제 안쪽에 봄을 기를 때 누군가 귓가에 속삭인다. 봄은 우리에게 심장이 쿵쿵 뛰듯 열심히 살라고 한다. 인간이 이 세상에 태어난 것은 우리가 시련에 쉬이 꺾이지 않는 존재, 웃음과 기쁨으로 만들어진 존재라는 걸 배우기 위함이다. 결국 코로나 19는 물러날 것이다. 자, 두려움을 떨쳐 내자! 그리고 웃어라! 일찍이 웃음의 신성함을 발견한 철학자는 "웃는 자의 이 왕관, 장미꽃으로 엮은 이 왕관, 형제들이여 이 왕관을 그대들에게 던져 주노라!"라고 말한다. 웃음을 떨쳐내는 생명의 날갯짓이다. 웃어라, 더 많이, 활짝! 웃을 때 존재의 봉오리는 활짝 피어난다. 당신이 웃는다면 세상이 당신과 함께 웃으리라!

제4부

철학자는 왜 산책을 좋아할까?

한 발이 땅에 닿으면 다시 한 발을 내딛는다. 그렇게 쉼 없이 한 발을 들어 앞으로 내딛기를 반복한다. 숨이 차면 심호흡을 한다. 간혹 땀이 난다. 날이 궂거나 화창하거나 걷는 것은 내 오래된 습관의 일부다. 인류 역사가 이동과 이주의 역사라고 할 수 있다면 걷기는 가장 오래된 이동 방식이다. 사람은 걸을 때 미지의 것을 취하고, 제 상상을 한껏 넓히며 흐트러진 생각을 가다듬는다. 걷기와 산책은 두 발을 쓴다는 점에서 같지만 둘 사이엔 차이가 뚜렷하다. 관광, 쇼핑, 거리 시위는 걷기에 범주에 든다. 이 행위는 산책이 아니다. 산책은 훨씬 더 한가로운 걷기이고, 하나의 취향으로 다듬어진 걷기다.

최단 경로는 이동에 따른 시간과 경비를 절약하고 효율성을 드높이려는 목적이 뚜렷하다. 산책은 그럴 필요가 없다. 산책은 보상을 바라는 행위가 아니다. 우리가 무목적에 가까운 산책을 통해 얻는 것은 기분 전환, 무상의 기쁨을 낚는 게 전부다. 무엇보다도 산책은 척추를 수직으로 세워 몸을 직립한 채로 발과 다리 근육을 쓰는 일이다. 무보상의 행위라는 데서 오는 숭고함 속에서 산책의 즐거움은 오롯해진다. 나는 인적 드문 오솔길을 걸을 때 기분이 좋아진다. 쾌적한 바람은 이마에 돋은 땀을 씻어 주고, 새들의 지저귐에 귀를 기울일 때 얻는 벅찬 희열과 쾌감의 찰나적 섬광은 산책이 주는 진정한 보상이다.

산책은 계절의 오고 감, 기온의 차이, 하늘의 변화나 구름의 움직임, 변화무쌍한 기상의 조건들에 대한 관찰이고 추인이다. 산책자는 날씨의 향유자들이다. 산책이란 느림의 온전한 향유, 시(時)·날(日)·주(週)·해(年) 같은 단위 시간을 거머쥐려는 기도(企圖), 지각의 되먹임을 몸으로 반추하는 행위다. 산책이 이쪽에서 저쪽으로 나아가는 신체 이동의 유력한 방식을 넘어서서 전문화된 취향의 영역으로 들어온 것은 겨우 200년밖에 되지 않는다. 시인 보들레르가 살았던 19세기 파리에서 산책은 댄디의 취향이었다. 그것은 아무것도 생산하지 않는 무위의 한 형태로 나타났는데, 산업 혁명 이후 인류가 좇은 속도와 생산성에 대한 반작용이자 저항의 한 형식이었다. 산책자의 출현은 걷기를 취향과 미학적 경험의 일부로 귀속시키는 일종의 문화 혁명이었다.

보행의 리듬과 사유의 리듬은 하나로 겹쳐진다. 걷는 자들은 몸의 가능성과 한계를 가늠하며 앞으로 나아간다. 루소는『에밀』에서 "우리의 첫 철학 스승은 우리 발이다."라고 썼다. 걷기가 정신의 약동을 자극하고, 우리를 창의적인 착상과 세계에 대한 새로운 이해로 인도한다는 믿음에서 그렇게 썼을 것이다. 우리가 땅에 내딛는 발걸음은 곧 사유의 궤적이다. 걷기는 소요 철학(逍遙 哲學)을 낳았다. 플라톤이나 아리스토텔레스는 제자들과 걸었다. 탈레스는 기원전 585년 전 소아시아에서 일어난 개기 일식을 예측하고, 수학에서 '탈레스의 정리'를 공식화한 철학자다. 아리스토텔레스가 인류 '최초의 철학자'로 꼽은 그는 산책 중 딴 생각에 열중하다가 그만 발을 헛디뎌 우물에 빠졌다. 산책에 빠진 것은 소요학파뿐만이 아니다. 몽테뉴, 칸트, 니체 같은 철학자들도 다 산책자들이었다. 칸트는 오후 다섯 시 정각이면 산책에 나선 걸로 유명하다. 그가 그 규칙을 어긴 것은 딱 두 번뿐이다. 첫 번째는 1762년 루소가『에밀』을 내놨을 때 그 책을 읽는 데 정신이 팔려 산책을 건너뛰었다. 두 번째는 1789년 프랑스 혁명이 일어났을 때다. 그는 큰 충격으로 산책 나가는 걸 깜빡 잊었다. 두 경우를 빼고는 칸트는 하루도 빠지지 않고 다섯 시 정각이면 산책에 나섰다.

니체 역시 산책 마니아였다. '영겁 회귀'의 철학도 산책이 준 보상이다. 1881년 어느 날, 실바플라나 호수를 끼고 있는 숲속을 걷다가 커다란 바위 옆에서 발길을 멈췄다. 그 순간 '차라투스트라'에 대한 영감이 몸을 관통했다고 썼다. 니체는 날마다 산책에 나서서 영감을 가다듬으며 책을 써나간다. "오전에는 소나무 숲을 지나 멀리 바다를 바라보면서 초알리 방향으로 난 아름다운 남쪽 길을 오르곤 했다. 오후에는 건강 상태가 좋을 때마다 산타마르게리타에서 포르토피노의 뒤까지 이르는 만 전체를 돌아다녔다." 온갖 질병에 시달리는 사람에게 좋은 날씨와 쾌적한 공기는 건강을 유지하는 한 방식이었다. 니체는 좋은 날씨를 찾아 이곳저곳으로 옮겨 다녔다. 니체는 산책을 정신의 영양 섭취, 휴양을 취하는 방식으로 삼았다. 아마도 산책이 없었다면 '차라투스트라'도 세상에 나오지 못했을 것이다.

골반, 몸통, 팔을 흔들며 걸을 때 몸은 깨어난다. 우리는 주위의 소리와 냄새와 빛에 더 예민하게 반응하고, 직관은 더 날카롭게 벼려진다. 우리는 발을 통해 울퉁불퉁한 지형과 세계를 지각하며 땅의 식물과 같은 종족이 된다. 우리가 걸을 때 실은 풍경과 함께 움직이며 우리 몸은 풍경이 품은 빛과 소리에 공명한다. 풍경 속으로 걸어 들어가 그것과 하나가 되는 사람은 그렇게 자기를 잃고 사라짐으로써 사실은 풍경 그 자체를 그러쥐고 자기화한다. 걷는 자는 어제의 나, 과거의 나와 결별하고 전혀 다른 내면 형질을 갖고 다시 태어난다. 우리는 걸을 때 불안과 공허를 떨치고, 제 삶을 덮친 비열함과 악덕과 탐욕에서 벗어난다. 몸의 필요와 날숨과 들숨에 집중하며 걸으면서 우리는 제 육체와 세계를 새롭게 빚는다. 걸으면 홀연 지각이 열리고 세계와 나에 대한 수수께끼가 풀린다. 깨달음의 찰나다. 풍경 속을 걷는 자는 풍경을 밀고 앞으로 나아간다. 더 활기차고 즐거운 나로 다시 태어나고 싶은가? 그걸 정말 원한다면 니체가 그랬듯이 바깥으로 나가서 힘차게 걸어 보자.

우리는 두려움의 탐색자

불꽃은 사위고, 꿈은 죽었다. 나이를 먹으면서 나는 점점 더 두렵다. 아니 더는 두렵지 않다. 나는 오랫동안 고독과 함께 지내 왔을 뿐이다. 그렇게 나이를 먹으면서 꿈을 하나씩 잃어 갔을 뿐이다. "사람은 나이를 먹고, 꿈은 사라진다. 이윽고 때가 되면 그들은 이마를 문지른다. 그 습관이 오늘날까지도 이어져 여전히 사람들은 이마를 문지른다."(니체, 『선악의 저편』) 오늘 아침 내가 이마를 문지른 것은 오류가 일으킨 서늘함 때문이 아니다. 그 몸짓은 이성의 실패를 예감했기 때문이다. 지금은 철학이 필요한 시간이다. 철학이라니! "철학이란, 스스로 얼음 구덩이와 높은 산을 찾아 헤매는 것을 말한다. 생존에 포함된 모든 의문을 탐구하는 것, 도덕이라는 이름으로 구속된 모든 영역을 살펴보는 것을 뜻한다."(니체, 『이 사람을 보라』) 우리가 철학에서 구할 것은 해답이 아니라 의문들이다. 철학이란 의문의 가장자리를 돌며 그것을 씹고 맛보며 탐구하는 행위가 아니던가? 철학이 해답을 내놓는 경우는 없다. 그것이 줄 수 있는 것은 기껏해야 자기를 둘러싼 숱한 의문들이다. 우리는 날마다 손톱과 발톱이 자라는 세계에서 그 의문들을 끌어안고, 겨우 이마를 문지르며 산다. 빛이 드는 창가에 앉아 한 주일 동안 자라난 손톱과 발톱을 자를 때 내가 자르는 것은 한 주일의 근심과 희망, 한 주일의 평화와 위기들이다.

어느덧 장맛비가 내리고, 천둥과 번개가 내리꽂힌다. 거친 바람 속에서 개복숭아 나무들이 미친 듯이 춤을 춘다. 바람이 개복숭아 나뭇가지의 어린잎을 훑어 공중에 흩뿌린다. 저 공중에 날아가는 초록의 삐라들. 먼 동굴의 천장에는 박쥐들이 달라붙어 있다. 박쥐는 동굴에 은신한 우리의 이웃이다. 우리는 어디에서 왔고 어디로 가는가? 우리는 날마다 태어나고, 날마다 조금씩 죽는다. 사람들은 단지 죽기 위해 너무나 많이 태어난다. 나는 먹고 기도하고 생각한다. 생각은 밤의 어둠을 물어뜯는다. 당신은 누구십니까? 내 이름은 여럿이다. 나는 통계 숫자와 유령들, 암호 화폐와 유언비어들이 제조되고 떠도는 세계에서 여럿으로 살며, 여럿으로 먹고 잔다. 내 두려움은 바닥을 드러낸다. 하지만 나는 여전히 육체라는 막사(幕舍) 안에 울부짖는 단독자다.

우리는 종종 두렵다. 수시로 두려움에 대한 자기 감지 시스템이 작동한다. 두려움이 닥칠 때마다 습관인 듯 이마를 문지른다. 이것은 아주 미약한 두려움이고 진짜 강렬한 두려움이 닥칠 때는 온몸이 마비 상태에 이른다. 더러는 비명을 지르거나 발작을 일으킨다. 비명이나 발작은 두려움이 일으키는 몸짓들인데, 이것은 타인에게 보내는 일종의 구조 요청이다. 누구에게나 두려움은 있다. 네 살 난 아기에게는 네 살의 두려움이, 스무 살 청년에게는 스무 살의 두려움이, 일흔이 넘은 노인에게는 일흔의 두려움이 있다. 사람은 세상에 자기 의지와 상관없이 태어남과 동시에 두려움이란 손아귀에 들어간다. 그리고 평생 포괄적 두려움 속에서 제 생존을 이어 간다. 그렇다면 이 두려움의 실체란 무엇인가? 이것은 우리 안에서 작동하는 선험적 본성이라면 이것은 '위험에 처한 자기'와 관련이 있다. 두려움은 우리 안의 자기 보존 욕구가 심각하게 위협을 받을 때 방어적으로 형성되는 감정이다. 두려움과 불안은 한 짝으로 불안의 이면이다. 두려움은 살아 있음의 반증이다.

결국 너를 익사시키는 것은
바로 두려움이다.*

---

* 앤 색스턴, 「익사 따라하기」(『밤엔 더 용감하지』, 정은귀 옮김, 민음사, 2020)

두려움의 뿌리는 기억이다. 죽음, 보호자로부터의 분리 불안, 자연재해나 사고, 전쟁, 신체적 학대 따위에 연관된 기억들. 뇌에 남은 상흔. 자아를 압도하고 집어삼키는 기억들. 얼어붙은 채 멈춰 우리의 자아를 과거에 묶어 두는 기억들. 계기가 주어질 때마다 되먹임 속에서 살아나 자아를 공격하는 기억들. 악몽, 혹은 내면의 상처. 시나 음악은 자기 안의 두려움에 대한 방어 기제일지도 모른다. 두려움은 창조의 질료이자 도피의 계기다.

오늘 낮엔 들판을 가로질러 걷다가 죽은 뱀을 보았다. 바람은 초록의 가지를 늘어뜨린 버드나무를 흔들었다. 공중에는 새 한 마리가 날개를 펴고 미끄러지듯 활강을 한다. 내가 대지에서 발견한 것은 죽은 뱀이었다. 뱀이 죽었다! 아버지를 관에 눕히고 나는 울지 않았다. 죽음은 긴 삶이 낳은 짧은 의례일 뿐이다. 그 우연의 주검 앞에서 나는 당신을 떠올렸다. 당신은 오지 않았다. 피의 사무침과 환호성은 끝났다. 당신이 없다면 나도 없다. 내 존재 증명의 유일한 수단인 당신은 내 눈동자 속에 있다. 나는 바람이 불어오는 쪽으로 고개를 돌렸다. 그 순간 내 걸음은 비틀거린다. 나는 길을 잃었다. 내게도 별의 순간이 있었던가? 나는 고향으로 돌아가지 않을 것이다. 고향에는 나를 기다리는 외삼촌들이 단 한 명도 없다. 세월이 가면 우정은 사소해지고, 집은 낡아 가다가 기둥이 삭고 풀썩 먼지를 구름처럼 피워 올리며 주저앉는다. 바람에서는 피와 그리움의 냄새가 난다. 바람에 코를 대며 그 속에 떠도는 냄새를 맡는다.

바람들이 사방에서 불어왔다. 나는 국수를 먹으러 상가 쪽으로 걷는다. 국수, 무척추동물처럼 순한 이것을 삼키는 것과 도축한 고기를 썹어 삼키는 것은 매우 다르다. 국수는 적막한 식욕이 갈망하는 것이다. 나는 국수를 먹을 때마다 리스본에 가고 싶어진다. 지금까지 가보지 못한 도시. 고독과 죽음은 청춘의 안쪽에서 들끓는다. 내 안에는 재와 불꽃이 함께 있다. 니체가 쓴 "춤추는 별이 되기 위해서는 그대 스스로의 내면에 혼돈을 가지고 있어야 한다."는 구절을 잊을 수가 없다. 혼돈은 질서의 무한 증식 속에서 튀어나온다. 혼돈은 질서의 혼외 자식이고, 질서의 아종(亞種)이다. 당신은 단 한 번이라도 춤추는 별이 되고자 했던 적이 있던가? 한 여인이 낳는 것은 혼돈이다. 혼돈은 춤추는 별이 태어나기 위한 필요조건이다. 지금 태어나려는 자들을 용서하자. 태양은 동쪽에서 뜨고, 서쪽에서 진다. 나그네는 서쪽에서 와서 동쪽으로 간다.

저녁의 기슭에서 시궁쥐들이 튀어나와 달려가고, 고양이들은 창가에 앉아 창밖 풍경을 내다본다. 바람이 불고, 나뭇가지들이 흔들린다. 자동차가 경적을 울리며 지나간다. 고양이는 저 풍경을 종일 지키는 파수꾼이다. 시든 오렌지같이 떠 있던 태양이 경사진 곳에서 미끄러진다. 태양은 어린애가 갖고 노는 구(球)와 닮았다. 밤은 잉크가 엎질러지듯 갑작스럽게 온다. 어둠의 입자들이 촘촘해질 때 숲에서는 야행성 올빼미들이 먹잇감을 낚으려고 준비를 하고, 감옥의 수감자들은 잠자리에 들 채비를 서두른다. 같은 시간대에 많은 일이 한꺼번에 일어난다. 우주의 먼지 속에서 태어난 별들은 뿌리가 없다. 저 원자(原子)의 눈(目)들. 공중에 초록 풀처럼 돋아난 별들. 어둠 속에서 그림자가 움직인다. 누군가는 오늘 밤 살해당할 것이다. 내 눈꺼풀에도 무거운 잠이 매달린다. 나를 키운 것은 꿈과 불면이다.

우리는 불사조가 아니다. 불사조가 아니니, 우리는 나이를 먹고 때가 되면 죽음을 맞는다. 달과 태양이 뜨고, 먼지가 이는 세상에서 우리는 사랑하고 자식을 낳고 가정을 꾸리며 산다. 빛의 산란 속에서 엄청난 불운을 견디고, 약간의 행운을 거머쥔 것에 만족한다. 당신은 이스탄불에 산다. 아니 당신은 베를린에서 트램을 타고 직장으로 출근한다, 당신은 방콕의 아침 거리를 걷는 탁발승이다. 당신은 뉴욕 맨해튼에서 두 아이를 키우며 사는지도 모른다. 나는 한국에서 산다. 우연과 별들을 품고, 나뭇잎과 천둥을 견디며 산다. 비트코인 같은 가상 화폐에 투자하지도 않고, 암석과 이끼류를 사랑하고, 개와 고양이를 사랑하고, 더러는 사람도 사랑하며 산다. 당신은 잘 살았는가? 우리는 사랑하고, 후회한다. 사랑하지 않고도, 후회한다. 우리는 후회해도 죽고, 후회하지 않아도 죽는다.

사랑은 비처럼 내린다

여름의 버드나무가 돌이킬 수 없이 녹색으로 물들 때 나는 버드나무 긴 가지 아래를 지나간다. 지금 죽은 사람이 버드나무 가지 아래로 고개를 숙이고 지나간다. 하늘에서 쏟아지는 비처럼 사랑이 머리 위로 떨어진다 해도 죽은 자는 깨어나지 않는다. 나는 죽었다. 나는 배고프면 육개장을 먹고, 오줌이 마려우면 오줌을 눈다. 나는 살았으나 이미 죽었다. 나는 허깨비, 뱀 허물, 곰팡이에 지나지 않는다. 죽은 자는 영원히 자라지 않는다. 나는 뿌리가 없는 나무같이, 혹은 백악기의 암석처럼 영원히 자라지 않는 나이를 먹는다.

사랑만큼 놀라운 생명의 현상이 또 있을까! 사랑이란 무엇인가? 니체는 이렇게 말한다. "오직 한 사람에 대한 사랑은 일종의 야만이다. 왜냐하면 그 사랑은 다른 사람에게 돌아가야 할 사람을 희생시키기 때문이다."(니체,『선악의 저편』) 첫사랑은 불의 연단(鍊鍛), 그리고 모루와 망치의 가혹한 두드림 속에서 사람을 단단하게 빚는다. 한 순간에 너는 사라졌다. 꿈은 깨졌다. 너는 하늘에서 물고기와 함께 떨어진 벼락, 너는 측정할 수 없는 자(尺), 너는 내 삶의 안쪽에 수놓은 상형 문자, 너는 어린 날의 무지개, 너는 그냥 기적(奇蹟)이다. 시궁쥐들의 향연에 불과한 삶은 너로 인해 갑자기 빛나기 시작했다.

사랑할 땐 사랑을 모르고, 이별할 땐 이별을 몰랐다. 하늘엔 태양이 작열하고, 땅엔 붉은 토마토가 익어간다. 공중에는 제비가 날고, 개펄에는 망둥어와 농게가 산다. 먼 산에 뻐꾹새 울 때 우리는 바다를 그리워한다. 그게 우리가 사는 세상이다. 우리가 이 세상에 태어난 게 기적이듯이 첫사랑은 운명이 만든 기적이다. 나는 태양의 장례식 같은 어둠의 날들 속에서 첫사랑을 겪었다. 첫사랑은 스스로 빛나는 발광체가 아니다. 그 빛은 당연히 반사체로서 빛난다. 해가 없다면 홀연 그 빛은 사라진다. 빛은 희미해지다가 이윽고 사라진다. 자라지 않는 돌 같은 사랑이, 깃털같이 흔하고 많은 날들이, 영원히 잠든 나무들 위에서 빛나는 별의 순간이, 내게도 있었던가?

너는 내 핏속의 붉은 피톨, 너는 내 이마에 남은 상처였던가? 나는 눈[雪]을 기다리고, 나뭇잎과 천둥을 품고 지구의 끝까지 걸었다. 나는 양들 천 마리를 초원에 풀어놓아 방목하고, 꽃 없이 열매를 맺는 무화과 그늘 아래서 잠든 사람을 안다. 거친 노동을 사랑하고, 불안한 영혼으로 헤매던 날의 인내가 길어지고 있다. "나는 너의 작은 역사(歷史)에서 인내하고 성장하는 상처다". (아도니스) 나는 상처이고, 상처가 아니다. 그렇지 않다면야 항구와 항구를 거치며 떠도는 배(船)처럼 살아야 할 아무 이유도 없었을 것이다.

사랑이 죽은 개라면, 땅에 묻어 주어라! 그 땅에 호밀을 뿌려라! 호밀에서 싹이 돋을 때 베토벤의 피아노 협주곡을 듣자. 머리칼을 쥐어뜯으며 울자. 첫사랑이 어떤 만행을 저질렀는가를 잊지 말자. 초겨울이다. 검은 눈썹을 때리는 싸락눈! 그것은 조금도 아프지 않았다. 그것이 아프지 않았기 때문에 우리는 돌연 등을 돌리고 헤어졌다. 아마도 눈썹을 때리는 싸락눈보다 더 아프고 더 사소한 이유로 우리 사이는 싸늘해졌을 것이다. 세월은 매우 사소하게 흘렀다. 첫사랑의 시절에서 나는 죽을 만큼 먼 곳으로 흘러왔구나. 내 열 개의 심장은 식었고, 노동의 손은 게을러졌다. 처음 시작한 곳으로 다시는 돌아갈 수 없다. 세월이란 책은 중간 페이지들이 뜯겨 나갔다. 나는 뜯겨 나간 책의 중간을 읽을 수가 없었다. 한때 애를 썼지만 나는 늙고 지쳤다. 일찍이 광인이 되어 버린 철학자같이 가까스로 "가장 아름다운 사랑도 약간은 쓰다."라고 말할 수 있을 뿐이다. 첫사랑이여, 그 시절로 돌아갈 수 있다면 남은 생의 절반쯤은 누군가를 위해 기탁할 수 있을 것이다.

사랑은 긴 죽음 속에서 작은 불꽃처럼 피어났다가 사라진다. 사랑은 언 손으로 피워 올린 작은 불꽃들. 어떤 사랑도 죽음보다 더 짧지 않다. 나는 너의 얼굴을 그릴 수 없다. 너의 이마를 그릴 수 없다. 너의 눈썹과 입술을 그릴 수 없다. 너는 불탄 집처럼 사라졌다. 너는 살해당했다. 너를 살해한 것은 세월의 무심함이다. 너는 지금 여기에 없다. 나는 모든 장소에서 익사자처럼 너의 부재 속을 떠돈다. 너는 부재 속에서 부활한다. 돌이켜 보니, 첫사랑의 날들 속에서 나는 바보 멍청이였구나. 나는 이것도 저것도 하지 못했다. 마땅히 할 일을 하지 못한 스스로를 후회하고 자책할 뿐이다. 이제 그 첫사랑의 시절이 품은 피와 그리움에 대해 겨우 적을 수 있을 뿐이다.

젊은 시절에 미국의 남부 출신 작가인 윌리엄 포크너의 『에밀리에게 장미를』이란 단편을 읽고 깊은 인상을 받았다. 미국 남부를 배경으로 삼은 소설로 주인공 에밀리는 몰락한 명문가의 딸이다. 에밀리는 세월과 더불어 퇴락하는 저택에 칩거하다가 일흔넷에 죽는다. 이웃들이 2층 침실에서 찾아낸 것은 그녀의 희끗희끗한 청회색 머리칼과 백골로 변한 한 남자의 사체다. 백골은 실종된 호머 베른의 것이었다. 도로포장 공사장 현장 감독으로 온 베른이 자신을 배신하고 떠날까 두려웠던 에밀리는 그를 살해하고 한 침대에서 잠이 들곤 했던 것이다.

이것을 '죽음을 넘어선 아름다운 사랑'이라고 할 수 있을까? 사랑은 대상의 유일무이함을 인정하고, 그의 매력 자본을 이상화하는 행위다. 그 대상에게 자기 환상을 투사하고, 그 대상이 아니라 자기 환상과 사랑에 빠지는 것이다. 에밀리는 사랑을 잃는 것에 대한 두려움 때문에 사랑을 잃는 비극보다 살인자가 되는 길을 선택한다. 그를 괴물로 빚은 것은 광기와 대상을 향한 비틀린 집착이었다. 광기는 사랑의 속성 중 하나다. 사랑은 누군가를 미칠 만큼 좋아하는 것이다. '사랑에 미쳤다'라고 하지 않는가? 누군가를 향한 사랑은 마음에서 점점 커져서 주체마저 삼켜 버린다. 그 삼킴의 자리에 남는 것은 잡초같이 무성해지는 대상을 향한 병든 환상이다.

사랑이 대상을 향한 비뚤어진 집착과 열정의 과도함에서 움튼다지만 그것을 사랑이라고 말할 수는 없다. 사랑이 상호 관계여야 한다는 점에서 이살인자의 행위는 과녁을 벗어난 비틀린 욕망일 따름이다. 사랑은 타자와의 다정한 협업이고, 교감의 아름다운 하모니이며, 둘만의 무대에서 펼치는 정념의 정치학이다. 타인의 의지와 기대에 대한 보살핌 없이 제 감정이 시키는 대로 일방으로 질주하는 스토킹은 사랑이라는 가면을 쓴 괴롭힘이고 사악한 폭력에 지나지 않는다.

열 번 찍어서 넘어가지 않는 나무는 없다는 말은 하지 말자. 이것은 폭력 그 이상도 이하도 아니다. 소유 욕망에서 시작한 괴롭힘을 미화하지도 말자. 광기는 나태와 의욕 상실에 대조되는 정념의 기이한 과잉 지속이다. 이것은 사랑으로 과대 포장한 격렬함이고, 자기모순과 폭력을 낳는 병적 집착이다. 광기로 무장한 괴물이 벌이는 스토킹 범죄는 한 인간의 생명과 자유를 무참하게 파괴한다. 사랑은 대상으로부터의 도주이자 동시에 대상을 향한 도주라면, 광기는 그 도주가 좌절할 때 파열하듯이 솟구치는 분노의 한 양태다.

사랑이 더없이 위험한 행위인 것은 사랑이 본질에서 권력 의지이고, 생명 의지이기 때문이다. 니체는 그 위험에 대해 무엇이라고 경고했던가? "더없이 지혜로운 자들이여, 너희들의 위험은 강에 있는 것도 선과 악의 종말에 있는 것도 아니다. 그 위험은 의지 자체에, 곧 권력 의지, 끝없이 생산해 내려는 생명 의지에 있는 것이다."(니체, 『차라투스트라는 이렇게 말했다』) 사랑이란 타인을 빌어 기쁨과 의미를 빛는 행위이고, 사랑은 미지를 향한 모

216

험이며, 생명 의지이자, 불투명한 미래에 제 상징 자본을 거는 위험한 투자다. 인류는 그런 모험과 투자에 주저함이 없었기 때문에 오늘날 지구에서 생육하고 번성하는 데 큰 성공을 거둔 것이다. 사랑은 세월의 풍화 속에서 바래지고 그 반듯하던 모서리들은 깨져 나갔다. 빛이 바래고 의미가 퇴색되었다 해도 사랑은 여전히 인류의 발명품 중 가장 가치 있는 것 중 하나다. 사랑이 다 똑똑하고 올바른 것만은 아니다. 때때로 사랑은 영혼의 얼빠짐에서 시작하는 미친 짓이다. 지혜로운 사람은 사랑이 수수께끼 같은 위험한 광기를 품고 있음을 잊지 않을 것이다.

허물을 벗지 못하면 뱀은 죽는다

출판사를 접고 시골로 내려가 노각나무와 용솔 묘목을 심고 가꾸며 살때 내 무딘 감각을 화들짝 놀라게 한 것은 야생 동물과의 우연한 마주침이다. 저수지를 앞에 둔 산자락 아래 살았는데, 고라니·담비·너구리·두더지·뱀 그리고 붉은머리오목눈이·곤줄박이·꿩·멧비둘기·물까마귀·박새·파랑새·뻐꾸기 같은 새들이 무시로 나타났다. 겨울밤 허공으로 퍼져 나가는 고라니의 날카로운 울음소리는 음산했다. 그런 밤에 쉬이 잠들지 못하고 죽고 사는 일에 대한 번민으로 몸을 뒤척였다. 너구리는 하천을 통해 집 마당까지 올라왔다가 부엌 안쪽을 기웃거리다가 돌아갔다. 풀로 뒤덮인 마당은 울룩불룩했는데 그건 땅 밑에 서식하는 두더지가 파는 땅굴 때문이다.

뱀은 풀이 웃자란 마당과 수돗가에 수시로 나타났다. 서재 앞 데크에서 긴 몸을 누인 채 볕을 쬐며 축축해진 몸을 말리고 있기도 했다. 뱀은 시력이 약하고 청력은 예민하다. 데크에서 쉬던 뱀은 내 기척에 화들짝 놀라 날렵하게 사라졌다. 어느 날인가는 보일러실 문을 열었다가 소스라치게 놀란 적이 있다. 보일러실에서 똬리를 튼 뱀과 마주친 것이다. 뜻밖의 손님 내방에 놀랐지만, 보일러실 문을 닫은 채 조용히 물러났다. 며칠 뒤 보일러실 문을 열고 들여다봤는데, 뱀은 사라지고 탈피하고 남은 허물만 있었다. 뱀과 자주 마주쳤지만 뱀이 나를 공격하려고 달려든 적은 없다. 우리는 서로에 대해 적대적인 적이 단 한 번도 없었다. 그건 서로 적대할 이유가 없었던 탓이다.

온몸이 비늘로 덮이고 길쭉한 이 파충류에 대해 우리는 그다지 우호적이지 않다. 뱀은 모든 문화권에서 혐오 동물로 꼽힌다. 이 동물이 혐오의 표적인 된 건 악마의 사주를 받아 인간에게 죄와 타락을 전해 준 매개 동물이라는 낙인 때문이다. 유혹·사기·협잡·기만의 존재라는 낙인찍기의 유래는 뱀이 사악한 유혹자로 인류를 죄와 죽음에 빠뜨렸다는 기독교가 퍼뜨린 신화에서 찾을 수 있다. 뱀에게 씌워진 이 오명과 불명예라는 낙인을 지운 철학자는 니체다.

니체는 차라투스트라의 입을 빌려 뱀을 "태양 아래 가장 현명한 동물"이라고 칭송한다. 어느 무더운 날 차라투스트라는 무화과나무 아래에서 잠이 들었는데 그때 뱀이 다가와서 목을 물었다. 차라투스트라는 비명을 지르며 깨어난 뒤 뱀이 제 목을 물었다는 걸 알았다. 뱀이 겁먹고 도망치려하자, 차라투스트라는 말한다. "잠깐, 기다려라. 나 아직 네게 고맙다는 인사를 하지 못했구나! 갈 길이 먼 나를 네가 때맞춰 깨워 주었구나!" 뱀이 말한다. "그대의 날은 얼마 남지 못했다. 내 독은 치명적이다." 차라투스트라는 대답한다. "뱀에 물려 죽은 용이 일찍이 있었던가? 독을 다시 거두어들여라! 너 그것을 내게까지 줄 만큼 넉넉하지 못한 터에." 뱀은 차라투스트라의 목에 달려들어 상처를 핥아 낸 뒤 사라졌다. 또 다른 대목에서 뱀에게 목구멍을 물려 사지를 떨며 절명 직전에 처한 양치기는 "대가리를 물어뜯어라! 물어뜯어라!"라는 차라투스트라의 외침을 듣고 그대로 실행하며 뱀에게서 풀려났다. (스물세 살 청년 시인 서정주는 이 대목에서 「화사(花蛇)」라는 시의 착상을 얻었다!) 그 뒤 양치기는 변화한 자, 빛으로 감싸인 자, 웃음을 되찾은 자로 바뀐다. 니체는 "목구멍 속으로 뱀이 기어든 그 양치기는 누구인가? 더없이 무겁고 검은 온갖 것이, 그 목구멍으로 기어들어 가게 될 그 사람은 누구인가?"라고 묻는다.

인간이 "빨간 뺨을 가진 존재"라면 뱀은 구불구불한 영혼을 가진 존재,

긴 몸뚱이로 땅을 기어 다니는 존재다. 뱀은 자연 생태계에서 유해 동물이 아니다. 풀밭의 조용한 사냥꾼이 인류 종족의 원수로 둔갑한 것은 낙인찍기의 결과다. 뱀은 허물을 벗으며 성장하는 동물이다. 허물은 성장의 족쇄다. 니체는 "허물을 벗지 못하는 뱀은 반드시 죽는다."라고 말한다.

"허물을 벗지 못하는 뱀은 반드시 죽는다. 인간도 낡은 사고의 허물에 갇히면 성장은커녕 안에서 썩기 시작해서 마침내 죽음에 이른다. 따라서 인간은 항상 새롭게 살아가기 위해 생각의 신진대사를 하지 않으면 안 된다."(니체, 『아침놀』)

성장하라! 껍질을 벗고 탈피한다는 것은 자기보다 더 큰 존재로 나아가는 신진대사의 한 과정이다. 자기 세계를 깨고 나오지 못한다면 성장은 불가능하다. 탈피 동물인 뱀은 신진대사를 하며 몸집이 커질 때마다 탈피를 한다. 성장이란 낡은 자아를 벗어 버리고 새로운 자아와 만나는 것이다. 탈피를 벗은 뱀은 어제의 뱀과 다른 뱀이다. 사람도 낡은 껍질을 벗고 늘 새롭게 태어나야 한다. 진정한 성장이란 "쾌활해진 감각과 기쁨 안에서" 더 예민해지고 영리해지는 것이다. 껍질을 벗지 못하면 뱀은 죽는다. 허물은 쓸모를 다한 낡은 자아를 벗어 버리는 것이다. 허물 벗기는 자기 한계에서의 해방이고, 자유다.

우리가 벗어야 할 허물이란 무엇인가? 그것은 허무와 권태라는 허물, 나약함이라는 허물, 도덕이라는 허물, 전통이라는 허물, 증오라는 허물, 아집이라는 허물…. 우리는 숱한 허물 속에서 살아간다. 허물은 편안하고 익숙하지만, 성장의 방해물이다. 그것은 정신을 하강과 퇴행으로 이끄는 병리적 상태인 것이다. 허물은 생각의 신진대사를 가로막고, 성장을 옥죄는 악조건이다. 자기를 가두는 어제의 자기, 극복해야 할 낡은 에고를 뒤집어쓰고 있는 동안 우리는 성장을 위한 신진대사를 할 수가 없다.

허물을 벗어라! 그런 태도는 자신의 행동과 사고를 낡은 틀에 꽁꽁 옭아매게 하지도 마라. 무슨 일을 하더라도 자신을 사랑하는 것으로부터 시작하라. 지금까지 아무것도 이루지 못했을지라도 자신을 항상 존귀한 인간으로 사랑하라. 자신을 사랑하는 사람은 자존감이 높다. 허물을 벗는다는 것은 곧 자기를 극복하는 것이다. 그것은 "작은 덕, 작은 현명함, 자질구레함, 안락함" 따위에 안주하지 않고, 그것을 뛰어넘어가는 것이다. 성장을 위해, 혹은 미래의 도약을 위해 먼저 준비할 것은 "자기 자신을 사랑하는 것"이다. 그것을 바로 운명의 도약대로 삼아야 한다. 자기 자신을 사랑할 줄 모르는 사람에겐 어떤 미래도 없다.

조용한 말이 폭풍을 일으킨다

　소통은 사람이 무리 생활을 하는데 중요한 덕목이다. 상호 간에 깊은 이해와 호감을 배가시키는 소통을 잘하는 사람은 그렇지 못한 사람보다 사회에서 성공할 가능성이 높다. 소통은 협업과 연대가 필요한 국가나 회사 같은 조직을 번성하게 한다. 반면 불통은 조직과 집단의 연대를 파괴하거나 쪼그라트린다. 소통이 창조와 증식의 동력인데 반해서 불통은 실패와 죽음의 조건이라는 얘기다.

　팀플레이를 하는 스포츠가 다 그렇듯이 야구 역시 소통이 플레이어간에 중요하다. 야구는 홈베이스에서 타자가 세 개의 베이스를 거쳐 홈베이스로 귀환하며 점수를 올린다. 이 점수를 더 많이 내는 팀이 승리하는 구조다. 고대 그리스의 영웅 오디세이아가 고향 이타카를 떠나 여러 시련을 이기고 10년 만에 다시 이타카로 돌아오는 귀향 서사의 구조와 견줄 수가 있다. 야구 관전의 즐거움은 타자가 세 개의 베이스를 거쳐 홈베이스로 돌아오는 모험의 역정을 살피는 데서 비롯한다. 타자가 홈베이스로 살아 돌아오려면 다른 타자의 조력(안타나 번트 같은)을 받아야만 한다. 모든 팀플레이를 하는 경기가 그렇듯이 야구 경기에서도 소통이 중요하다. 감독이 사인을 내고, 포수는 투수에게 수신호를 보내는데, 이 소통이 잘 이루어지지 않을 때 감독의 전략은 차질을 빚는다. 이렇듯 야구는 전략과 소통으로 촘촘하게 짜인 게임이라고 할 수 있다.

사람과 사람 사이의 소통에 으뜸가는 수단은 말이다. 소통은 상생과 환대의 필요조건이다. 환대란 당신을 받아들이고, 내 곁에 당신 자리를 내어주겠다는 잠재적 약속이다. 소통의 말은 나를 낮추고 상대를 높이지만 불통의 말은 독선과 추악함, 오만과 왜곡으로 상대를 해친다. 내 말은 옳다. 당신의 말은 틀렸다. 진영 논리에 매몰된 정치에서 배타적 독선은 결국 대립과 분쟁을 낳는다. 상대 진영을 상생의 대상으로 여기지 않고 누르고 죽여야 할 대상으로 여기는 까닭이다.

소통은 정치의 장에서도 중요한 원리다. 통치 권력과 국민 사이, 여당과 야당 사이, 권력 내부의 부처 사이에 소통이 잘 돼야 정치가 성공한다.

우리 정치의 장을 휘젓는 것은 호통과 비방, 까칠한 말들이다. 진영 논리에 매몰된 채 상대를 헐뜯고, 비아냥대는 말이 활개를 치며, 상대 말꼬리를 잡고 무시하는 태도가 난무한다. 정치의 장이 불통으로 꽉 막혀 있다는 증거다. 독선 정치는 소통의 숨통을 끊는다. 상대를 다툼과 적대의 대상으로 여기는 이 배타적 정치의 끝은 어디인가? 아마 한국 정치가 망했다면 그건 소통 불능이 그 원인일 테다.

당신과 나 사이의 소통은 관계의 창조이고, 생성을 위한 토대다. 전직 대통령이 소통을 하지 않았다고, 혹은 소통을 잘못했다고 탄핵 대상이 되어 대통령직에서 쫓겨났다. 새 대통령의 임기 말이 닥치니, 다시 소통이 도마에 올랐다. 연일 '대통령이 오만과 불통에 빠졌다.'는 비판과 '국민의 심판을 받을 것'이라는 경고가 나온다. 5년제 선출직 대통령에 대한 평가의 중요한 잣대가 소통의 잘하고 못함이라는 증거인 셈이다. 소통하지 못하는 사람들은 호통, 욕설, 비하로 얼룩진 말들을 자주 입에 올린다. 상대를 흠집 내려고 으르렁 말을 구사한다. 더러는 말의 기교나 재치에 지나치게 의존한다. 사실관계를 불투명하게 만들고, 논점을 비틀어 본질을 흐린다. B급 정치인의 비루한 행태다. 니체는 그들이 새겨들어야 할 말을 이렇게 전한다. "폭풍을 일으킬 수 있는 것은 바로 조용한 말이다. 비둘기의 걸음으로 오는 사고만이 세계를 이끈다." 제발, 조용한 말로 소통하는 정치,

정쟁보다는 상생을 이루는 정치를 보고 싶은 것은 나만의 바람만은 아닐
것이다.

소통을 잘하는 사람이 되려고 굳이 학자나, 전문가가 될 필요는 없
다. 대중은 미디어에 얼굴을 내밀고 논쟁을 하는 사람들이 사실 제 천
박함을 교양으로 분칠한 속물이거나 천민인지도 모른 채 그들을 오해
해왔다. "사실 대중들은 오랫동안 철학자들을 잘못 봐 왔거나 오해해
왔다. 즉 학문적인 인간이나 이상적인 학자로, 아니면 종교적으로 고
양된 탈 감각적이고 '탈 세속적인' 몽상가나 신에 도취한 사람으로 잘
못 보아왔거나 오해해왔다."(니체, 『선악의 저편』) 그들의 정체는 무엇인
가? 니체는 그들이 "얼굴과 사지에 오십 가지 색채를 칠한" 인간이라
고 한 점의 자비심도 없이 까발린다. 사회 전반의 수백 가지 문제들에
통달한 척, 시민공동체를 위해 봉사하는 척, 사회의 의제들에 고뇌하
는 척을 잘하는 그들의 교양이란 일종의 위장술이다. 수탉처럼 거드
름을 피우는 그 볼품없는 사람은 교양-속물이다. 철학의 잔여물에 매
달려 제 향락을 좇기 위하여 안간힘을 쓰는 자들! 수치심도 없이 위선
의 말을 내뱉는 자들! "볼품없는 사람이 거울 앞에 서서 수탉처럼 거
드름을 피우며 거울에 비친 자신의 모습과 찬탄의 눈길을 주고받는
광경을 바라보는 것보다 더 민망한 일이 어디 있겠는가."(니체, 『반시대

적 고찰』) 주체적 사유를 할 능력이 결여된 그들은 오점 없는 인식을 내세우며 뻔뻔하게 안전한 말만을 한다. 그들의 번지르르한 말과 논리에 속지 않도록 주의하라! 세상에 폭풍을 일으키는 말은 나지막한 말, 이기심을 배제한 순수한 말, 달이 대지를 쓰다듬듯 한없이 부드러운 말이다.

철학자가 나무에서 배우는 것들

나무마다 연둣빛 새잎이 돋으니, 조도(照度)가 몇 도는 더 높아진 듯 세상이 환하다. 겨울에 죽고 봄에 다시 살아나는 나무를 살리는 것은 땅과 물과 태양이다. 나무가 없는 지구란 상상조차 할 수가 없다. 지구가 이토록 생명 가득 찬 행성이 되는데 나무가 기여한 바가 크다. 산책을 하다가 매화나무 묵은 가지에 만개한 꽃이 퍼뜨리는 방향에 취해 한참을 서 있었다. 매화가 피면 매화가 피었다고, 목련이 피면 목련이 피었다고, 그리운 이에게 편지를 쓰던 시절이 있었다.

경기도 남단의 소도시로 이사했을 때 나무 시장에서 모란과 작약을 구해 마당에 심었다. 봄마다 모란과 작약이 피우는 그 탐스러운 꽃을 봄의 보람과 기쁨으로 여기며 살았다. 마을 어귀에는 수령 4, 5백 년이 넘는 느티나무 몇 그루가 서 있었는데, 우람한 느티나무가 하늘로 뻗은 가지마다 연두색 잎을 피우는 계절에는 가슴이 벅차올랐다. 느티나무의 늠름함에 기대어 시골 살림의 잦은 시름을 잊었더랬다.

모란과 작약의 꽃망울 터질 무렵엔 배낭을 메고 해발 4, 5백 미터의 능선을 자주 걸었다. 씻은 오이 한 개와 생수 한 병이 든 배낭을 메고 산 능선을 넘고 골짜기를 건넜다. 신록이 우거진 산은 서어나무, 팥배나무, 줄참나무, 산딸나무, 단풍나무, 산벚나무, 싸리나무, 밤나무, 아카시아, 때죽나무, 층층나무, 이팝나무, 칡덩굴, 으름덩굴들이 어우러진 채로 한반도 중부의 풍성한 수목 생태계를 이룬다. 산행을 하다가 이마에 닿을 듯한 맞은편 산림이 펼친 녹색의 향연에 넋을 잃곤 했다. 숲은 녹색 계열의 여러 색으로 다채롭다. 바람이 불 때마다 숲은 군무(群舞)를 추듯이 한 덩어리로 출렁이는데, 그 물결치는 녹색은 한색이 아니었다.

"하늘은 찌를 듯이 높이 자란 나무. 그 나무들이 성장하는 데 거센 바람과 거친 날씨가 없었다면 그 같은 성장이 가능했을까? 벼가 익는 데 호우와 강한 햇살, 태풍과 천둥은 전혀 쓸모없는 것이었을까?"(니체, 『즐거운 지식』)

사방이 꽉 막힌 좁은 서재에 칩거하며 사유하는 것보다 늘 고산이나 호숲가를 걷기를 좋아했던 철학자, 바람을 온몸으로 맞고 대기를 호흡하는 니체가 나무의 덕목을 놓쳤을 리는 없다. 그는 높이 자란 나무를 보며 그 것을 키운 것은 거센 바람과 거친 날씨라고 말한다. 나무가 자연의 리듬에 따르는 존재이고, 예측할 수 없는 변화에 강인하게 맞서며 제 생존을 잇는 옹골찬 생명체임을 꿰뚫어 봤다. 나무는 자연이라는 생명 공동체에서 중 요한 연결망이다. 인간과 대지, 인간과 동물들은 나무를 매개로 연결된다. 인간은 그 연결망의 작은 일부에 속한다. 나무는 지구 시간의 기록자이며, 지하 세계와 대지와 천상계를 잇는 경이로운 현존이자 그 자체로 아름다 운 시다. 고대 신화에서 나무는 지하와 대지와 하늘을 잇고 떠받드는 우 주목이다. 대지에 척추를 수직으로 곧추세우는 나무는 세계의 중심을 떠 받드는 기둥인 것이다. 나무는 뿌리를 지하에 박고, 가지들은 천상을 향해 뻗는데, 뿌리가 찾은 물은 수액이 되고, 태양은 잎과 꽃을 피우고 열매를 맺게 한다.

사람의 혈관에 혈액이 돌듯 나무의 수관에는 수액이 흐른다. 살구나무 는 살구나무끼리, 복숭아나무는 복숭아나무끼리 인간 가청 주파수 아래 의 저주파로 속살거린다. 한 자리에 붙박이로 사는 나무의 삶은 내면적이 고 나무가 도달한 장엄함은 곧 침묵의 장엄함이다. 활엽의 나무는 어느 시 점에 가지에 달린 잎사귀를 떨구고 겨울을 맞는지를 안다. 데이비드 조지

해스컬이란 학자는 "식물의 기억은 세대를 이어 계승"되고, "뿌리와 잔가지는 빛, 중력, 열, 무기물"을 또렷하게 기억한다고 말한다. 나무의 뛰어난 기억력과 영리함에 감탄하지 않을 수가 없다.

　니체는 '나무에게 배우라.'고 말한다. "소나무가 자아내는 분위기는 어떠한가. 마치 귀를 기울이고 무엇인가를 들으려는 듯하다. 전나무는 어떠한가. 꿈쩍도 하지 않은 채 무엇인가를 기다리고 있는 듯하다. 이 나무들은 조금도 초조해하지 않는다. 당황하지 않고, 조바심내지 않으며, 아우성치지 않고, 고요함 속에서 가만히 인내할 뿐이다. 우리도 소나무와 전나무의 태도를 배울 필요가 있다."(니체, 「방랑자와 그 그림자」) 인류는 생물학적 생존을 잇는 데 나무에게 크게 빚진 사실을 잊어서는 안 된다. 사람은 나무에게서 생존의 양식과 은신처를 구하고, 불을 피워 추위를 피하고, 집을 짓는 재료를 구했을 뿐만 아니라 심미적 기쁨을 구하고 위로를 받았다. 거친 토양과 다양한 기후 속에서 인고하며 자라는 나무가 없었다면 인류의 번영은커녕 생존조차도 어려웠을 테다. 봄마다 저 오래된 나무들에 새로 돋는 연둣빛 잎과 화사한 꽃을 보며 사는 것은 크나큰 행운이다. 나무는 기다림과 인내에 관한 한 그 무엇과 견줄 수 없는 영재들이다. 나무는 겨울이 닥쳐도 세계에 대한 신뢰 속에서 고요한 상태를 유지하며 봄을 기다린다. 그 기다림의 자세는 놀라운 데가 있다. 철학자는 그 흔들림 없는 나무의 자세에서 삶의 태도를 배울 필요가 있다고 말한다.

오늘의 나무는 어제의 나무와는 벌써 다르다. 이 자연 안에서 특별한 무리인 나무는 가히 변신과 진화의 천재라고 부를 만하다. 봄에 새잎을 내고, 꽃봉오리를 맺는 나무만큼 자기 삶에 충실한 존재는 없다. 봄바람 속에서 만개한 꽃들은 덧없이 진다. "봄바람은 밭이나 갈도록 길들여진 얌전한 황소가 아니라 성난 뿔로 얼음을 깨부수는 난폭한 황소이며 파괴자다!"(니체, 『차라투스트라는 이렇게 말했다』) 나무는 여름에 무성한 잎을 내서 왕성한 생명력으로 광합성을 하면서 녹색의 향연을 베풀지만 가을엔 열매를 맺고 단풍 든 잎을 떨군다. 나무의 결실과 조락은 죽음의 계절을 앞두고 이루어진다. 나무는 추위 속에서 죽은 듯이 잠들어 있다가 봄에 소생한다.

나무는 죽음과 부활의 순환 속에 산다. 새잎이 돋을 때가 있으면 그 잎들을 다 떨어트릴 때가 온다. 나무는 매 순간 존재가 죽음을 물리치고 새로 시작하는 것임을 증명한다. 나무를 바라보며, 나는 니체의 영원 회귀의 철학을 떠올린다. 나무는 고정불변한 채로 가만히 멈춰 있는 법이 없다. 나무는 끊임없이 죽으면서 다시 태어나는 영원 회귀의 한 양태를 보여 준다. 나무가 그렇듯이 만물은 생성과 소멸 사이에서 차이를 반복하며 영원 회귀를 한다. 영원 회귀의 세계에서 삶과 죽음은 끊임없이 반복한다. 니체는 '악령'의 입을 빌려서 이렇게 말한다.

"네가 지금 살고 있고 살아왔던 이 삶을 너는 다시 한번 살아야만 하고, 또 무수히 반복해서 살아야만 할 것이다. 거기에 새로운 것이란 없으며 모든 고통, 모든 쾌락, 모든 사상과 탄식, 네 삶에서 이루 말할 수 없이 크고 작은 모든 것들이 네게 다시 찾아올 것이다."(니체, 『즐거운 학문』)

인간은 늘 지금 이 순간을 살면서 미래를 향하여 나아간다. 미래란 지금 이 순간에 아직 도착하지 않은 시간이 아니다. 미래는 이미 와 있다. 순간은 영원히 순환하고 되풀이한다. 니체는 "만물 가운데서 일어날 수 있는 일이라면 이미 일어났고, 행해졌고, 과거사가 되어 버렸을 것이 아닌가?"(니체, 『차라투스트라는 이렇게 말했다』)라고 묻는다. 지금 이 순간은 언젠가 지나간 과거의 순간과 중첩되는 것이다. 지금 이 순간은 영원 회귀하는 순간이다. 그것은 "한편으로는 지속이지만, 다른 한편으로 되풀이라는 것"* 이다. 만물은 영원 회귀의 운동을 지속한다. 올해의 봄은 작년의 봄과 닮았지만 똑같은 봄이 아니다. 봄은 늘 똑같이 반복하는 것이 아니라 차이를 반복한다. 모든 봄은 항상 우리가 겪지 못한 새로운 봄이다. 영원한 생성의 형식으로 우리 앞에 오는 봄!

---

* 질 들뢰즈, 『들뢰즈가 만든 철학사』(박정태 편역, 이학사, 2007, 231쪽)

삶은 늘 반복하며 새롭게 다가온다. 산다는 것은 영원 회귀하는 순간의 연속으로 이루어진다. 차이의 반복, 삶은 그 이상도 이하도 아니다. 우리는 영원한 무(無)로 떠돌며 우주의 시간을 겪어 내는 것이다.

당신의 이기주의가 오류임을 인식하라

흠결 없는 사생활과 성실성으로 좋은 이미지를 쌓은 방송 연예인이 그간 방송 활동으로 벌어들인 전 재산을 횡령당했다고 한다. 횡령 당사자가 친형이라서 충격을 더했다. 그는 데뷔 초부터 친형에게 매니저 업무를 맡겨 출연료 등 수입의 전부를 맡겨 관리했는데 형과 형수가 그 돈을 횡령해 잠적했다. "30년의 세월을 보낸 어느 날 제 노력으로 일궈 온 많은 것이 제 것이 아닌 것을 알게 됐다."라고 그는 어렵게 털어놓았다. 그는 사람이 이래서 죽는구나 싶을 정도로 인생이 무너지는 경험을 했다. 그는 망연자실한 채로 잠도 못 자고 먹지도 못하는 사이에 체중이 15킬로그램이나 빠졌다고 한다.

이는 가스라이팅(gaslighting) 관계에서 벌어진 사태가 아닌가? 가스라이팅은 피해자의 심리를 지배하면서 가해자에게 점차 의존적이 되도록 길들이는 행위다. 그 연예인은 오랜 동안 심리 지배를 당하는 상태에서 형에게 의존하고 전 재산의 관리를 맡겼다. 그의 형과 형수는 검소한 생활을 하는 듯 연기하며 뒤로는 그의 수입 전부를 곶감 빼먹듯이 빼돌려 제 사유 재산 불리기에 몰두했다. 그는 큰 자산을 잃고, 가족 간의 유대와 행복에 대한 기대마저 잃었다. 가족이 자아의 기원이자 그 바탕이라면 그것의 부정은 곧 제 윤리적 자산과 기원을 부정하는 것이나 마찬가지다. 그가 가족 간 횡령 사건으로 큰 혼란과 회의 속에서 인생 최대의 위기를 겪고, 거의 회복이 불가능한 타격을 입은 점에 대해 심심한 위로를 전하고 싶다.

이 사건을 접하면서, 가족이란 무엇인가, 라는 질문을 새삼 던지게 되었다. 부부와 자녀들로 이루어진 가족은 사회의 최소 단위다. 가족은 어린아이들이 자아 성장을 겪는 사적 영역이고, 그들의 자아의 성장 스토리가 펼쳐지는 무대다. 감정 사회학 분야에서 손꼽히는 학자인 에바 일루즈는 감정에 대해 이렇게 말한다. "감정은 온전한 의미의 행동이 아니다. 그러나 감정은 우리로 하여금 행동으로 나아가게 하는 내적인 에너지다. 행동에 특별한 '기분' 또는 '색조'를 부여하는 어떤 것이다.'" 감정에는 어떻게 내적 에너지가 실릴 수 있을까? "그것은 감정이 언제나 자아의 감정이요, 자아

---

* 에바 일루즈, 『감정 자본주의』(김정아 옮김, 돌베개, 2010, 14쪽)

와 타자들(문화적으로 자리매김되어 있는 타자들) 사이의 관계와 관련된 감정이기 때문이다." 자아의 영역에 속하면서 행동의 내적 에너지인 감정은 사회생활에서 항상 중요한 기제로 작동한다. 그런데 감정은 단순한 기분이 아니라 인지, 정서, 판단, 욕구, 육체 등등이 얽힌 복합적인 그 무엇이다.

가족은 이야기, 즉 자아와 정체성의 내러티브가 생산되는 자리다. 그 내러티브가 항상 좋은 쪽인 것만은 아니다. 가족 내에서 벌어진 가스라이팅 범죄는 한 가족 구성원의 병리적 자아의 일탈로 가족 관계에 파탄을 만들었다. 가족은 사랑의 근원이자 우리를 옥죄는 멍에다. 아, 이토록 말 많고 탈이 많은 가족이라니! 이 가족의 칙칙한 내러티브에서 그 연예인의 형과 형수는 자기만의 도덕을 정립하지 못한 탐욕스러운 이기주의자다. 그들은 자기만의 이익을 취하기 위해, 혹은 자기만의 갈망―돈, 권력, 사회적 지위 ―을 위해 가면을 쓰고 그 안에서 가족 관계를 파괴한 범죄자라고 할 수 있다. 어쩌면 그들은 대다수 이기주의자가 그렇듯이 자기만의 "도덕적 판단의 확고함"을 갖고 있을지도 모른다. 니체는 이기주의자, 맹목성, 비열함, 소심함에 대해 이렇게 비판한다.

"차라리 그 안에 있는 네 이기주의를 찬미하라! 네 이기주의의 맹목성,

** 에바 일루즈, 앞의 책, 15쪽.

비열함, 소심함을 찬미하라. 그 판단을 보편적인 법칙으로 느끼는 것은 결국 이기심, 맹목적이고 비열하고 소심한 이기심 때문이다. 이것은 네가 아직 진정한 네가 되지 못했고, 너 자신의 고유한 이상을 창조하지 못했다는 것을 드러내기 때문이다.—다른 사람의 이상은 결코 네 고유한 이상이 될 수 없고 만인의 것은 더더욱 될 수 없다. '이 경우에 누구나 이렇게 행동하는 것'이라고 말하면서 계속 판단하는 사람은 자기에 대한 이해에서 아직 다섯 걸음도 진행하지 못하고 있는 것이다."(니체, 『즐거운 학문』) 이기주의자란 자기의 "맹목성, 비열함, 소심함"에 발목 잡혀 타락한 관습에 따르는 자들이다. 대의나 도덕적 의무를 저버리고 자기 욕망에 투항하는 자들은 자기만의 삶과 도덕을 정립하지 못한 채 표류한다. 니체의 말을 빌리자면 이기주의자란 "자신의 고유한 이상"을 창조하지 못한 사람이다. 그들은 "자기에 대한 이해에서 아직 다섯 걸음도 진행하지 못하고 있는 것"이다. 그들은 자신의 우매함 때문에 제 인생을 망친다는 사실조차 깨닫지 못한다.

"자아의 오류를 발견할 것. 이기주의가 오류임을 인식하라. 이타주의에서 그 반대를 보려 하지 말라. 이타주의가 자칭 개인이라는 타자에 대한 사랑이라는 듯이 이해하지 말라. 아니다, 나와 너를 넘어서라. 우주의 방식으로 느껴라!"(니체, 『유고』)

이기주의가 오류임을 인식하라! 이기주의가 편협한 자기중심주의라는 점에서 그것은 자신에 대한 가장 나쁜 방식의 사랑이다. 세상의 관습에 굴복한 사람은 증오와 속박 속에서 방황하느라 아직 자유정신, 즉 성숙한 정신에 도달하지 못한다. 제대로 된 삶을 살려면 이기주의라는 오류에서 벗어나라. 어떻게? 자기 자신을 바라보고 새로운 삶에의 의지를 찾으며 거기서 미지의 전율을 느껴야 한다. 니체는 이기주의도, 이타주의도 넘어서라고 말한다. 그 이유는 무엇일까? "착함은 이웃의 입에 회자될 때 더이상 착함이 아니다."라고 말하는 데서 그 단서를 찾을 수 있다. 이웃에 대한 사랑조차 '자기 자신에 대한 나쁜 사랑'에 지나지 않는다. 이기주의나 이타주의는 다 뛰어넘어야 할 장애물이다. 사랑을 베풀어야 할 대상은 미래다. 그러기 위해서 "우주의 방식으로 느껴라!"라고 말한다.

인생이란 대단한 게 아니다

　살아 보면, 인생이란 게 대단치 않다는 생각이 분명해질 때가 있다. 발을 땅에 딛고, 하늘을 머리에 두고 걷는 게 인생이다. 더러는 비바람을 뚫고 걷고, 더러는 우박을 맞으며 걸을지도 모른다. 대지 위에 두 발을 딛고 서지 못하는 자는 죽은 거나 다름없다. 강가에서 운모 박힌 돌을 주워 들고 환호하거나 풀숲에서 하얀 새알이 담긴 새집을 탐색하던 어린 시절을 보낸 사람이라면 인생이 풍성했다고 말할 수 있으리라. 이보다 더 나은 인생이란 "우연이란 발로 춤을 추는 것"이자 신의 탁자 위에서 하는 "신성한 주사위 놀이"에 지나지 않는다는 니체의 철학에 대체로 동의한다. 삶이란 우연이라는 바탕 위에서 이루어지는 주사위 놀이다. 인생이 주사위 놀이라면, 우리에게 필요한 것은 약간의 교양과 근면함, 약간의 연민과 행운, 그리고 고독에 무너지지 않는 정신, 고산 기후를 견딜 수 있는 폐, 튼튼한 심장, 노동을 감당할 수 있는 근력뿐이다. 그 이상은 사치일 따름이다.

가을의 끝자락인 지난 주말에 제주도 표선에 있는 한 서점에 강연을 다녀왔다. 나를 강연에 초청한 '북살롱 이마고'의 대표는 서울에서 출판사를 하던 분이다. 그 출판사에서 책을 낸 인연이 있기에 강연 초청을 기꺼운 마음으로 받아들였다. 여객기가 내륙을 가로질러 상공을 날아가는 동안 불현 듯 제주도와 이어진 나의 '과거'를 소환한다. 그 과거란 게 재난과 기아같이 생을 뒤틀리게 할 정도로 대단치는 않다. 스무 살 때 한 여자 대학 작곡과 여학생과 다방에서 마신 커피 한 잔, 혹은 어린 시절 ≪소년중앙≫ 별책 부록의 의미보다 더 소소한 사적 회고의 대상일 뿐이다. 그렇다 하더라도 기억의 갈피에 묻은 제주도라니, 희미한 숨결같이 새어 나오는 한 줄기 감회가 없을 수 없다.

1980년 여름, 출판사 직원으로 밥벌이를 할 때 서울에서 제주도로 이주한 한 작가 H에게 원고를 받으러 입도(入島)했다. 보름 정도 머물렀지만, 원고를 받지 못한 채 빈손으로 서울로 올라왔다. 허탈한 심경으로 제주도를 떠났는데, 내 무능에 책임을 지기로 했다. 한창 낙양의 지가를 올리던 작가에게 거액을 쥐여 주고 전속 계약을 한 것은 내 제안이었다. 나는 퇴직 의사를 밝힌 뒤 사표를 냈다. 출판사 사장이 '이 어려운 때에 창업은 어리석은 결정이다.'라고 말렸지만 내 결심은 굳었다. 그리고 퇴직금을 받아 손바닥만 한 사무실을 얻고 출판사 창업을 했다.

한 필화 사건으로 1992년 10월 29일 전격 구속되어 구치소에 있다가 그해 12월 30일에 풀려났다. 이듬해 1월 3일인가, 세면도구만을 챙겨 다시 제주도에 내려왔다. 서귀포에 사는 지인 K의 집에서 머물면서 마음 정리를 했다. K는 일제 강점기 때 제분 공장을 하다가 해방 뒤엔 권투 도장으로 쓰던 고모의 집을 K가 관리하는 중이었다. K는 별채에 딸린 방 한 칸을 무상으로 내어 주었다. 마당 끝자락은 절벽이고, 그 아래는 바다였다. 한밤중 오줌 누러 나왔다가 먼 망망대해에 오징어나 갈치를 낚으려고 밤새 불을 밝힌 채 떠 있는 어선들을 바라보곤 했다. K는 대중에게 알려진 노래도 두어 곡이 있었지만 무명이나 다를 바 없는 작곡가였다. 그 무렵엔 아내와 어린 딸을 두고 일없이 빈둥거리며 지냈다. 밤엔 기타를 연주하며 제가 만든 노래를 불렀는데, 그 노래에 귀를 기울이며 변방에 눌러앉은 자의 평온함과 슬픔을 동시에 느꼈다. 그의 작곡 노트엔 세상의 빛을 보지 못한 아름다운 곡들이 수백 곡이 빼곡하게 들어 있었다.

심심한 날엔 운동화 뒤꿈치를 반쯤 구겨 신고 서귀포에 하나밖에 없는 상영관에 혼자 영화를 보러 나갔다. 그때 본 영화 중 어린 배우 김혜수가 나오는 이명세 감독의 동화처럼 아름다운 영화 〈첫사랑〉이 기억에 또렷하다. 한 달 만에 마음을 정리하고 서울로 올라와서 출판사를 접었다. 출판업에서 손을 떼고 전업 작가로 첫 걸음을 내디뎠다. 처음 시작할 때 그 일이 서른 해 동안이나 길게 이어질지는 짐작조차 하지 못했다. 어쨌든 제주도는 출판사의 창업과 폐업을 굳힌 실존적 결단의 장소가 되었으니 내 인생의 변곡점마다 제주도가 오롯했던 거다.

제주도를 떠난 뒤 K를 다시 만나지 못했다. 거품이 많은 삶에서 거품이 빠져나간 뒤 나는 급류에 휘말린 사람처럼 미처 정신 차릴 겨를도 없이 생의 유동성에 빨려 들어가 숱한 변화를 겪어 낸 탓이다. 아내와 이혼을 하고, 아이들은 뿔뿔이 흩어졌다. 나는 강원도 작은 포구로 들어가 작은 오징어잡이 배를 타거나, 모루에 올린 벌겋게 달군 쇠를 쳐서 농기구를 만드는 대장간 견습 노동자가 되거나, 혹은 감리교 소속 개척 교회의 신실한 신도가 되지는 못했다. 다만 쥐오줌풀같이 하찮은 인연을 끊어 낸 채 동네 기원을 전전하며 재야 고수들과 피비린내 나는 승부를 겨루는 무협의 세계에 몸을 담고 짜장면 그릇이나 비우며 허송세월을 했다. 청명한 하늘 아래 넌출넌출 늘어진 가지마다 장미꽃이 주르륵 피던 어느 해 초여름, 정신을 차리고 다시 살아 보자고 서울 세간을 트럭에 싣고 경기도 남부로 삶의 터전을 옮겼다. 시골집 마당에 배롱나무와 모란과 작약을 심으며 살던 때

K는 술에 취한 채 전화를 걸어 종잡을 수 없는 넋두리를 했다. 아내와 이혼하고, 딸은 사립 명문 대학교를 다닌다고 자랑스럽게 말하던 K의 목소리는 쓸쓸했다.

　나는 나무 시장에서 묘목 수천 주를 구해 와 텃밭에 식재하고, 장이 서는 날엔 안성천변에서 반짝 열리는 가축 시장에 나가 토실토실한 강아지들과 토종닭을 둘러보고, 안성 시립 도서관에서『설악산 생태수목보고서』나『국립지리학회보』,『제주도 방언연구서』따위 비실용 서적들을 빌려다 읽었다. 봄에는 밤 숲 그늘에 현호색 새싹이 돋고, 감나무에 곤줄박이와 박새들이 날아와 울고, 뽕나무 가지마다 오디가 까맣게 익어 갔다. 땅에 서릿발 솟고 찬 하늘에 기러기 떼 지어 날 때는 구절초가 무더기로 피었다 지고 여뀌 군락도 시들었다. 낮밤의 기온차가 심해지면 저수지에 올라오는 물안개가 마당에 범람했다. 마당에 출몰하던 유혈목이들은 동면에 들었는지 더이상 자취가 없었다. 나는 일찍 잠들고 새벽에 일어나는 표고(標高) 4백 미터 미만에서 이루어지는 시골 생활에 완전히 적응했다. 가끔 먼 나라 치어걸들의 안부가 궁금했지만 그게 내 생활의 규범을 바꾸지는 못했다. 내 생의 어느 시기를 스쳐간 K는 몇 해 동안 연락이 뜸하더니 어느 날 알코올 중독인지 암인지로 죽었다는 뜻밖의 소식이 들려왔다. K가 어떤 평지풍파와 우여곡절의 시간을 겪어 냈는가를 나는 세세하게 알지 못했다. 그의 소식을 듣고 나도 모르게 '잘 가시게!'란 말이 가만히 흘러나왔다.

　사람은 누구나 기억의 동일성이라는 토대 위에 제 생을 세운다. 과거 기억은 우리의 기초적 감정 자본이자 그 토대다. 그 토대를 떠난 현재는 존재하지 않는다. 과거의 중첩이 현재를 빚는다는 점에서 그 말은 맞다. 우리는 현재를 산다고 믿지만 그것은 과거에서 발현된 현재일 뿐이다. 파리 8대학에서 들뢰즈의 지도 아래 박사 학위를 받은 평론가 우노 구니이치는 『들뢰즈, 유동의 철학』에서 "하나의 과거는 이미 무수한 과거를 포함하고, 그 후에 도래하는 무수한 현재에 뒤덮인다."라고 쓴다. 과거가 곧바로 현재에 이르는 법은 없다. 과거 기억은 현재의 깊이 속에서 분리와 결합 운동을 하며 비동시성의 동시성을 드러낸다. 그 비동시성의 동시성이 차이를 만든다. 과거는 반복되고, 현재의 중첩 속에서 차이를 반복하는 가운데, 과거라는 껍데기를 벗고 현재에 도래하는 것이다.

　인생이란 그리 대단한 게 아니라는 사실은 당신도 알고 나도 아는 바다. 아무것도 아닌 이 삶을, 늘 실패하고 비루함 속에서 허우적거리는 이 인생을 놀라운 긍정으로 바꿀 수 있다면 그건 기적일 것이다. 니체의 위대함은 죽음 직전에 이른 환자를 치유해 소생시키는 명의처럼 우리를 비관주의에서 "새로운 양식, 새로운 태양, 새로운 미래를 향해 뻗을 수 있도록"(『인간적인 너무나 인간적인』 서문) 우리를 끄집어내 "가슴을 펴라. 활짝, 더 활짝!"이라고 격려하는 데서 찾을 수 있다. 인생을 무겁게 하는 모든 게 불행의 처음이나 마지막이다. 이 철학자는 이 불행에서 벗어나라고 한다. 어리석음과 의무와 추억의 고통이라는 허물을 벗고 '변화하라!'라고 속삭인다. 내면 형질을 바꾸고 그다음은? 크게 웃는 법을 배워라! 멋진 무용수처럼 공중으로 날아오르라! "그대들 자신을 뛰어넘어 크게 웃는 법을 배워라. 멋진 무용수답게 큰 웃음소리도 잊지 마라."(니체, 『차라투스트라는 이렇게 말했다』)라고 말한다.

니체가 우리에게 제시한 롤 모델은 바로 "춤추는 자인 차라투스트라, 그의 날개로 손짓하는 경쾌한 자인 차라투스트라, 비상할 준비를 마치고 행복에 젖어 있는 자인 차라투스트라."다. 예언자이자 웃음과 춤의 명인은 그렇게 우리 앞에 나타났다. "만약 나의 덕이 춤추는 자의 덕이었다면, 그리하여 내가 때때로 두 발로 황금빛과 에메랄드빛의 환희 속으로 뛰어든다면, 만약 나의 악의가 장미꽃 언덕과 백합꽃 울타리 밑에 앉아 웃고 있는 악의라면, 웃음 속에는 온갖 악의가 들어 있지만, 그 악의들은 자신의 행복으로 인해 해방되어 있는 것이다."(니체, 「일곱 가지 봉인」, 『차라투스트라는 이렇게 말했다』) 차라투스트라는 의무의 속박에서 벗어나고 우리를 땅으로 끌어 내리는 중력의 영에 저항한다. 그리고 발 아래 그림자가 가장 짧아지는 정오에 "두 발로 황금빛과 에메랄드빛의 환희 속으로 뛰어"든다. 제 목구 멍을 물어뜯고 매달리는 뱀의 대가리를 물어뜯고 저 멀리 집어던진 젊은 양치기 같이 우리는 인생의 급소를 물고 매달리는 불행의 대가리를 물어 뜯고 저 멀리 집어던져야 한다. 웃어라! 웃음은 우리 머리 위에 씌워진 왕 관이다. 자, 준비가 되었는가? "이 왕관, 장미꽃으로 엮은 이 왕관"을 쓰고 공중으로 뛰어오르는 무용수같이 가벼운 발걸음으로 미래를 향해 나아가 라!

춤추고 웃어라!

천지가 신록으로 울울창창하다. 우리는 웃지 못하는 날들, 웃음을 잃은 날을 보내고 있다. 웃음의 화관(花冠)을 잃고 분노와 무기력과 우울 속에서 지낸 날들. 도대체 언제 웃었던가? 기억을 더듬어 보니, 꿈속에서조차 웃지 못하는 날들을 보내는 중이다. 코로나 바이러스의 창궐이라는 재난에 짓눌리고, 불안에 포박된 자는 생기를 잃고 우울증이라는 헛구렁에서 헤맨다. 만성적 불안에 의식이 짓눌린 상태를 누군가는 '코로나 블루'라고 진단한다.

동네 숲길을 산책하다가 '춤춰라, 아무도 보지 않는 것처럼'이라는 시구가 떠올랐다. 이 시구를 '웃어라, 아무 근심 걱정이 없는 아이들처럼'으로 바꿔 나지막이 중얼거리다가 문득 철학이 웃음을 진지한 의제로 다루지 않는다는데 생각이 미친다. 웃음을 경박한 망동이거나, 가벼운 익살과 시시덕거림으로 여긴 탓이리라. 웃음을 철학 바깥으로 추방하는 흐름에 반기를 든 철학자들로 플라톤, 쇼펜하우어, 베르그송, 프로이트, 니체를 꼽을 수 있을 것이다.

웃음은 우스꽝스러운 대상이나 사태에 대한 내면 반응이다. 코미디 연기에서 익살을 떠는 바보가 자주 등장하는 이유가 거기에 있다. 코미디언 심형래의 바보 연기를 보며 웃는 것은 타자의 어리석음에 대한 주체의 우월성을 확인하는 데서 오는 즐거움의 표현이다. 하지만 타인을 어리석음으로 대상화하는 웃음은 '독이 묻은 화살을 쏘는 것'이다. 웃음은 타인에게 상처를 입히는 것, 선한 본성이 아니라 우리 안의 고약함이 그 바탕이다. 타인에 대한 조롱, 그리고 경멸과 비웃음을 섞은 웃음은 덕과 인간성으로 순화되지 않은 사악한 재능이다.

18세기에 '우스꽝스러움의 우월 이론'을 대체하는 웃음 이론이 나온다. 위엄과 진지함, 고상한 것에 대조되는 초라함과 불경이 웃음을 낳는다는 '불일치(incongruity) 이론'이 그것이다. 우리는 잘 차려입은 사람이 갑자기 길거리에서 꽈당 하고 넘어진 걸 보고 웃는데, 이 웃음은 우월 감정이 아니라 위엄과 초라함이라는 익살스러운 대비에서 빚어진다. 예상하지 못한 사태의 반전(反轉), 즉 모순이 나타나는 순간의 발견이 웃음을 빚는다. 철학자 쇼펜하우어는 "웃음은 갑작스럽게 지각된 어떤 개념과 어떠한 관계로든 그 개념으로 인해 생각된 실제 대상 사이의 불일치 때문에 발생한다. 따라서 웃음 그 자체는 이러한 불일치에 대한 표현일 뿐이다."라고 말한다.

니체는 웃음의 생리학을 꿰뚫어 보고, '순진무구한 웃음'을 예찬한 철학자다. 누구나 웃을 수 있는 것은 아니다. 병들어 신음하는 자나 죽어 가는 자들은 웃지 못한다. 오직 담대한 자, 약함을 넘어서서 용기를 내는 자, 즉 강하고 지혜로운 자만이 웃는다. 대체로 인간은 약하다. 그러므로 웃는 자는 드물다. "나는 차디찬 영혼, 당나귀, 눈먼 자, 술 취한 자를 두고 담대하다고 말하지 않는다, 오히려 두려움을 아는 자, 그러면서도 그 두려움을 제어하는 자, 긍지를 갖고 심연을 바라보는 자가 용기 있는 자렷다."(니체, 『차라투스트라는 이렇게 말했다』) 용기 있는 자가 웃는 게 아니라 웃는 자가 용기 있는 자라고 말하는 것이다.

웃음의 맞은편에 악마가 있다고 상상해 보자. 이 악마는 항상 엄숙하고, 심각하며, 심오하고 당당하다. 악마는 웃을 줄 모른다. 이 악마가 '중력의 악령'이다. 사물을 나락으로 떨어지게 하는 이 '중력의 악령'들 때문에 인

250

간은 춤과 웃음을 잃는다. 매사에 엄숙, 심각, 심오한 태도는 웃음의 불능을 초래한다. 하지만 어린아이들은 아무에게도 해를 끼치지 않는 천진난만한 웃음을 웃는다. 오직 어린아이만이 제 몸속에서 신이 춤추는 듯 즐거워한다. 거만함과 비열함이 아니라 제 안의 벅찬 환희를, 존재의 법열감을 분출하는 것, 이게 진짜 웃음이다. 우리는 어떻게 놀이에 빠져 몰입의 기쁨을 누리는 어린아이로 살 수 있을까?

웃음의 빈곤 속에서 우리는 사소하게 불행해진다. 순진무구한 웃음은 불행을 중화시킨다. 까르륵거리며 웃는 존재들로 세상은 밝아진다. 교활하거나 조롱이 섞인 불순한 웃음이 아닌 어린아이 같은 웃음은 세상의 악을 누르는 해독제다. 어린아이 같이 웃어라! 어른은 누구나 강박 관념과 신경증에 사로잡혀 웃지 못한다. 대체로 존재의 무거움으로 추락하는 자들은 제 안에 필요 이상의 엄숙과 심각을 끌어안고 사는 탓이다. 어린아이들은 얼마나 가벼운 존재인가! 우리는 변신과 비상을 위해 '중력의 악령'을 떨쳐 내고 더 가벼워져야 한다. 오직 가벼운 자만이 춤추고 웃는다. 웃어라, 웃음의 신이 제 몸속에서 춤추고 있는 듯이.

무덤이 있는 곳에만 부활이 있다

한 작가 지망생이 소설을 출판사에 보냈다가 연거푸 퇴짜를 맞았다. 여러 출판사가 그의 소설을 반송하면서 '깊이'가 없다는 구실을 달았다. 거절 편지는 심각한 범죄에 대한 판결문 같은 것에서 의례적인 것, 포복절도할 내용까지 가지가지였다. "다른 작품을 우리에게 보내지 마세요. 우리는 작가님과 맞는 출판사가 아니에요." 단호하지만 이 정도는 애교 수준이다. "이런 보잘것없는 수작을 자꾸 시도하지 마세요. 검토 결과를 받아들이고 남자답게 실패를 감내하십시오." 더 단호하지만 예의를 갖춘 거절 편지다. "우리는 이렇게 형편없고 조잡한 원고를 출간할 생각이 전혀 없소. 그러니 앞으로는 이런 하찮고 불완전하고 제정신이 아닌 원고를 우리에게 보내지 마시오." 이것은 숫제 인신공격이다. 글쓴이를 미친 사람이라고 몰아세우지 않는가? "펜을 놓으세요. 선생이 쓴 글들을 태워 버리고 문학을 멀리하십시오." 아예 펜을 놓으라고 주문한다. 이 주문은 한 점의 가능성도 배제해 버린다는 점에서 잔혹하다. 하지만 시행착오에서 벗어날 수 있는 기회를 준다는 점에서는 명쾌하다. 캐나다 출신의 작가 카밀리앵 루아가 출판사에서 받은 99통의 거절 편지를 모아 엮은 책이 『소설 거절술』이다. 어쩌면 이 책은 자기 자신의 실패를 진열하는 것이 될 수도 있다. 그럼에도 불구하고 그는 용기를 내어 책을 펴냈다.

목표한 것에 못 미친 결과를 실패라고 말한다. 인생을 살다 보면 길이 어긋나고 엉뚱한 곳으로 들어서기도 한다. 살다 보면 실패를 겪는 게 드문 일이 아닌데, 나 역시 인생에서 숱한 실패를 겪었다. 입시에서 실패하고, 소설 공모전에서 실패하고, 사업에서 실패를 겪었다. 실패한 자는 '도약에서 실패한 호랑이'같이 절망을 겪는다. 그 절망은 자기에게 아무것도 남아 있지 않다는 고갈과 탈진의 느낌, 그리고 '모든 노고가 부질없는 것'이 되고 말았다는 낙담에서 비롯한다. 니체는 이렇게 쓴다. "모든 노고는 부질없는 것이 되고 말았구나. 포도주는 독이 되고, 사악한 눈길이 있어 우리들의 들녘과 심장을 노랗게 태워 버렸으니."(니체, 『차라투스트라는 이렇게 말했다』)

나는 사람마다 인생에서 겪어야 할 실패의 정량이 있다고 믿는 편이다.

청년 시절은 지식, 기술, 경험의 한계와 미숙성, 올바른 깨달음의 부족으로 말미암아 더 많은 실패와 실수를 저지른다. 실패를 견디면서 그 경험을 쌓아라! 실패를 숙독하라! 그것은 "자기 자신을 정확히 하는 것"에서부터 시작할 수 있다. 자기 자신에 대한 가식을 벗어던지고 정직한 인식을 한다는 것, 그건 쉬운 일이 아니다. 내가 어떤 사람인지, 어떤 습성을 갖고 있는지를 곰곰이 생각해 보자. 실패한 경험들을 살펴보면 많은 경우 나에게 그 원인이 있다. 실패는 어떤 결핍과 부조화의 결과일 수도 있고, 자기 역량의 한계, 제어하지 못한 성급한 욕망, 잘못된 정보와 빗나간 판단, 자신의 부주의함들 때문일 수도 있다. 자신을 돌아볼 기회를 준다는 점에서 실패가 곧 위기는 아니다. 실패에 대한 성찰은 새로운 삶을 빚는 데 반드시 필요한 과정이다. 니체는 실패하는 자에게 도움이 될만한 어떤 말을 남겼을까?

"자기 자신을 정확히 아는 것으로부터 시작하라. 스스로에게 거짓말하지 말고 항상 성실해야 한다. 자신이 어떤 사람인지, 어떤 습성을 갖고 있으며 어떤 반응을 보이는 사람인지 제대로 알아야 한다. 자신을 제대로 알지 못하면 사랑을 사랑으로 느낄 수가 없다. 사랑하기 위해, 사랑받기 위해 스스로를 정확히 하는 것부터 시작하라. 자신조차 모르면서 상대를 알기란 불가능하다."(니체, 『아침놀』)

실패보다 더 중요한 것은 과정의 정당성과 도덕적 올바름이다. 실패가 곧 끝은 아니다. 실패는 또 다른 시작점이고, 국면을 전환시키는 계기가 될 수도 있다. 돌이켜 보면 나를 만든 것은 성공한 경험들이 아니다. 실패에서 습득한 지혜가 '나'라는 인간을 빚는 데 기여한 바가 있다. 실패가 내 잠재 역량을 키우고 인격을 단단하게 다지는 데 보탬이 되었다고 말할 수 있다. 실패를 딛고 일어서는 사람에게 실패의 경험은 더 나은 미래를 위해 도약하는 핵심 역량이 되고, 무엇과도 바꿀 수 없는 인생의 큰 자산이 될 수도 있다.

야구에서 3할 타자는 10번의 배팅 중 7번을 실패하고 단 3번만 성공했다는 뜻이다. 누구도 3할 타자를 실패했다고 말하지 않는다. 한사코 실패를 피하려고 들지만 실패를 겪지 않고 손에 넣을 수 있는 성취는 거의 없다. 인류의 역사에서 모든 유의미한 성취들은 실패에 대한 보상들이다. 실패하고, 실패하고, 실패하라! 실패는 일의 과정에서 흔하게 겪는 경험의 일부다. 불사조는 모든 게 다 타고 남은 재 속에서 금빛 날개를 치며 날아오른다. 먼저 죽음이 있어야만 부활이 뒤따르는 법이다. 우리는 실패를 딛고 일어선다. 기억하라, 니체는 이렇게 썼다. "무덤이 있는 곳에 부활이 있다."라고!

정오는 왜 위대한가?

나이 서른 중반쯤 인생이 꼬인다는 느낌에 빠졌다. 그 기분 나쁜 느낌은 갑작스럽게 질병처럼 다가왔다. 창업한 지 십 년이 채 안 된 출판사의 재정 상태는 괜찮았고 대인 관계 역시 그럭저럭 좋았다. 한 주에 서너 차례 술을 마셨지만 날마다 실내풀장에 나가 수영을 하며 단련한 근육 덕분에 건강도 좋았다. 베개에 머리를 얹으면 악몽도 없이 아침까지 단잠을 잤다. 피로는 쌓이지 않고, 숙면을 취한 머리는 늘 맑았다.

어느 날 아침잠에서 일어났을 때 웬일인지 23.5도 기울어 있는 지구의 축이 달라진 느낌이 들었다. 그것은 불행을 예고하는 전조였을까? 어느 날 아침 흉측한 벌레로 변신한 카프카 소설의 주인공의 기분이 그랬을 테다. 그날부터였다, 모든 게 조금씩 어긋나기 시작한 것은. 식욕이 줄고, 이국 음식에 대한 호기심이나 욕구가 사라졌다. 사람도 일도 마뜩지 않아 자주 짜증을 냈다. 간발의 차이로 지하철을 놓치고, 운전 중 경미한 접촉 사고를 일으켰다. 사소한 불운이 겹쳐서 일어나며 소진된 느낌, 몸의 세포들이 닳아서 나달나달해진 느낌, 뼛속의 진액이 빠져나간 느낌들이 나를 덮쳤다. 종합 병원에 가서 서너 시간 동안 환복을 한 뒤 혈압을 재고, 시력과 청력을 체크하고, 피를 뽑아 혈액 검사를 했다. 검사실을 돌면서 위와 대장 내시경, 간 수치와 심전도 등을 검사했다. 건강에는 별다른 이상이 없었다.

여의도 윤중로의 만개한 벚꽃들로 날은 화사하건만 마음은 칙칙함에서 벗어나지 못했다. 앞으로 인생이 내 뜻대로 되지 않을 것이란 예감은 또렷해졌다. 도도한 세월의 강물을 따라 나는 흘러가고 하릴없이 나이를 먹을 것이다. 차츰 머리숱이 줄고 뱃살은 늘어나고, 나이 들수록 벗들은 멀어지고, 기억력은 퇴색하겠지. 프랑스어 학습은 더이상 진도가 나가지 않았다. 절대자에 대한 회의가 깊어지면서 신앙은 버렸다. 그리스와 크레타섬으로의 여행, 먼 고장에 대한 동경, 눈빛이 선량하고 이마가 반듯한 아들을 키우겠다는 꿈, 무엇보다도 시를 쓰는 기쁨을 잃었다. "신성한 잉크와 부드러운 종이로 만든 첫 번째 책이 나오는 그 순간이란, 아름다운 날갯짓과 황홀하게 만개한 꽃의 소리에 도취된 무아지경의 시간."(파블루 네루다)이 내게는 사라졌다.

번민은 늘고 기쁨은 현저하게 줄었다. 광야에 사는 조류(鳥類)처럼 내 삶이 팍팍해질 거란 불길한 예감이 머릿속에서 떠나지를 않았다. 경기도 북쪽에 있는 암자에 들어가 한 주일을 머물다 왔다. 스님 두 분과 절집 살림을 도맡은 보살 한 분, 그의 어린 아들이 있는 작은 산사(山寺)였다. 절집 살림 규모는 조촐해 보였다. 계곡 쪽으로 절에 딸린 가옥이 있었는데, 나는 방 한 칸을 얻어 지냈다. 그곳에 방을 얻어 기숙하는 이들이 몇 명 있었다. 몇 해째 대학 입시에 매달리는 늙은 수험생도 있고, 10년째 사법 고시에 낙방한 뒤로 공무원 시험으로 목표를 바꾼 법대 졸업생도 있었다. 밤이 오면 그들은 랜턴을 들고 산 아래 동네로 내려가 맥주나 소주를 마시고 돌아왔다. 나는 그 무리에 끼지 않았다. 계곡 물소리가 들리는 방에서 혼자 등불을 켜고 책을 읽거나 명상을 했다. 어쨌든 꼬인 인생의 실마리를 풀고 싶었지만 나는 한 주일을 채운 뒤 짐을 싸들고 산사를 내려왔다.

세상에서 내가 본 것은 아픈 사람과 아프지 않은 사람들,
살아 있는 것들의 끝없는 괴로움과
죽은 것들의 단단한 침묵들,
새벽 하늘에 떠가는 회색의 찢긴 구름 몇 장,

공복과 쓰린 위,

어느 날 찾아오는 죽음뿐이다.

말하라 붕붕거리는 추억이여,

왜 어떤 여자는 웃고,

어떤 여자는 울고 있는가.

왜 햇빛은 그렇게도 쏟아져 내리고

흰 길 위에 검은 개는 어슬렁거리고 있는가.

구두 뒷굽은 왜 빨리 닳는가.

아무 말도 않고 끊는 전화는 왜 자주 걸려오는가.

왜 늙은 사람들은 배드민턴을 치고

공원의 비둘기 떼는 한꺼번에 공중으로 날아오르는가.

　서른 중반에 나는 이미 늙고 지쳤다. 「붕붕거리는 추억의 한때」는 그 무렵에 쓴 시다. 나는 인생이 주단 깔린 계단을 오르는 게 아님은 눈치채고 있었지만 나는 한 알의 모래에서 세계를 보고, 한 송이 들꽃에서 천국을 보지는 못했다.＊ 나는 총명을 잃고 방황했다. 마약이나 황음(荒淫) 따위에 빠져 인생을 탕진하지는 않았지만 서른 중반에 닥친 회의와 불행감은 인

＊　윌리엄 블레이크의 시 '순수의 전조'에서 가져온 구절.

생의 위기이자 고비였다. 나는 푸른빛으로 반짝이는 별들에 대해, 햇빛과 들판의 작물에 대해, 저 먼 곳에서 자란다는 불멸의 나무에 대해, 파릇하게 돋는 봄풀에 대해, 여름 햇빛을 받아 반짝이는 황금빛 잎사귀에 대해, 저토록 아름다운 장밋빛 황혼 아래 가없이 펼쳐진 바다에 대해, 더는 쓸 수가 없었다. 다만 죽는 것과 죽어 갈 것들에 대해, 햇빛이 쏟아지는 길 위에 어슬렁거리는 개에 대해, 동네 공터에서 배드민턴을 치는 늙은 사람에 대해, 공원에서 모이를 쪼다가 일제히 공중으로 날아오르는 비둘기 떼에 대해서만 겨우 몇 자 쓸 수 있었다.

의욕 상실과 자기 연민이라는 이중 고난의 덫에 걸린 자가 니체 철학에서 배울 것은 무엇인가? 니체는 『비극의 탄생』에서 미다스 왕이 그의 시종 실레노스에게 인간에게 가장 좋은 게 무엇이냐고 물었을 때, 실레노스는 그것은 태어나지 않는 것이며 존재하지 않는 것이고 무로 존재하는 것이라고 말한다. 우리 모두가 허무주의라는 종교를 맹신하고 있을 때 나타난 창조하는 자, 수수께끼를 푸는 자 차라투스트라는 이것을 극복하고 "저 너머"를 향해 달려간다. 그는 "저 너머"에서 벅찬 환희 속에서 정오라는 시각을 바라본다. "정오에—삶의 정오 무렵이면, 활동적이고 폭풍이 잦은 삶의 아침을 부여받은 자의 영혼에는 수개월, 수년 동안 계속될 수 있는 듯한 이상한 휴식 욕구가 엄습하게 된다. 그의 주위에는 고요해지고 들려오는 목소리들은 멀고, 또 멀어진다. 그리고 해는 바로 위에서 그를 비춘다."(니체, 『인간적인 너무나 인간적인』)

"나의 아침이다. 나의 낮의 시작이다. 솟아올라라, 솟아올라라, 너, 위대한 정오여! 위대한 정오는 신이라는 인간의 그림자가 완전히 사라지는 시간이라는 점에서 위버맨쉬의 시간이기도 하다. 모든 오류가 사라지는 시간, 그리고 태양이 가장 많은 에너지를 베푸는 시간, 그것이 정오다. 그러나 그 시간은 위버맨쉬가 되지 않고서는 경험할 수 없는 시간이다."(니체, 『차라투스트라는 이렇게 말했다』)

정오는 오전과 오후를 가르는 시각이다. 정오 이전의 시간이 오류의 시간, 거짓말이 진리를 가장하고 있던 시간이라면, 정오는 "그림자가 가장 짧은 시간, 가장 길었던 오류의 끝, 인류의 정점"(니체, 『우상의 황혼』)이고, "위대한 정오란 인간이 짐승에서 초인에 이르는 길 한가운데 와 있는"(니체, 『차라투스트라는 이렇게 말했다』) 시각이다. 하강의 영역인 어둠으로 끌어당기는 중력의 악령을 뿌리치고 맞는 정오의 행복, 발터 벤야민이 "메시아적 순간"·이라고 부른 시각이다.

---

* 알렌카 주판치치(『정오의 그림자』, 조창호 옮김, 도서출판 b, 2005, 155쪽)에서 재인용.

"정오에 — 삶의 정오 무렵이면, 활동적이고 폭풍이 잦은 삶의 아침을 부여받은 자의 영혼에는 수개월, 수년 동안 계속될 수 있을 듯한 이상한 휴식 욕구가 엄습하게 된다. 그의 주위는 고요해지고 들려오는 목소리들은 멀고, 또 더 멀어진다. 그리고 해는 바로 위에서 그를 비춘다. ……그는 아무것도 원하지 않고 아무것도 걱정하지 않는다. 그의 심장은 정지해 있고 단지 그의 눈만 살아있다. 그것은 눈을 뜨고 있는 죽음이다. 거기에서 사람은 전에 본 적이 없는 많은 것을 본다. 그리고 그의 눈길이 닿는 한, 모든 것은 빛의 그물로 짜이고 말하자면 그 안에 파묻힌다. 그는 그때 행복하게 느낀다. 그러나 그것은 무거운, 너무나 무거운 종류의 행복이다. — 그때 마침내 바람이 나무속에서 일어난다. 정오는 끝났고, 삶은 그를 다시 멀리 데려간다. 눈이 멀어버린 삶 뒤에는 소원, 기만, 망각, 향유, 파괴, 무상과 같은 삶의 일행들이 몰려든다. 그렇게 저녁이 도래하고 그 저녁은 아침이 그러했던 것보다 더 폭풍이 잦으며 더 활동적이다. — 진정으로 활동적인 인간에게는 오래 지속되는 이러한 인식 상태가 대체로 괴이하고 병적인, 불쾌하지는 않은 것으로 여겨질 것이다."(니체, 『인간적인, 너무나 인간적인』)

어둠이 걷히고 해가 뜨면 새들이 공중으로 날고, 사자는 커다란 나무 아래에 앉아서 하루가 시작되는 광경을 바라본다. 모든 생물은 빛과 더불어 오는 생기로 충만한 삼라만상 속에서 기쁨을 젖처럼 빨아들인다. 그때 대지를 밝히는 빛 아래서 차라투스트라도 "나의 때가 왔다!"라고 기뻐한다. "좋다! 사자는 왔으며 내 아이들도 가까이에 와 있다. 차라투스트라는 성숙해졌다. 나의 때가 온 것이다. 이것은 나의 아침이다. 나의 낮이 시작된다. 솟아올라라, 솟아올라라, 너, 위대한 정오여!" 사방에 빛이 넘치는 건 곧 정오가 가까워졌음을 알리는 신호다. 정오는 왜 위대한가? 밤은 고통과 무기력의 시간, 행복의 망상이 부푸는 시간이다. 밤에 잠들지 못한 자는 피로감을 호소한다. 더는 아무것도 바라지 않는 자에게 저 무지와 피로감이 덮친다. 그들은 밤새 밤의 음울한 독을 마시며 부푸는 망상에 사로잡혀 신체와 대지를 경멸했을 뿐이다. "저들은 자신들이 처해 있던 불행에서 벗어나 보려 했지만, 별들은 너무 먼 곳에 있었다. 그러자 저들은 탄식했다. '다른 존재와 행복 속으로 기어들어 갈 수 있는 천상의 길이라도 있다면!' 하고. 바로 이런 소망에서 저들은 도망갈 샛길과 피의 잔이란 것을 생각해 냈던 것이다."(니체, 「저편의 또 다른 세계를 신봉하고 있는 사람들에 대하여」, 『차라투스트라는 이렇게 말했다』) 별들은 너무 먼 곳에 있다. 그들이 불면의 고통에 시달리며 고안해낸 건 고작해야 "도망갈 샛길"과 "피의 잔"이다. 그들이 애쓰지 않아도 아침은 밝아온다. 아침볕이 비칠 때까지 그들은 자는 것도 깬 것도 아닌 몽롱한 상태에 널브러져 있다. 그 정오가 모든 오류에서 벗어나며 존재의 질적인 전환이 일어나는 시각이라는 사실조차 모른 채! 곧 정오인데 그들은 미처 정오를 영접할 준비를 마치지 못했다.

빛의 상승이 정점에 도달하는 정오는 니체 철학에서 중요한 개념이다. 정오는 무오류의 시각, 진리의 시각이다. 정오는 아주 고요하게 주체를 감싸고, 주체는 돌연한 휴식 욕구에 사로잡힌다. 그들은 정오에 도달하기 전 지쳐서 정오에 대한 기다림을 포기한다. 정오에 태양은 가장 높은 곳에 위치하고, 가장 빛난다. 정오는 머리 위에 온 태양이 가장 많은 빛을 뿌리는 시각, 오류의 그림자가 가장 짧게 드리운 진리의 시각, 밤의 퇴락과 완전히 결별한 뒤 만나는 자기 극복의 시각, 새로운 삶에 대한 거룩한 긍정에 도달하는 위대한 시각이다.

몰락과 하강의 어둠 속에서 대지 위로 돌연 솟구쳐 올라오는 정오는 빛의 진리로 충만한 시각이다. 이 정오를 기쁨 속에서 맞기 위해서 우리는 도마뱀의 바스락거림이나 숨결이 들릴 만큼 고요한 상태에 있어야만 한다. 정오는 가장 조용한 것, 고요 그 자체이기 때문이다. "가장 작은 바로 그것, 가장 조용한 것, 가장 가벼운 것, 도마뱀의 바스락거림, 숨결 하나, 한순간, 눈빛 하나—작은 것이 최고의 행복을 만든다. 조용!"(니체, 『차라투스트라는 이렇게 말했다』) 오직 정오를 영접하지 못한 자만이 소란스럽다. 정오를 맞을 준비를 하라! 정오란 나약한 정신을 단숨에 삼켜 버리는 무시무시한 심연이다. 정오를 영접하려면 더욱 단련된 정신이 필요하다.

니체의 생애

니체의 생애

니체는 1844년 10월 15일 독일 작센주(지금은 작센안할트)의 시골 마을 뢰켄에서 목사인 카를 루트비히 니체와 그의 아내 프란치스카 욀러의 장남으로 태어났다. 니체가 태어난 집 옆으로 교회가 서 있고, 또 그 옆으로 십자가와 묘비가 가득한 묘지도 있었다. 니체의 아버지 카를 루트비히 니체는 이성적이고 감성적인 사람으로 전형적인 시골 성직자였다. 아직 독일이라는 나라는 없었고, 작센 지방은 프로이센의 지배 아래 있었다. 니체의 아버지는 프로이센의 왕 프리드리히 빌헬름 4세의 지시에 따라 뢰켄에서 루터파 교회의 목사직을 맡고 있었다. 니체는 공교롭게도 빌헬름 4세의 생일에 태어났고, 왕에게 큰 은혜를 입은 아버지는 니체에게 왕과 같은 이름을 지어 주었다. 나중에 니체는 자신의 중간 이름을 떼어 버린다. 니체는 뢰켄에서 보낸 어린 시절에 대해 이렇게 말한다. "다양한 개성이 어린 시절부터 발달했다. 조용하고 과묵해서 다른 아이들을 멀리했으며, 종종 내부의 것을 분출하는 열정도 갖고 있었다. 외부 세계와 단절된 행복한 삶을 살았다.—마을과 동네가 나의 세계였으며, 모든 멀리 떨어진 곳은 마법의 세계였다."(1858년) 니체는 나중에 자신이 태어난 물리적 공간을 회고하며 "나는 묘지 옆의 식물로, 그리고 목사관의 인간으로 태어났다."라고 쓴다.

1846년, 1848년 누이동생 엘리자베트(1846~1935)와 남동생 요제프가 태어났다.

1849년(5세) 아버지가 사망했다. 이미 그 전해부터 뇌종양으로 실명하고 실성한 상태였던 니체의 아버지는 "지구에서 오로지 짧은 시간만을 보낼 운명"이었는지도 모른다. 그의 사망 원인은 의사들의 소견에 따르면 뇌연화증이었다. 어린 니체는 아버지와 영영 이별해야 한다는 생각에 슬퍼서 많이 울었다. 니체에게 아버지의 죽음은 삶을 통째로 바꾸게 만든 운명적 사건들 중에서 최초의 것이다. 니체의 내면은 버림받았다는 낯선 기분과 상실감으로 움푹 파이고, 그 빈자리에 침묵이 들어선다. 다섯 살에 불과한 어린 니체는 벌써 침묵을 아는 아이가 되고 만다. 아버지가 죽고 난 뒤 니체는 여자들만의 보호를 받는 환경에 처하게 된다. 니체는 자신의 아버지가 훌륭하다고 생각했다. "그런 아버지를 가졌었다는 것은 큰 특권이라고 생각한다. : 내 아버지의 설교를 들었던 농부들은—알텐부르크 성에서 몇 년을 산 후, 마지막 몇 년간 그는 목사였다.—천사는 바로 그 같은 모습이어야 할 것이라고 말했다."(니체, 『이 사람을 보라』) 아버지는 바다와 같은 세상을 항해하는 데 필요한 나침반이었고 보호자였으며 안내자였다. 어린 니체에게 아버지의 부재는 끔찍한 것이었다. 그만큼 아버지를 그리워했다. 아마도 니체는 그 그리움 때문에 자신이 아버지의 죽음 이후를 사는 자신의 아버지라는 상상을 했다. 즉 자신과 죽은 아버지를 동일시했던 것이다.

1850년(6세) 1월 9일에 남동생 요제프가 두 번째 생일을 앞두고 죽었다. 니체는 아버지가 죽었는데도 자기가 여전히 "유령 같은 훈계를 속삭이는 아버지의 목소리"를 듣는다고 회고했다. 니체는 아버지의 죽음에 의해 두 번째로 가족의 죽음을 겪는다. "당시에 나는 꿈을 꾸었다. 나는 교회에서 오르간 소리를 들었는데, 그것은 마치 장례식에서 들려오는 것 같았다. 왜 그런가 하고 살펴보는데 갑자기 무덤 하나가 솟아오르고 그 속에서 상복을 입은 아버지가 나왔다. 그는 급히 교회로 가더니 조금 후에 어린아이를 안고 나왔다. 무덤이 열리자 그는 그 속으로 들어가고 뚜껑은 다시 닫혔다. 시끄럽던 오르간 소리가 갑자기 멈추고 나는 잠에서 깼다. 다음날 어린 요셉이 갑자기 병이 나 경련을 일으키더니 몇 시간 후에 죽었다. 말할 수 없이 슬펐다. 꿈의 내용이 현실에서 일어난 것이었다." 4월 초에 새

목사가 부임하면서 목사관을 비워 주고 니체는 가족들과 함께 나움부르크로 이사했다. 이때 니체의 집에는 할머니, 미혼인 두 고모, 어머니와 아이 둘 프리드리히와 엘리자베트가 함께 살고 있었다. 약간의 재산이 있었고, 어머니가 미망인 보조금을 받았고, 아버지가 선생으로 일했던 알텐부르거 호프에서 약간의 연금이 나왔다. 니체는 할머니의 뜻에 따라 소년 시민 학교에 입학하나 학교에 적응하지 못하고 곧 그만두었다.

1851년(7세) 첫 피아노 레슨을 받았다. 니체가 아버지에게서 물려받은 것은 음악적 재능이었다. 니체의 첫 친구 빌헬름 핀더는 니체가 피아노를 매우 잘 쳤다고 한다. 이 해에 니체가 남긴 간단한 악보는 지금까지 남아 전한다. 이후로도 많은 곡을 작곡했다.

1853년(9세) 돔김나지움(나움부르크 성당 부속 학교. 김나지움은 독일의 중등 교육 기관.) 입학 준비를 위해 한 사설 학교에 들어갔다. 여기에서 최초의 벗인 빌헬름 핀더와 구스타프 크루크를 만났다. 두 친구의 아버지는 모두 법률가였다. 특히 구스타르 크루크의 아버지는 음악가 슈만 부부와 친분이 있었고, 멘델스존과는 가까운 친구였으며, 자신도 뛰어난 연주가였다. 빌헬름 핀더의 아버지는 훌륭한 문학적 감수성의 소유자로 니체에게 괴테를 알려 주었다.

1854년(10세) 헨델의 〈메시아〉 공연을 보고 무척 감명받아 성서 내용을 담은 성악곡을 하나 지었다. 9월에 돔김나지움에 입학했다.

1856년(12세) 할머니가 돌아가셨다. 니체는 허약한 체질로 어려서부터 고생했다. 두통과 안구 통증으로 학교에 가지 못하는 날도 많았다. 이럴 때는 피아노를 치며 휴식을 취했다. 같은 해에 몇 개의 곡을 썼고, 나움부르크 성당에서 모차르트의 〈레퀴엠〉 공연을 보았다.

1857년(13세) 피아노곡을 작곡했고, 하이든의 〈천지창조〉를 관람했다. 「어머니에게 드리는 작은 크리스마스 선물」이라는 시를 썼다.

1858년(14세) 니체는 집을 떠나 나움부르크 인근의 기숙 학교에 입학한다. 니체는 10월에 나움부르크를 떠나 슐포르타 기숙사로 들어가고, 식구들은 바인가르텐으로 이사했다. 슐포르타는 독일의 유명한 시인, 철학자, 학자들을 배출한 명문 학교다. 교과 과정은 고전 중심으로 이루어졌다. 고대 그리스와 로마의 문학 작품들은 필수적으로 배워야 했다. 이런 슐포르타의 학풍에 영향을 받아 니체는 풍부한 고전에 대한 소양을 쌓을 수 있었다. 니체는 소포클레스의 『오이디푸스 왕』과 플라톤의 『향연』의 매력에 이끌렸다. 디오니소스적 철학의 바탕이 이 시기에 만들어졌고, 이때 접한 고

전들은 그가 어려서부터 정신적 영향을 받은 루터파의 교리 문답에 내재된 고답성과 억압에 대한 훌륭한 해독제가 되었다. 슐포르타를 졸업할 무렵 니체는 기독교인이기보다는 이교도에 더 가까웠고, 그는 더이상 성직자 지망생이 아니었다.

1860년(16세) 핀더, 크루크와 함께 문학 동아리 '게르마니아'를 만들었다. 달마다 에세이를 써서 발표하고 토론한다는 회칙을 정했다. 음악 잡지를 구독하고 바그너의 〈트리스탄과 이졸데〉의 악보를 사기 위해 돈을 모으기도 했다.

1861년(17세) 1월 중순부터 거의 한 달간 열을 동반한 인후염과 두통에 시달리다, 결국 집으로 돌아가 휴식을 취한 뒤 3월 초 학교로 돌아왔다. 이해 부활절 휴가 기간에 어머니, 여동생과 신앙 문제로 갈등을 겪었다. 목사의 아들로 태어나 신앙심이 깊은 집안에서 성장하고 16세에 견진 성사까지 받았으나, 슐포르타에 입학한 이후 기독교에 대한 회의는 점점 더 거세어졌다.

1862년(18세) 계속되는 두통으로 거의 매달 학교 보건실 신세를 졌다.

1863년(19세) 슐포르타에서의 마지막 해. 그와 같은 반이던 한 친구는 니체가 이때부터 그 인상적인 콧수염을 기르기 시작했다고 회상한다.

1864년(20세) 슐포르타를 졸업하고, 10월 본대학에 진학해 신학과 문헌학 공부를 계속했다. 본대학은 오토 얀과 프리드리히 빌헬름 리츨의 명성에 힘입어 당시 문헌학계에서 세계적인 명성을 얻고 있었다. 고대 그리스와 로마를 이상으로 삼았던 19세기에는 문헌학이 가장 인기 있는 학문이었다. 하지만 얀과 리츨은 연구 분야에서 의견 대립이 심했다. 그러던 차에 리츨이 라이프치히의 한 대학에 초빙되자 니체도 스승을 따라 본을 떠나기로 마음을 먹는다.

1865년(21세) 5월 말 즈음 집에 편지를 보내, 라이프치히로 가기로 결심했다는 사실을 알렸다. 8월에 본을 떠나 10월 중순까지 나움부르크의 집에서 지냈다. 라이프치히에서 리츨 교수는 니체를 적극적으로 이끌어 주었다. 12월에 니체는 리츨의 권유로 문헌학 연구회를 결성했다. 라이프치히의 한 헌책방에 들러서 책들을 살펴보다가 쇼펜하우어의 『의지와 표상으로서의 세계』를 발견했다. 니체는 "나는 그 책을 꺼내서 책장을 넘겨 보았다. 그때 다이몬이 내 귀에 속삭였다. '이 책을 사서 집으로 가거라.'" 니체는 평소의 습관과 달리 주저하지 않고 책을 구입했다. "의지함과 분투함은 바로 그 전체 핵심이며, 이는 억누를 수 없는 갈증과 비교해야 제격일 것이다. 하지만 모든 의지함의 근거는 필요와 결여이며, 따라서 고통이다. 따라서 그 본성과 기원 자체에 의해서 인간은 고통스러울 수밖에 없는 운명이다. 다른 한편으로 인간에게 의지함의 대상이 결여되어 있다면, 인간은 곧바로 너무 쉬운 만족에 의해서 의지함의 대상을 박탈당하기 때문에, 무시무시한 공허와 권태가 엄습하게 된다. 다른 말로 하자면, 인간의 있음과 인간의 존재 자체가 인간에게 견딜 수 없는 짐이 되는 것이다. 따라서 인간의 삶은 마치 진자처럼 고통과 권태 사이를 이리저리 오가는데, 이 두 가지야말로 사실은 인간 삶의 궁극적인 요소인 것이다.”(쇼펜하우어, 『의지와 표상으로서의 세계』) 니체는 집으로 돌아와 쇼펜하우어의 책을 읽으며 “이 강력하고도 신비스러운 천재의 영이 나에게 기적을 행해 주기를” 기대한다. 니체의 기대는 충족되었다. 니체는 쇼펜하우어의 책에서 “세계, 삶, 그리고 나 자신의 성격의 놀라운 장관을 반영하는 거울을 발견”한다. 니체는 이 무렵 한 살 아래인 에르빈 로데와 깊은 우정을 나누기 시작하는데, 니체와 로데는 본대학 시절부터 아는 사이고, 로데 역시 리츨을 따라 라이프치히로 왔던 것이다.

1866년(22세) 1월 문헌학 연구회에서 졸업 논문의 주제인 테오그니스의 작품에 관해 연구한 것을 발표했다. 이 내용을 리츨 교수에게 보냈더니 그는 극찬하며 책으로 출간할 것을 권유했다. 잇따라 발표한 다른 논문들이 수상을 하고 학술지에 게재되면서 문헌학자로서 이름을 알리게 되었다. 니체는 『이 사람을 보라』에서 "1866년이 나의 전환점이었다고 사람들은 말한다."라고 타인의 평가를 옮겨 적고 있지만 정작 자신은 정반대로 평가했다. "애당초 현실을 보지 못하게끔" 고전 교육에만 매몰된 독일의 교육을 "나쁜 식사"에 비유했고, "목적에 불충분한 영양 섭취는 위도 망쳐" 버린다고 했다.

1867년(23세) 당시 독일 남자들은 1년간 병역을 의무적으로 마쳐야 했다. 니체는 베를린 연대에 입대하려 했으나, 베를린 연대가 1년짜리 의무병을 더이상 받지 않아, 나움부르크 집 인근에 주둔한 기마 야전 포병대에 입대했다. 그러나 승마 사고로 가슴에 큰 상처를 입는 바람에 병가를 얻어 병역 연한을 채울 수밖에 없었다.

1868년(24) 리하르트 바그너의 〈마이스터징거〉에 크게 감명받는데, 마침 우연한 계기로 리하르트 바그너와 만난다. 니체는 바그너와 저녁 식사를 함께했다. 이 자리에서 바그너는 자신이 쇼펜하우어에게서 많은 영향을 받았으며, 쇼펜하우어가 음악의 본질을 이해한 유일한 철학자라고 말했다. 니체는 유년기와 젊은 시절에 걸쳐져 있는 바그너가 자신의 삶에 미친 심대한 영향에 대해 이렇게 쓴다. "바그너의 음악이 없었다면 나는 내 유년 시절을 견디기 어려웠을 것이다. 왜냐하면 나는 독일인으로 운명 지어졌기 때문이다. 참아 낼 수 없는 압박에서 해방되고자 한다면, 해시시가 필요한 법이다. 자 그래서, 나에게는 바그너가 필요했다. 바그너는 독일적인 전부에 대한 항독소 중의 항독소였다.—독이었던 것이다. 이 점을 나는 부인하지 않는다……. 〈트리스탄〉의 피아노 악보가 주어졌던 순간부터— 친애하는 폰 뷜로 씨, 경의를 표합니다.—나는 바그너주의자였다. 바그너의 이전 작품들을 나는 얕잡아보았다.—이것들은 너무나 저속하고 너무 '독일적'이었다……. 하지만 오늘은 나는 〈트리스탄〉의 위험한 매혹과 전율스럽고도 달콤한 무한성에 필적할 만한 작품을 찾고 있으며—모든 예술을 다 뒤져 보았지만 헛수고였다. 레오나르도 다빈치의 온갖 신비함도 〈트리스탄〉의 첫 음이 울리면 그 매력을 상실한다. 〈트리스탄〉은 전적으로 바그너 최고의 작품이다. 그는 〈트리스탄〉부터 〈마이스터징어〉와 〈니벨룽겐의 반지〉와 더불어 휴양을 취했다. 더 건강해진다는 것—이것은 바그너 같은 본성의 소유자에게는 일종의 퇴보다……. 그 작품을 이해할 수 있을 정도의 성숙에 이르기 위한 적당한 시기에 살았고, 그것도 바로 독일인들 사이에서 살았다는 것을 나는 최고의 행운이라고 생각한다."(니체, 『이 사람을 보라』)

1869년(25세) 대학 공부가 채 끝나기도 전에 스위스 바젤대학에서 고전어와 문헌학 담당 교수로 초빙했다. 함부르크대학으로 자리를 옮긴 키슬링의 후임 자리였다. 하지만 이즈음 니체는 이미 문헌학에 대해서도 회의를 느끼고 있던 터였지만 니체는 "운명이라는 악마가" 던진 미끼를 거부하지 못했다. 4월 11일 칼 폰 게르스도르프에게 보낸 편지에서 "아마도 나는 자연이 청동 연필을 가지고 그 이마 위에다가 '이 사람은 문헌학자임'이라는 표시를 해 놓은 전형적인 문헌학자의 무리에는 결코 속하지 않는 모양이네. 내가 어떻게 해서 예술에서 철학으로, 또 철학에서 과학으로, 또 여기서 다시 더 좁은 분야로 나아갔는지를 돌이켜 본다네."라고 고백한다. 니체는 결국은 문헌학자가 자기가 가야 할 궁극의 길이 아님을 말한 것이다. 이 무렵 니체는 매독에 걸려 치료를 받는다. 그가 어떻게 매독에 걸렸는지 그 경위는 분명치 않다. 하지만 그 당시 의학 수준으로는 완치가 불가능했던 매독은 그의 생에 들이닥친 재앙이 되고 만다. 매독은 잠복기를 거쳐서 두통, 구토, 현기증, 발작, 광기 따위의 질환을 가져오고, 마침내는 마비성 치매증으로 환자를 쓰러뜨리고 말 것이다. 실제로 니체는 그런 질병들에 만성적으로 노출되고 만다. 5월 28일 그는 바젤대학에서 취임 강연을 했다. 라이프치히대학에서 박사학위를 받는다. 스위스 국적을 신청하지 않은 채 프로이센 국적을 포기한다.

1870년(26세) 1월과 2월에 그리스인의 악극 및 소크라테스와 비극에 대한 강연을 하기도 한다. 이 무렵 평생의 친구로 지낼 프란츠 오버베크 (Overbeck)를 만난다. 두 사람은 음악을 좋아한다는 공통점으로 인해 쉽게 친해졌다. 두 사람은 첫 만남에서 브람스의 피아노 연탄곡을 연주했다. 아울러 오버베크는 니체와 견줘질 만큼 과격한 이단적 사상가의 부류였다. 오버베크는 기독교를 부정하는 철학을 만드는 중이었다. 오버베크는 "이 세계에서 진정하고도 단단하게 자기 두 발을 딛고 서려는 사람이 있다면, 무(無)의 위에 설 수 있는 용기를 반드시 지녀야만 한다. 오로지 하느님이 없어야만 인간은 비로소 자유로운 개인으로 살 수 있다."라고 쓴다. 오버베크의 아내인 이다는 이 무렵 니체의 특이한 외모가 사람의 눈길을 끌 만했다고 말한다. 니체는 손톱에 매니큐어를 칠했고, 코트와 스카프에 신경을 썼으며, 카이저수염을 길러 단정하게 다듬고 왁스를 칠했다. 이다는 그런 니체에게서 내향적인 면과 여성스러움의 흔적을 읽어 냈다. 4월에 정교수로 취임을 한 니체는 교수로서 인기가 나쁘지 않았지만, 바젤에서의 생활은 고독했다. 니체는 본성적으로 타인과의 교제에 문제가 있음을 일찍이 자각하고 있었다. 로데에게 바젤로 와 달라고 편지를 썼으나, 로데도 이미 킬에서 교수 생활을 하고 있었다. 그나마 새로 사귄 프란츠 오버베크, 쇼펜하우어주의자 로문트가 벗이 되어 주었다. 니체에게 학문적으로 큰 영향을 준 사람은 예술사 교수 야코프 부르크하르트(1818~1897)였다.

부르크하르트는 『이탈리아 르네상스의 문화』라는 기념비적인 저작을 남겨 '르네상스'라는 말을 보편화시킨 인물이다. 바젤에서 멀지 않은 루체른의 근교 트립셴에 바그너와 그의 부인 코지마가 머물고 있다는 사실도 고독한 니체에게는 상당한 위안이었다. 바그너와 코지마는 니체를 가족처럼 대했고 니체도 가능한 한 자주 트립셴에 머물고 싶어 했다.

1871년(27세) 8월~10월 프로이센-프랑스 전쟁에 간호병으로 참전한다. 하지만 질병 때문에 오래 복무하진 못한다. 비스마르크가 이끈 이 전쟁에서 프로이센은 승리를 거두고, 1871년 1월 진정한 민족 국가인 '독일 제국'으로 바뀐다.

1872년(28세) 『비극의 탄생』을 출간했다. 그리스 비극을 음악과 관련해서 분석한 책으로, 최초로 '디오니소스적'이라는 니체의 개념이 출현했다. 문헌학과의 결별을 선언한, 첫 철학 저서이다. 바그너와 코지마, 로데, 그리고 바젤의 지지자들인 게르스도르프, 부르크하르트와 오버베크는 『비극의 탄생』에 칭찬을 아끼지 않았다. 그러나 바젤대학의 다른 동료들은 침묵을 지키는 것으로 비판을 대신했고, 리츨 교수는 공개적인 비평은 하지 않았지만 자신의 일기장에 "기지가 넘치는 술주정"이라고 혹평했다. 24세의 젊은 문헌학자 빌라모비츠 묄렌도르프가 논문을 내 격렬하게 반박하고

278

나섰으나 니체는 로데의 충고를 따라 응대하지 않았다. 하지만 니체를 옹호하는 문헌학자는 없었고, 다음 학기에 니체의 수강생은 단 두 명에 그쳤다. 바그너가 트립센에서 바이로이트로 떠났다. 5월 22일 로데, 게르스도르프와 함께 바리로이트로 가 축제 극장의 기공식에 참석했다.

1873년(29세) 『반시대적 고찰』 1권인 『다비드 슈트라우스, 고백자이자 저술가』를 출간했다. 독일 교양의 공허함과 속물성을 비판한 글이다. 니체는 이 책을 저술하면서 점차 바그너에 대해서도 비판적인 입장을 취하게 된다. 불행히도 그 이후 어릴 적부터 있었던 고질적인 질병들이 다시 그를 괴롭히기 시작했다.

1874년(30세) 『반시대적 고찰』 2권인 『삶에 대한 역사의 공과』와 3권 『교육자로서의 쇼펜하우어』를 출간했다. 2권에서는 독일 학문의 불모성을, 3권에서는 인간 육성에 실패하는 독일 문화의 불모성을 비판한다.

1875년(31세) 『반시대적 고찰』의 4권인 『바이로이트의 리하르트 바그너』를 출간했다. 독일 문화 재건의 희망으로 바그너를 추켜세운다. 젊은 음악가 페터 가스트(본명은 하인리히 쾨젤리츠)가 니체의 저서를 읽고 감명을 받아 바젤로 찾아왔다. 가스트는 니체의 벗이자 숭배자가 되었다. 그는 니체가 건강 악화로 교수직을 사임하는 1879년 이후 바젤에서 멀지 않은 이탈리아 피렌체에 머물며 니체의 집필 작업을 적극적으로 돕는다. 이후 니체의 저작은 거의 모두 가스트의 정서와 교정을 거쳐 출간되었다.

1876년(32세) 바그너를 기리기 위한 바이로이트 축제의 마지막 리허설 중간에 바이로이트를 떠나면서 바그너와 니체는 결별한다. 바그너와 니체의 사이가 멀어진 결정적인 계기는 있지 않은 듯하다. 바그너가 바이로이트로 떠나면서 물리적인 거리가 생겼고 그 뒤로 약간의 오해와 건강 악화 그리고 이런저런 상황이 맞물렸던 것이다. 십여 년 뒤 나온 『니체 대 바그너』에서 이 시기 바그너에 대한 니체의 실망감은 이렇게 정리되고 있다. "독일에 온 후 바그너는 내가 경멸하고 있던 모든 것에—반유대주의에까지—한 발 한 발 굴복해 가고 있었다. ……일견 승리에 넘친 것처럼 보이지만 사실은 부패되어 절망하고 있는 하나의 데카당인 리하르트 바그너가 돌연 어찌할 바를 모르고 무너져서 기독교의 십자가 앞에 무릎을 꿇어 버린 것이다."

1877년(32세) 누이동생에게 보낸 편지에서, '14일 중 6일이나' 침대에 누워 있을 정도로 건강이 좋지 않아 교직에 오래 있지 못할 것이 확실하다고 말했다. 그리고 수 년 전에 바그너 부부가 니체에게 '착한 그러나 돈이 많은' 여자와 결혼하라는 조언을 했노라고 우스갯소리도 적었다. 그러나 니체는 결혼이 '전혀 가능하지 않다는 것'을 너무나 잘 알고 있었다.

1878년(33세) 『인간적인 너무나 인간적인』 1부를 출간했다. 바그너와 결별하는 과정과 그 속에서 탄생한 새로운 철학이 '자유정신'의 개념 아래 잠언식의 문체 변화를 통해 나타났다.

1879년(34세) 『인간적인 너무나 인간적인』 2부를 출간했다. 니체의 병은 이미 위중한 상태였다. 심한 두통과 안구 통증, 구토가 끊이지 않았고 발작 때문에 의식을 잃기도 했다. 5월 2일 사직서를 제출했다. 바젤대학은 그간 니체의 공적을 높이 평가해 3천 스위스 프랑의 연금을 주도록 결정했다. 니체는 스위스의 경치 좋은 곳을 찾아 거처를 옮겨 다녔다. 그러다 6월 말 처음으로 오버엥가딘을 방문했다. 그는 왠지 모를 상쾌한 기분을 주는 이곳에서 오래 머무르고 싶었다.

1880년(35세) 3월·6월에는 베네치아에서 머물렀다. 페터 가스트가 책을 읽어 주고 글을 받아 적는 등 곁에서 지극 정성으로 돌보았다. 11월 중순에 제노바로 거처를 옮겨 겨울을 지냈다.

1881년(36세) 7월 2일 오버엥가딘에 있는 산악 휴양지 장크트모리츠(St. Moritz)로 출발했으나 기차 편에 문제가 생기는 바람에, 여행객들이 추천하는 실스마리아로 행선지를 바꿨다. 7월 8일, 『아침놀』을 출간했다. 화약 냄새가 나지 않는, 도덕에 대한 전투를 시작한 책. 8월 초 실스마리아의 산책길에서 영원 회귀에 대한 착상이 떠올랐다.

1882년(37세) 1월~3월까지 제네바에 머물렀다. 가스트에게 『아침놀』의 속편이 될 원고를 보냈다. 2월에 파울 레가 집필이 어려운 니체를 위해 타자기를 가져왔다. 3월 29일에 시칠리아섬에 있는 메시나로 떠나는 배를 탔다. 니체는 메시나가 "자신을 위해 만들어진 것" 같다며 무척 맘에 들어했다. 4월 24일에는 로마로 갔다. 성 베드로 성당에서 마이젠부크로부터 루 살로메(1861~1937)를 소개받았다. 당시 여자로는 보기 드물게 수준 높은 교육을 받은 루 살로메는 21세에 어머니와 함께 로마로 건너왔고, 파울 레와 알게 되었다. 이 첫 만남 뒤 니체와 레, 살로메 그리고 살로메의 어머니는 여러 여행지에서 함께 즐거운 시간을 보낸다. 5월 스위스 루체른에서 머물 때, 셋은 그 유명한 '채찍 사진'을 찍었다. 니체의 아이디어로, 앞에서 레가 수레를 끌고 뒤에서 살로메가 채찍을 든 익살스러운 사진이다. 나중에 어머니가 이 사진을 보고 니체의 행동을 매우 경망스럽다고 질책했다. 8월 20일 학문이 어떻게 즐겁고도 심오할 수 있는지 알려 주는 책, 『즐

거운 학문』이 출간되었다. 『아침놀』의 속편으로 쓴 원고였으나 마음을 바
꾸어 별도의 책으로 펴낸 것이다. 또한 『차라투스트라는 이렇게 말했다』의
서두에 해당하는 책이다. 10월 라이프치히에서 레, 살로메, 니체의 삼각관
계는 해체되었다. 니체는 레와 살로메의 관계에 대해 매우 불쾌해했다. 여
기에는 니체와 살로메를 질투한 엘리자베트의 이간질이 개입되었을 거라
는 추측도 있다. 11월 중순 이후에는 이탈리아를 여행하며 『차라투스트라
는 이렇게 말했다』를 구상했다.

1883년(38세) 1월~2월 이탈리아 라팔로에서 머물면서 『차라투스트라는
이렇게 말했다』 1부 원고를 완성했다. 철학자로서 니체는 거의 완숙한 사
상의 경지에 이르렀던 시점이다. 니체는 『이 사람을 보라』에서 전체가 4부
로 이루어진 『차라투스트라는 이렇게 말했다』의 각 부를 단 열흘 만에 썼
다고 말한다. 2월 13일 리하르트 바그너가 사망했다. 부인 코지마에게 위
로의 편지를 보냈다. 6월 중순~9월 초까지 두 번째로 실스마리아에 머물
렀다. 『차라투스트라는 이렇게 말했다』 2부를 완성하고, 3부의 집필은 이
듬해 1월까지 이어졌다. 8월 말 즈음 『차라투스트라는 이렇게 말했다』 1부
가 출간되었다. 9월에 나움부르크 집으로 돌아갔다. 엘리자베트가 약혼을
발표했다. 약혼자는 반유대주의자인 베른하르트 푀르스트. 그는 고등학교
교사였는데 유대인을 차별하여 해직된 사람이었다. 니체는 푀르스트가 마

음에 들지 않았고, 이 문제로 종종 엘리자베트와 마찰을 빚었다.

1884년(39세) 1월~4월 20일까지 니스에 머무는 중『차라투스트라는 이렇게 말했다』2부가 출간되었다. 1883년 말 지그문트 프로이트의 절친한 친구인 오스트리아 빈 출신의 요제프 파네스(1857~1890)와 알게 되었다. 3월 26일 그가 빈으로 떠나기 전까지 두 사람은 다양한 주제에 걸쳐 깊은 대화를 나누었다.『차라투스트라는 이렇게 말했다』3부가 출간되었다.『차라투스트라는 이렇게 말했다』4부를 완성했으나 출판업자의 재정난으로 출간이 어려워졌다. 다른 출판업자는 1~3부 없이 4부만 출간하는 것을 거절했다. 7월 중순~9월 말까지 실스마리아에서 세 번째 여름을 보냈다. 어머니, 여동생과 다투고 화해하는 일이 잦아졌다.

1885년(40세)『차라투스트라는 이렇게 말했다』4부를 자비로 40부 찍어냈다. 5월 22일 엘리자베트는 나움부르크에서 베른하르트 푀르스터와 결혼했다. 니체는 베네치아에서 머물고 있었고, 바그너의 생일과 날짜가 겹쳐서 불참했다. 6월 초~9월 중순까지 실스마리아에서 네 번째 여름을 보냈다. 바그너에 관한 다른 집필을 구상했다. 슈마이츠너 출판사로부터 출판권을 거둬들이기 위해 라이프치히로 갔다. 출판사 두 곳과 접촉했으나 슈마이츠너가 너무 높은 조건을 제시해 실패했다.

1886년(41세)『인간적인, 너무나 인간적인』의 후속 원고를 완성했는데, 도중에 마음을 바꿔 완전히 새로운 책(『선악의 저편』)을 내기로 결심했다. 출판이 성사되진 못했다. 2월 초 엘리자베트와 푀르스트가 독일 제국의 식민지 건설을 위해 남미의 파라과이로 떠났다. 6월 라이프치히로 가서 출판권 문제를 일부 매듭지었다. 이미 출간된 책들은 맨 첫 출판사인 프리츠에서, 앞으로 나올 책은 니체가 비용을 대고 나우만 출판사에서 내기로 했다. 6월 말에서 9월까지 실스마리아에서 다섯 번째 여름을 보냈다. 7월 말『선악의 저편』을 자비 출판했다. 이전 작품의 서문을 새로 썼는데,『인간적인, 너무나 인간적인』,『비극의 탄생』,『아침놀』,『즐거운 학문』의 서문이 이때 씌어졌다. 프리츠 출판사가『차라투스트라는 이렇게 말했다』1~3부를 묶어 한 권으로 펴냈다.

1887년(42세) 6월 중순~9월까지 실스마리아에서 여섯 번째 여름. 6월 22일『아침놀』과『즐거운 학문』이 프리츠 출판사에서 새롭게 출간되었다. 두 책에 모두 새로운 서문을 실었고,『즐거운 학문』은 40편의 새로운 아포리즘이 추가된 증보판이었다. 과거에 사랑했던 루 살로메의 결혼 소식을 접하면서 우울증이 심해지지만 의식은 명료했다. 11월 10일에는 강자와 약자, 선과 악, 금욕주의와 진리 의지를 다룬『도덕의 계보』를 자비로 출간했다. 10월~이듬해 4월 초까지 니스에 머무는 동안 뒷날『권력의지』라는 이름으로 출간될 방대한 양의 초고를 집필했다.

1888년(43세) 덴마크의 코펜하겐의 한 대학에서 게오르그 브란데스가 니체 철학에 관한 강의를 한다는 소식을 접하고 무척 기뻐했다. 니체와 브란데스는 서신을 교환했다. 4월에서 5월까지 이탈리아 토리노에서 머물렀다.

1889년(44세) 니체는 1월 초에 거리에서 마부에게서 채찍으로 맞고 있는 말을 목격한다. 니체는 마부의 채찍질에서 말을 보호하려고 말을 얼싸 안는다. 야코프 부르크하르트에게 보낸 편지—"신이 되느니 차라리 바젤의 교수로 남을 것입니다. 하지만 나는 이러한 나의 개인적인 이해를 끝까지 추구하지 못했습니다. 왜냐하면 내가 신을 위해서 세상을 창조하지 않으려 했기 때문입니다. 어디에 어떻게 살든지 희생이 필요하다는 사실을 알고 있는지요?"(1월 6일) 이 편지를 읽은 부르크하르트는 니체의 친구인 오버베크에게 가서 니체를 돌봐 주어야 될 것 같다고 말한다. 오버베크는 즉시 토리노에 가서 다음과 같이 쓴다.—"나는 소파 구석에 쪼그리고 앉아서 무엇인가를 읽고 있는 니체를 보았다. …… 그 누구와도 비교할 수 없는 표현의 대가가 제정신이 아니었다. 저속한 표현을 쓰면서 기쁨을 표현하고, 괴이한 춤을 추고 몸짓을 했다." 오버베크는 니체를 바젤로 데리고 가 정신 병원에 입원시키는데, 그는 이곳에 1년 동안 머문다.

1890년 5월에 어머니가 그를 나움부르크로 데리고 가서 돌본다.

1897년 어머니가 사망한 후에 여동생이 그를 바이마르에 있는 빌라 실버블릭으로 데리고 간다. 아우구스트 호르네퍼의 마지막 방문. 니체의 병은 최악의 상태에 이르렀다. 의사의 진단에 따르면 니체는 뇌연화증 중 마지막 단계에 있는 환자에 지나지 않았다. 니체는 아무런 힘도 없이 무기력한 상태로 누워 있었다. "건강할 때의 그의 모습을 찾아볼 수가 없었다. 우리가 본 것은 뇌연화증 마지막 단계에 있는 환자였다. 그럼에도 불구하고 우리가 그와 함께 머물렀던 몇 분의 시간은 내 삶의 가장 소중한 기억이 될 것이다. …… 눈이 풀리고, 몸은 늘어지고, 사지를 비틀면서 아무런 힘도 없이 어린아이처럼 누워 있었지만, 인간 니체로부터 발산되는 마성의 기운은 여전했으며, 그의 모습에서는 당당함이 느껴지기도 했는데, 이러한 분위기를 나는 다른 인간에게서 느껴 본 적이 없다."

1900년(56세) 8월 25일에 니체는 죽는다.

니체와 함께하는 철학 산책
어느 날 니체가 내 삶을 흔들었다

발행일
초판 1쇄   2022년 5월 12일
    4쇄   2022년 12월 20일

지은이   ● 장석주
펴낸이   ● 김종해
펴낸곳   ● 문학세계사
출판등록   ● 1979. 5. 16. 제21-108호

주소   ● 서울시 마포구 신수로 59-1(04087)
대표전화   ● 02-702-1800
팩스   ● 02-702-0084
이메일   ● mail@msp21.co.kr
홈페이지   ● www.msp21.co.kr
페이스북   ● www.facebook.com/munsebooks

값 14,500원
ⓒ 장석주, 2022
ISBN 978-89-7075-520-5 03810